读懂马尔克斯的最好范本

我与加西亚·马尔克斯

中国作家的秘密文本

莫 言 等著 邱华栋 选编

中国出版集团公司
华文出版社

图书在版编目（CIP）数据

我与加西亚·马尔克斯 / 邱华栋编. ——北京：华文出版社，2014.6（2016.1重印）
ISBN 978-7-5075-4181-6

I.①我… II.①邱… III.①马尔克斯，G.G.（1927~2014）－人物研究②马尔克斯，G.G.－文学研究 IV.①K837.755.6②I775.065

中国版本图书馆CIP数据核字（2014）第110275号

我与加西亚·马尔克斯

编　　者：	邱华栋
责任编辑：	胡慧华
出版发行：	华文出版社
社　　址：	北京市西城区广外大街305号8区2号楼
邮政编码：	100055
网　　址：	http://www.hwcbs.com.cn
电　　话：	总编室 010-58336239　发行部 010-58336212 58336238
	责任编辑 010-63421256
经　　销：	新华书店
印　　刷：	北京明恒达印务有限公司
开　　本：	710×1000　1/16
印　　张：	14
字　　数：	364千字
版　　次：	2014年6月第1版
印　　次：	2016年1月第2次印刷
标准书号：	ISBN 978-7-5075-4181-6
定　　价：	32.80元

版权所有　侵权必究

目　　录

1　故乡的传说／莫　言
8　拉美文学中的加西亚·马尔克斯／张　炜
19　一堂课：马尔克斯的《百年孤独》／王安忆
36　打开自己／陈忠实
45　世界：不止一副面孔／阿　来
52　胡安·鲁尔福与加西亚·马尔克斯／余　华
59　阿里萨之爱
　　　——我读《霍乱时期的爱情》／周大新
62　重新认识拉美文学／阎连科
69　加西亚·马尔克斯与我们／朱　伟
85　真实的与乌托邦的
　　　——读《霍乱时期的爱情》／汪　晖
94　保守的经典　经典的保守
　　　——再评加西亚·马尔克斯的《百年孤独》／陈众议
107　许多年之后／陈　村
111　我读《霍乱时期的爱情》／叶兆言
114　加西·马尔克斯笔下的"杀人者"／马　原
117　百年孤独　万年一叹／徐小斌
125　从刘兰英到马尔克斯／杨争光
128　马尔克斯与中国：一段未经授权的旅程／张颐武
133　加西亚·马尔克斯：回归种子的道路／格　非

143 马尔克斯同志的乌托邦 / 朱大可

148 它来到我们中间寻找旗手 / 李 洱

156 阅读马大师 / 苗 炜

167 加西亚·马尔克斯:一个大陆的孤独和奋斗 / 邱华栋

183 两百年的孤独:呼喊与回声
　　——马尔克斯与海明威的一面之缘 / 宁 肯

186 我的"圣经" / 范 稳

192 真理是如此直白可见 / 艾 伟

199 时间会把缘分转来 / 张新颖

202 马尔克斯:20世纪文学的"教父" / 张 柠

205 流淌在我们血液中的马尔克斯 / 叶 开

216 **编后记** / 邱华栋

故乡的传说

莫　言

　　其实，我想，绝大多数的人，都是听着故事长大的，并且都会变成讲述故事的人。作家与一般的故事讲述者的区别是把故事写成文字。往往越是贫穷落后的地方故事越多。这些故事一类是妖魔鬼怪，一类是奇人奇事。对于作家来说，这是一笔巨大的财富，是故乡最丰厚的馈赠。故乡的传说和故事，应该属于文化的范畴，这种非典籍文化，正是民族的独特气质和秉赋的摇篮，也是作家个性形成的重要因素。马尔克斯如果不是从外祖母嘴里听了那么多的传说，绝对写不出他的惊世之作《百年孤独》。《百年孤独》之所以被卡洛斯·富恩特斯誉为"拉丁美洲的圣经"，其主要原因是"传说是架通历史与文学的桥梁"。
　　我的故乡离蒲松龄的故乡三百里，我们那儿妖魔鬼怪的故事也特别发达。许多故事与《聊斋》中的故事大同小异。我不知道是人们先看了《聊斋》后讲故事，还是先有了这些故事而后有《聊斋》。
　　1985年，我稍微清醒了一点，痛感到骚乱过后的蚀骨凄凉。为《青年文学》写了一篇小说，同时又附了一篇创作谈：

　　　　小说写到如今，我个人感觉到几近黔驴技穷，虽跳踢叫嚷，技实穷矣！

去年《百年孤独》、《喧哗与骚动》与中国读者见面，无疑是极大地开阔了许多不懂外文的作家们的眼界，面对巨著产生的惶恐和惶恐过后的蠢蠢欲动，是我的亲身感受，别人怎样我不知道。蠢蠢欲动的自然后果是使这两年的文学作品中出现了类魔幻和魔幻的变奏，大量标点符号的省略和几种不同字体的变奏。从一方面来讲这是中国作家的喜剧，从另一方面来讲这是中国作家的悲剧。事情的一方面说明了中国作家具有出类拔萃的模仿能力和群起效尤的可贵热情。另一方面说明了中国作家们的消化不良和囫囵吞枣的牺牲精神。本人自在受害者之列。

我现在恨不得飞跑着逃离马尔克斯和福克纳，这两个小老头是两座灼热的火炉子，我们多么像冰块、我们远远地看着他们的光明，洞烛自己的黑暗就足够了，万不可太靠前。这其实是流行真理，说个不休是因为我的浅薄。中国人向以宽容待人为美德，不酷评别人也就免去了别人对自己的酷评——因为高级一点的中国人除了宽容的美德之外还有睚眦必报的美德，所以在一般情况下少说话总是能比较得便宜。当然我内心里总希望作家能像凶猛的狼一样互相咬得血肉模糊，评论家像勇敢的狗一样互相撕得脱毛裂皮，评论家和作家像狗和狼一样咬得花开鸟鸣，形成一种激烈生动的咬进局面。但这是不可能的，这不符合中国国情。咬进既然无法实行，大家就该互相宽容，不但宽容别人，而且宽容自己。我们拜倒在马尔克斯和福克纳脚下，虽然显得少骨头，但崇拜伟人是人类的通俗感情，故而应该宽容；我们不去学人家的精髓而去学人家的皮毛，虽然充分地表现了我们的天真可爱，但仿造的枪炮也可以杀人故而也应该宽容，我们以中国的魔幻与拉美的魔幻争高低，虽然是一种准阿Q精神，但毕竟形象地说明了外国有的我们也有而且早就有了从而唤起一种眷恋伟大民族文化的高尚情操，不但故而也在宽容之列，甚至应给予某些适当的奖励啦。但宽容是有限度的，对别人对自己都是。在充分宽容之后，真该想想小说该怎样写了。

伟大作品给予我们的真正财富，我认为不是坐着床单升天之类诡奇的细节，也不是长达一千字的句子，这些好像都是雕虫小技。伟大作品毫无疑问是伟大灵魂的独特的陌生的运动轨迹的记录，由于轨迹的奇异，作家灵魂的烛光就照亮了没被别的烛光照亮过的黑暗。

马尔克斯的时空意识与我们一样吗？海明威的爱情观与福克纳一样吗？卡夫卡的人生观与萨特的人生观一样吗？他们的思想当然可以有我们给人家贴上进步或是反动的标签，但他们的作品呢？我觉得小说是展现美给人看，而只要传达了真情实感的就具有了相当充分的美的因素。我觉得小说越来越变为人类情绪的容器，故事、语言、人物，都是制造这容器的材料。所以，衡量小说的终极标准，应该是小说里包容着的人类的——当然是打上了时代烙印、富有民族特色、普遍性与特殊性矛盾统一的——情绪。

20世纪80年代①，我考入解放军艺术学院文学系，读小说写小说成了我的正业。这期间，大量的西方现代派小说被翻译成中文，法国的新小说、拉美的魔幻现实主义小说、日本的新感觉派小说，还有卡夫卡的、乔伊斯的、福克纳的、海明威的。这么多的作品，这么多的流派，使我眼界大开，生出相见恨晚之慨，生出"早知可以如此写，我已早成大作家"之感。于是就扔下书本，狂热写作。许多批评家认为我受了拉美爆炸文学的影响，尤其是受了马尔克斯那本《百年孤独》的影响，对此我一直供认不

---

① 本书名的××年代除特别标明外均指20世纪××年代。——编者注

讳。我确实受了他的影响,但那本《百年孤独》我至今还没看完。想当年,我看了这本书的十八页,就被创作的激情冲动,扔下书本,拿起笔来写作。

我觉得——好像也有许多作家评论家说过——一个作家对另一个作家的影响,是一个作家作品里的某种独特气质对另一个作家内心深处某种潜在气质的激活,或者说是唤醒。这就像毛主席的《矛盾论》里论述过的,温度可以使鸡蛋变成小鸡,但温度不可能使石头变成小鸡。我之所以读了十几页《百年孤独》就按捺不住地内心激动,拍案而起,就因为他小说里所表现的东西与他的表现方法跟我内心里积累日久的东西太相似了。他的作品里那种东西,犹如一束强烈的光线,把我内心深处那片朦胧地带照亮了。当然也可以说,他的小说精神,彻底地摧毁了我旧有的小说观念,仿佛是使一艘一直在狭窄的山溪里划行的小船,进入了浩浩荡荡的江河。

我匆匆拿起笔来,过去总是为找不到可写的东西而发愁,现在是要写的东西纷至沓来。我曾经写文章描绘过那时的创作心态。我说每当我写一篇小说时,许多要写的小说就像狗一样在我身后狂叫:先写我吧……

这一时期,我在学校白天上课,晚上跑到教室里去写,早晨还要一大早起来参加学校的早操。军艺是军队院校,军事化管理。就是在这样的环境里,两年的时间内,我写出了《透明的红萝卜》《爆炸》《球形闪电》《金发婴儿》《筑路》《红高粱家族》等八十多万字的小说。

也就是在这时候,我意识到一个严重问题,就是必须从马尔克斯、福克纳这些西方作家的阴影里挣脱出来,不能满足于对他们的摹仿。即使我这些作品里真正能看出西方作家影响的只是其中一小部分,大部分还是被评论家和读者认为是地道的中国小说,但我自己知道,这种影响是多么巨大和可怕。马尔克斯唤醒的是我心中固有的那部分与他的气质相和的东西，但一个作家的影响犹如一种渗透力极强的颜料，会把我内心里那些原本与他不同质的东西，也染上他的颜色。所以，我在1986年三期《世界文学》上发表了一篇文章，题目叫做《两座灼热的高炉》。我的意思是说，马尔克斯和福克纳是两座灼热的高炉，而我是冰块，如果离他们太近，就会被融化、被蒸发：

我在1985年中，写了五部中篇和十几个短篇小说。它们在思想上和艺术手法上无疑都受到了外国文学的极大的影响。其中对我影响最大的两部著作是加西亚·马尔克斯的《百年孤独》和福克纳的《喧哗与骚动》。

我认为，《百年孤独》这部标志着拉美文学高峰的巨著，具有骇世惊俗的艺术力量和思想力量。它最初使我震惊的是那些颠倒时空秩序、交叉生命世界、极度渲染夸张的艺术手法，但经过认真思索之后，才发现，艺术上的东西，总是表层。《百年孤独》提供给我的，值得借鉴的、给我的视野以拓展的，是加西亚·马尔克斯的哲学思想，是他独特的认识世界、认识人类的方式。他之所以能如此潇洒地叙述，与他哲学上的深思密不可分。我认为他在用一颗悲怆的心灵，去寻找拉美迷失的温暖的精神的家园。他认为世界是一个轮回，在广阔无垠的宇宙中，人的位置十分的渺小。他无疑受了相对论的影响，他站在一个非常的高峰，充满同情地鸟瞰这纷纷攘攘的人类世界。

而《喧哗与骚动》这部同样伟大的著作，最初让我注意的也是艺术上的特色。这些委实是雕虫小技。后来，我才醒悟，应该通过作品去理解福克纳这颗病态的心灵。在这颗落寞而又骚动的灵魂里，始终回响着一个忧愁的无可奈何的而又充满希望的主调：过去的历史与现在的世界密切相连，历史的血在当代人的血脉中重复流淌，时间像汽车尾灯柔和的灯光，不断消逝着，又不断新生着。去年一年（指1985年），在基于上述认识的基础上，我认为我的作品中对外国文学的借鉴，既有比较高极的"化"境，又有属于外部摹写的不"化境"。

现在我想，加西亚·马尔克斯和福克纳无疑是两座灼热的高炉，而我是冰块。因此，我对自己说，逃离这两个高炉，去开辟自己的世界！

真正的借鉴是不留痕迹的。福克纳对邮票大的故乡小镇，他的杰弗生镇，加西亚·马尔克斯至于马贡多镇，都是立足一点，深入核心，然后获得通向世界的证件，获得聆听宇宙音乐的耳朵。一个作家如果想在作品中包罗万象，势必浮浅。地区主义在空间上是有限的，在时间上则是无限的；地方主义在时间上是有限的，在空间上则是无限的。加西亚·马尔克斯和福克纳都是地区主义，因此都生动地体现了人类灵魂家园的草创和毁弃的历史，都显示了人类社会发展的螺旋状轨道。因此，他们是大家气象，是恢宏的哲学风度的著作家，不是浅薄的、猎奇的、通俗的小说匠。

我想，我如果不能去创造一个、开辟一个属于我自己的地区，我就永远不能具有自己的特色。我如果无法深入进我的只能供我生长的土壤，我的根就无法发达、蓬松。我如果继续迷恋长翅膀的老头、坐床单升天之类鬼奇细节，我就死了。

但我的这次逃离并不彻底，仿佛热恋过的情人，即便分手了，也总是情牵意挂、藕断丝连。因为他那套技巧使用起来太方便了，而我的头脑里积累起来的与他的故事相类似的故事实在太多了。惯性巨大，即便是叛变，也需要一个过程。

在接下来的十几年里,我一直怀着叛逆之心写作。这期间写了诸如《天堂蒜薹之歌》《十三步》《酒国》《丰乳肥臀》等长篇和《怀抱鲜花的女人》《父亲在民兵连里》等几十个中短篇。这些小说进行了大量的技巧试验,也努力做着个性化的、不落他人窠臼的努力,但总是留有西方文学影响的蛛丝马迹。

一直到了2000年写作《檀香刑》时,才感觉到具备了一些与西方文学分庭抗礼的能力。这也是我所要讲的主要内容:我在三部长篇小说《檀香刑》《四十一炮》《生死疲劳》的创作过程中,大踏步撤退,向民间文学学习,向中国传统小说学习。

莫言:山东高密人,2012年获得诺贝尔文学奖,获奖理由是:"通过幻觉现实主义将民间故事、历史与当代社会融合在一起。"代表作有:《红高粱》《食草家族》《丰乳肥臀》《檀香刑》《蛙》等。

拉美文学中的加西亚·马尔克斯

张 炜

进入20世纪90年代,更不要说90年代后期了,一些国外经典作家作品的影响开始渐渐减弱。欧美作家和俄罗斯作家仍然在读,但再也不会是一天到晚挂在嘴上了。人们追逐新的时尚。这期间影响最大的是拉美文学,他们当中又主要是博尔赫斯和马尔克斯,还有巴尔加斯·略萨等人。

除了他们三位,胡安·鲁尔福、帕斯、富恩斯特、卡彭铁尔、科萨塔尔等等,也有许多读者。拉美文学的势头一时非常迅猛,中国那些最有活力的中青作家,几乎都不同程度地吸取了拉美文学的营养,他们的作品中都多多少少留下了痕迹。那个时期,很多研究者谈到他们的作品,都要与拉美文学联系比较一番,因为这个话题无法回避,所以也并不奇怪——只是有时候做得过了一些。

任何作家都不是一个置身于文化传统之外的人,他们与中国文化的脉动还是暗暗相扣的。这里最有趣的是,拉美文学的气息与中国民间文学的气息是颇为接近和相似的。从文化上讲,除了正统的儒家,还有其他流脉在传承和延续。比如在山东半岛,特别是再往东去——胶莱河以东的那个半岛上,历史上就生活着一个古老的莱夷族。在那片土地上,自古以来就很"魔幻"。齐国后来占领了莱夷,根本没法改造那里的文化,结果没有办法,只好"沿袭旧俗"。

再比如楚文化，诞生过瑰丽的《楚辞》……这些传统不是消失，而是潜在一个族群里，等待激发和显现，如此而已。

各种文化就这样保留下来了。它不是中国的文化正统，而是一股永远不曾消失的流脉。儒家是占有主导地位的中华传统文化。不过潜流的作用从来不可忽视，尤其在文学方面，更是如此。历史上的不同的文化一直给中国作家、特别是这个地区的作家以极大的影响，这就是土地的培育。他们的文化胎记里，常常保留着一些摩擦不掉的痕迹。

再以东夷地区为例：这里的作家从很小的时候起，就开始听民间故事，这是一个万物有灵的世界，什么狐狸黄鼬，各种精灵，荒野传奇，应有尽有，那可不是从拉美传来的。蒲松龄不是拉美人，他写的是正宗的本土文学。他的谈狐议鬼，就不是儒家文化的文学代表，而是齐文化孕育出来的一个怪才。

我们今天谈中华文化，很容易把不同的文化合而为一。比如齐鲁文化，它们不仅差异很大，而且在许多方面是相反的。儒家文化是来自西周的农耕文化，讲严格的等级和礼法。中国一直是一个农业大国，所以儒家文化自然就成为正统。齐文化是一种海洋文化，开放而浪漫，是类似于西方的那种商业文化。齐国是中国古航海开始最早的一个国家，这不可能发生在内陆的一些国家，如春秋战国航海术最发达的国家，就是以临淄为国都的齐国。

东夷文化、楚文化等就很像拉美，很有些"魔幻"。在新时期文学创作中，这一点恰好与强盛的拉美文学潮头一拍即合，有时候甚至可以结合得天衣无缝。在中国大陆，拉美文学的影响迅速超过了欧美文学，也超过了苏俄文学。而且最可贵的是，不久之后它就结出了整体的硕果。

这个时期，有多少人在学习马尔克斯，学习他的"魔幻现实主义"；多少人在学习略萨，学习他的"结构现实主义"。还有人十分痴迷于博尔赫斯，醉心于他神秘的结构能力。那时候让一个比较活跃的作家完全排除这几位拉美作家的影响，是困难的。

让我们多少感到奇怪的是，一些经历了更长时间检验的、影响了不止一代人的苏俄和欧洲名著，其影响力却在很快地消却。它们登陆的时间更长，在文学史上的地位更巩固，规模更大阵容也更强，为什么在另一片陌生的文学大陆碰撞下，显得非常脆弱？这时的拉美作家可以说是"横扫千军如卷席"。这其中肯定有各种各样的原因、内在的原因。

拉美这片土地，它的经济状况，人的日常生活状况，社会面貌，比起欧美国家，显然跟中国更为接近一点。一般来说拉美国家经济不发达，经历了长期的国外殖民时期，受西班牙和法国这些老牌资本主义国家影响深远。中国也曾经摆脱了殖民地国家的统治，也是一个相对贫穷闭塞、现代文明水准较低的国家。二者都有大量的文盲和贫民，都是农耕国家，经历了长久的蒙昧时期。当面临着一个打开的现代窗口时，两个国家都感到了空前的新鲜，受到了巨大的诱惑。

这两个大陆还有许多相似之处，如社会生活都相对比较紧张，作家与社会的关系更是如此。从历史上看，都频频发生过瘟疫和战乱、军阀暴政等等灾难。中国除了摆脱殖民统治之外，也经历了长期的民族战争和国内战争，之后又苦苦熬过长期的不发达时期，要忍受各种动荡不宁的折磨。两片大陆的文学就因为土地和文化的原因，让二者产生了莫大的共鸣，这也许是第一个深层的原因。

还有，我们长期以来接受欧美和苏俄文学的滋养，那些文学的气息十分熟悉，其刺激性正让接受者慢慢地变得麻痹。老一辈的作家是在它们的营养下成长的，所以像俄罗斯文学、美国文学、欧洲文学，那么多的人在它的影响下写作，彼此气味相似，后一代人又要在这同一种气味里，难免会有一点陈旧感和厌烦感。大家对于超越和改变总是向往的，期待着更新的东西，有一种跃跃欲试的心理。

就在这个时候，拉美文学适时而至。

马尔克斯有一句名言对中国作家影响很大，他说在欧洲做记者的时候，有一天读了奥地利作家卡夫卡的作品：一个人早上醒来翻身的时候，发现自己变成了一只大甲虫，活动起来十分困难——他说自己读到这里的时候骂了一句粗话，说"原来小说还可以这样写……"

据说他的文学自由，他的魔幻之门就从这里开启了。这种说法或许有点夸张。不过他的笔下果真出现了像《百年孤独》等一系列魔幻作品，比如一个女孩晒床单的时候升到了空中，就像中国成仙的道人一样。一个神父喝了一杯巧克力即可以离地而起。一个被杀的人血液流过了好几条街，一直流进母亲的房间……

中国作家看了马尔克斯的东西，好奇心一下被呼唤出来了。这有点像马尔克斯当年看到了卡夫卡的《变形记》一样，一个激灵，兴奋不已。如果说马尔克斯想到了从小听过的老人讲故事的方式，那么中国作家何尝想不到蒲松龄和那一些志怪小说呢，这种暗暗相合的文学之道是具有感召力的，这会令人格外自信也格外兴奋。新的文学道路在吸引，在牵引，于是他们就放开手脚往前走了。

可以说，中国当代文学中一直被压抑的某种力量，一下被激活、被撩拨起来了。

如果说在新时期初期，问题小说伤痕小说是一次激活，那也只是局限于社会层面的。面对大量的社会问题，要迎合社会的质询，有这么多的不安和愤怒，相应的文学也就产生了。那时的当代文学很有些话要说。如今拉美文学的影响，却使中国文学找到了新的方法，进入了文学层面的激活。作家们想象力大开，处于空前的美学兴奋期。

的确，对于一大批作家来说，曾经在历史上影响巨大的非正统的地域文化，一直是流动在血液中的，只是他们没有这样的文化自觉。可凡是血液总要起到决定作用，在这方面，他们接触到的拉美文学，等于是一次强有力的文化提醒。

我们现在常用的一个词是"找到抓手"，这里指做一件事情先要找到一个入手点，以便做起来。在文学上，拉美文学的嵌入，使中国当代作家纷纷找到了自己的"抓手"。当然，这个过程中一定还会强化自己的生活经验，使二者在深部对接起来。拉美的舶来品会跟自己的文化土壤搅拌在一起，让不同的颗粒均匀地混合起来，然后再开始培植自己的文学之树。

自然，也有人仅仅处于简单的模仿，这里不必讳言。

在我们这里如果找到"中国的博尔赫斯"和"中国的马尔克斯"，找到"中国的福克纳"和"中国的卡夫卡"，可能并非坏事。这一种多声部交织的合唱，起码在一开始是没有什么害处的。不过接着走下去，读者和作者的要求也就变得更高了。

拉美文学比起欧洲文学，区别是想象更大胆，思维之舟无边无际，文字有点不修边幅，整个一派泥沙俱下、生气勃勃。这在中国一代作家看来是多么受用和可意，是真正可以学到手的东西，是立即可以效仿的榜样。套一句近期人们常用的话，就是"具有很大的可操作性"。由于历史的社会的原因，中国的一代作家往往没有深广的知识准备，他们只被复杂的个人经历鼓胀得痛苦和兴奋。他们尤其需要宣泄的渠道和方式。

一个不发达的农业国，土地的野性和人的生猛，以及一直具有的原始能量，在文学上必然渴望得到淋漓尽致的表达。这时候需要成功的榜样激励自己、引导自己。从新时期的部分写作来看，或有作家恰恰是得益于自己的不修边幅和泥沙俱下，是放肆和放纵。语言相对粗糙，情节大起大落，也不妨渲染起血腥和暴力。国情才有深层的决定力，文学的发生和接受，要从一个民族的近代史上寻找原因，这样才会清晰一些。阅读趣味是怎样形成的，普遍的文明水准如何，是这些在起决定作用。这当然是和一个族群文明的失落或培育有关。

也许一部分读者不需要雅致的阅读，他们想得到强烈而粗鲁的刺激。对一部分写作者来说，文学离开了惊世骇俗，离开了来自各个方面的刺激点，就会同时失去自己的读者和强大的创作冲动。

所以在不发达国家里，那些比较活跃的、传播比较好的、影响比较大的作家，一如拉美国家，气息上真的比较一致——好像最初看上去似乎是这样的，但我们具体分析下来，就会发现内在的区别。我们会看出，两片大陆其实仍然有着深刻的分野，一方面是茂长和勃发，另一方面是鄙俗和粗野。粗野并不等同于野性。这些都需要细致的分析才行。

拉美文学对中国文学的影响，直到今天也仍然是最大的，这个势头并没有完全过去。而且现在来看，泥沙俱下的拉美，粗犷生猛的拉美，在网络时代尤其会是中国作家的向导。但稍稍可惜的是，中国当代的某些写作只是表面上与其相像，二者在本质上的区别越来越大。我们也许从拉美作家的强盛生长中，看到欧洲文明的滋养，从中得到更深的启示。我们需要进一步强调：野性的生长和粗鲁的发泄应该是完全不同的。

马尔克斯是独创性极强的一个艺术家，他永远有感召力。他的才华迷人，而且不分国度和时代。但我80年代只看了他的几部中短篇小说，后来才看了《百年孤独》。这个时期福克纳是我最常读的作家之一，尽管他的可读性差一些。

马尔克斯的《霍乱时期的爱情》《异乡客》真好！可以说百读不厌！我想模仿总是不可怕的，可怕的是永远自得其乐。最后还是要走向自己的灵魂。马尔克斯是几十年中译过来的最优秀的作家，在中国，最后谁的影响也没能超过他。但就我自己的情况来说，他仍然比不上俄罗斯19世纪的大作家们更重要。我这人比较落伍。

马尔克斯的《迷宫中的将军》写了一个历史人物——玻利瓦尔。这个人是"拉美之父"，在美洲大陆被称为"解放者"的。他有一个梦想，即把整个拉丁美洲建成一个统一的国家。这是一个悲剧人物。他最后死去的时候很落寞，疾病缠身，统一的国家也没有形成。他在拉丁美洲享有崇高的威望，许多国家的广场上都竖有玻利瓦尔雕像。

就是这么一个举世闻名的人，关于他的各种著作汗牛充栋。马尔克斯的这部书是写玻利瓦尔生命的最后岁月：短短的一段时间，即解职后坐着船沿一条河航行的日子，大约不足一个月的时间。

这本书就使用了第三人称。作家采用了全知视角，却极为节制。本来作家可以凭借无所不知的"他"，知道书中所有人的心事，什么都可以写。"他"是全能的。但是读下去我们会发现，马尔克斯并没有这么做。他并没有滥用手中的自由。

书中写到了所有人物的心理活动，但就是不写主人公玻利瓦尔在想什么，好像一次都没有写——这种克制必然来自一种设计，就是说是有意为之的。如果作家在架构这本书的时候想得不透，没有做出一个决定，就很难这样写。让人不解的是，马尔克斯使用了全知视角，却在最需要洞悉和表达的主人公面前，将这种自由放弃了。

我们在阅读的时候渐渐会发现：他写书里的所有人物，甚至是一个动物，都会写到它的心理，唯独对这个着墨最多的主人公的心路，却没有过多地染指。

《迷宫中的将军》只有十多万字，作家搜集材料却耗费了长达数年的工夫。成书前后的修改，简直繁琐到了难以言喻的地步。从一开始结构，他就在不停地修正一些错误，直到最后成书，他还是在不停地修改。这时候一些朋友帮助了他——可见有朋友总是一件大好事——远在大洋另一边的玻利瓦尔研究专家不止一次指出他的一些技术性错误，还有其他种种问题。

为了写作此书，他细致研究了玻利瓦尔出行期间的天文资料，如某一日某一时是否满月、星星的位置、河流潮汐等等。他编制了详尽的人物年表、大事纪。这种准备的耐心，扎实的功课，显示了大匠的风范，透露了即将远行的信息。

这是他获诺贝尔奖很多年之后的作品，他的创造力仍处于上升时期，如日中天。经过了艰苦漫长的写作训练，他已经进入了一个十分自由的天地。他还是世界上少数拥有庞大市场的纯文学作家之一，有多少出版商在等待他的新作。但这些似乎都没有构成负面的干扰。他的自由体现在非凡的忍耐力上，体现在非同一般的工匠心上。他太懂得依赖时间了，知道时间会馈赠什么——时间能够给予的一切，绝非才华和勤奋之类所能替代。

大陆的出版界文学界，让我非常惋惜的是：书出得太快！某些创作可能是这样形成的：昨天晚上刚有点儿想法，今天早晨就开始写了，并且总是以最快的速度将它写完。这似乎是显示才华的一个方法，似乎只有如此才能稍稍安慰自己。如此一来，仔细的修改当然是谈不上的，因为已经无法让草成品呆在手边了。它将很快又变成了清样，变成了市场上的书。现代印刷术可以用最快的速度、辅以最好的装帧，让类似的产品一本接一本摆在架上，既是销售又是展示。这是不值得效法的。

打磨，修葺，起码是为了声音的圆润和流畅，从而降低一部文学机器运转时发出的隆隆噪音。现在我们常常对一些时尚阅读望而生畏，主要就是害怕这种无所不在的噪音。这种巨大的时代轰鸣会让我们的耳膜受损，最后致聋。这是极其可怕的事情。19世纪那样的美好阅读不复出现，这除了有声像影视制品的干扰，主要的一个原因其实是出在写作者本身。作家们没有了忍耐力，没有了细细打磨的工夫，所谓的"创作"不过是不断地将那些浮躁的匆忙散布出来——通过文字四下传递。这才是写作人最大的不幸。

将文字浸泡在时间的水流里，一再地洗涤，只为了让其洁净。人的思维会在这个过程中一步步完善，将松散的东西勒实，绷紧，最后让整部书变得非常牢固，让书的内在张力加大。

作家到了后来，出版作品变得很容易，有了一定的名声，也会同时失去原来的那种战战兢兢和小心谨慎。随便丢一颗种子在心里，还没等成熟就往外掏，结果也就可想而知了。他省略了第一个环节，即在心里修改的环节，所以一开始就为以后的失败埋下了伏笔。有些作家前后作品质量上的巨大差异令人惊愕，其原因往往是放弃了对自己的严苛要求。这一切都逃不过细心读者的眼睛。

一般来说，好的读者能够培育好的作者。每个时代的阅读质量是不一样出。要学会读书也许并不容易——不光读思想、语言、意味，还要读出作家本身，读出他写作这一刻的真实状态——这才算读懂了一部书。我们可以对照一下同一个作家的不同作品，发现即便在最好的作家那儿，也可以感受到诸多区别和变化。比如说马尔克斯的《百年孤独》和后来的《霍乱时期的爱情》，二者虽然都是杰作，却在质地上大为不同。

《百年孤独》是他的第一部长篇，写得很苦，运思长久，改动较大。读过之后，常常会觉得它绷得很紧——实际上它在纸上落下第一笔之前，已经在作家的心里不知修改了多少遍——不止一次地全盘推翻，走一步退两步，左右观望——这种慎重和严苛，最后仍然能从文字间感受到。

关于它的成书过程，有一本书叫《番石榴飘香》，里面谈得很是详尽生动。它是一位记者兼作家的朋友与马尔克斯的对话集，穿插有一些描述。这本书写得非常有趣好读。里面说，马尔克斯最好的一个作家朋友，是哥伦比亚人，马尔克斯曾跟对方讲过《百年孤独》的内容，这些显然是已经成熟的构思。他跟这位好朋友一遍遍地讲着这本书。后来对方又把这些故事讲给了其他人。不久书出来了，这位朋友赶紧到书店里买了一本——读完以后大骂马尔克斯，把书扔了，说自己简直给骗了，这跟那家伙当时讲给我的完全不是一个东西。

我们可以想见，马尔克斯跟他的朋友讲述时也未必故意虚晃一枪，未必是声东击西，当然更不可能是欺骗。当时他在心里就是那样架构的。他不过是在第一个修改环节里改变了它而已，最后把它变成了后来的那个东西——落在纸上之后可能又有许多修改。当年他能够口述给朋友，这已经说明那个构思相当成熟了，完全可以写了——结果最后却有如此大的改变。

这已经成为两个不同的《百年孤独》。

看完《百年孤独》，再看《霍乱时期的爱情》。后一本是他得到诺贝尔奖，声名鹊起之后的重要作品。这对他来说，已经处于完全不同的生命阶段，生存的挣扎不再，崎岖的道路已告结束。生存状态必然会影响到写作状态。马尔克斯是一位大匠，是一个人，人性中共通的东西会潜在他的身上。果然，一种前所未有的放松与从容，还有自信，满溢在新的作品之中。

大家对照这两本书，可以试一下阅读的敏感。都是那么好的书，但却是两种美、两种质地。这儿不仅是指前一个运用了"魔幻现实主义"，后一个吸收了传统的法国小说的一些技法——这只是外部的改变，是它的外壳。它的内在改变才是最致命的。作者的心力和心情已经与前大不相同了。

后者比起前者，在第一个修改的环节上，控制力好像运用得完全不同。尽管马尔克斯说《霍乱时期的爱情》是他二十多年前就在心里酝酿的，是一个同样经历了长长的准备的作品，只是一直没有把它写出来——他有很充分的时间在心里揣摩；但实际上，我们却没有从中感到他在第一部长篇里经历的那些犹豫和痛苦。相对来讲，这一本书完成起来较为顺畅，也较为松弛；就是说，比起过去，它在第一个环节上有些放任。所以它读起来有另一种流畅和饱满感，十分自由。

作品如果放在心中煎熬——迟迟不能写出的作品真的会让人难熬——度过了漫长的时光，某种拘谨和严谨就会同时出现。它在不由自主中被思维的那些线索勒紧起来，变得紧实。这期间还会形成独有的内在法度，给人一种严整感。这同时也是由一个作家纯熟的经验所反复控制和作用的，而不仅是一般的修改所能达到的效果。

比起《百年孤独》，后者里面缺少一些"繁复之美"，没有充斥"矛盾"，没有那些咔咔嚓嚓的思维的冲撞声，没有纠缠和堆积，没有相互交织犹豫、一次次调整所留下的隐痕。它的美学倾向偏于单一和流畅。当然，这同样是一部真正的杰作，一部具有别样魅力的杰作。我们在这里讨论的，只是它们究竟为什么有了这样的不同。

张炜：山东龙口人，当代著名作家。现为山东省作家协会主席，万松浦书院院长。代表作有：《古船》《九月寓言》《外省书》《远河远山》《柏慧》《能不忆蜀葵》《丑行或浪漫》《刺猬歌》《半岛哈里哈气》及《你在高原》（十卷）等。

一堂课：马尔克斯的《百年孤独》

王安忆

今天我们讲《百年孤独》，它的作者是哥伦比亚的马尔克斯。

首先我要画张家谱表。我想这几乎已成定论了，《百年孤独》是写一个叫马孔多的小镇上的一个家族，其六代人的命运。我要把这个家族的族谱表画出来，这样大家就基本上了解这是一个什么样的家族了。

这个家族是由两个人源起，一个叫霍阿·布恩蒂亚，生长在某个印第安村庄里的西班牙人后裔，是个白种人，不是土族。他的妻子叫乌苏娜，马苏娜的家乡在里奥阿察，哥伦比亚某个靠海边的地方，她们家上几辈遭到了海盗的袭击，为了逃避海盗逃到了布恩蒂亚所在的印第安人村，在那儿安居下来。他们是这印第安人村历史悠久的两家人，由于他们是烟草公司的生意伙伴，所以他们很早就开始了联姻。传到霍阿·布恩蒂亚和乌苏娜这一代时，他们已经是表亲了，他们两个人是表兄表妹的关系。他们俩结了婚。在这两个家族通婚的历史上，已经因为近亲繁殖而发生过生下带尾巴婴儿的事情。等他们两人结婚的时候，他们便非常怕生孩子。乌苏娜做了条贞节裤，怎么也不让布恩蒂亚碰她，所以他们多少年来始终没有做爱，一直没有生育。村庄里的人就嘲笑布恩蒂亚，以为他没有生育能力，在嘲笑最激烈的时候，布恩蒂亚把骂他最恶毒的人杀了，然后回家强迫乌苏娜和他发生了关系，他们就有了第一次做爱。而那个被杀的人的鬼魂则不停地对他们进行骚扰，为躲避这鬼魂他们离开了这印第安人村庄，来到了偏僻的小地方马孔多。他们到了马孔多，开始繁衍生存，慢慢地，马孔多发展成了一个不大不小的村庄。

他们两人生了三个孩子，第一个叫霍·阿卡蒂奥；第二个孩子叫奥雷连诺；第三个是女孩，叫阿玛兰塔。第一个孩子霍·阿卡蒂奥是和他们家的一个养女，叫雷贝卡的结婚，但没生孩子。和他生育孩子的女人叫皮拉·苔列娜。二儿子奥雷连诺，和他结婚的女人叫雷麦黛丝，他们也没生孩子，和他生育孩子的也是这个皮拉·苔列娜。皮拉·苔列娜是从外村过来的女人，她十四岁时就委身于一个男人，她一直等着和这人结婚，但这人一直不要她，直等得不耐烦了，她就离开家乡，到了马孔多。这次爱情给他什么样的影响呢？由于她非常非常爱她这个情人，于是她把全世界男人都看成是她的情人，在他们的身上施加她的爱。当然她也要选择，她认为值得发生关系的，她才和他们去睡觉。所以凡是被她挑选上做爱的，就像是获得一个荣誉。很奇怪的，她挑选的对象，基本上都在布恩蒂亚家族周围，或者亲戚，或者朋友，慢慢地就在家族周围形成了一个圈子，几乎大家都是堂兄弟或者是表兄弟。这个女人，就造成这样的局面。女儿阿玛兰塔没有结婚。这一代的婚姻生育，我们可以看出，他们的传宗接代都是以通奸的关系，全都是情欲的结果，并且来源于同一个女人，这是布恩蒂亚家的第二代。

接下来呢，霍·阿卡蒂奥生了一个孩子，叫做阿卡蒂奥。你们会发现他们家里男孩子只有两个名字，一个叫阿卡蒂奥，一个叫奥雷连诺。奥雷连诺也生了一个孩子，叫奥雷连诺·霍塞，除此，他还和十七个女人生下了十七个孩子，这些私生子在全书中没起什么作用，所以，我也没有列入家谱表。然后，在这第三代里，阿卡蒂奥结婚并且生了孩子，他的妻子叫圣索菲娅·德拉佩

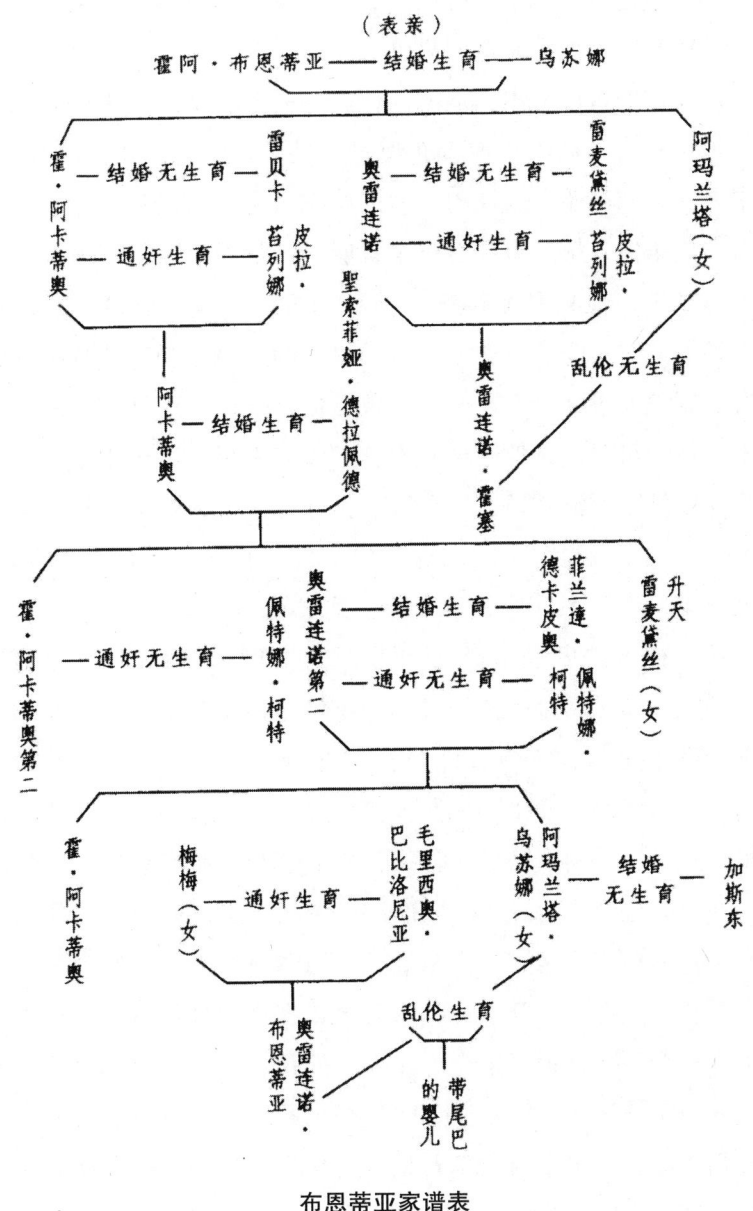

布恩蒂亚家谱表

德。他其实是有乱伦倾向的,他试图和他的母亲皮拉·苔列娜通奸,但皮拉·苔列娜到底觉得不对头了,因此她就把圣索菲娅·

德拉佩德引进了他的生活，使他有了正常的婚姻，并使家族往下传代。奥雷连诺·霍塞没有结婚，他只做了一件事，和他的姑姑阿玛兰塔乱伦，但没有造成后果。

现在你们可以看出，从此，传递的任务就交给阿卡蒂奥一个人，他单枪匹马往下传递着布恩蒂亚的家族。他生了三个孩子，其中是一对双胞胎，男性的，大的叫霍·阿卡蒂奥第二，小的叫奥雷连诺第二，第三个是女孩子，叫雷麦黛丝。霍·阿卡蒂奥第二没有结婚，他只和佩特娜·柯特通奸。奥雷连诺第二是结婚了，结婚的对象叫费兰达·德卡皮奥，同时他还和佩特娜·柯特通奸，同他兄弟共一个通奸的对象，但是他们的通奸都没有生育孩子。你们可以看见他们现在通奸都没有结果了。至于女孩子雷麦黛丝，她根本没结婚，也没情人，她升天了，她是个超凡脱俗的美人。大家看得出来，在这一代里也只有一个人有生育能力，就是奥雷连诺第二，他和妻子菲兰达·德卡皮奥生了三个孩子。菲兰达·德卡皮奥是个贵族，她受过非常好的教育，有很多规矩，但没有情欲，她生孩子只不过是她应该生孩子，她对她的三个孩子管束很严，实施着她的教育方针。大孩子叫霍·阿卡蒂奥，然后是两个女孩子，大女孩叫梅梅，小女孩叫阿玛兰达·乌苏娜。这个霍·阿卡蒂奥对什么都感到恐惧，脸色苍白，极其厌世，对女人没什么兴趣，所以他没有结婚，也没有通奸，什么也没有干。梅梅呢，她有一个私生子。当时有个外国人发现马孔多盛产香蕉，就在这儿开了个香蕉公司，梅梅和公司里的一个工人毛里西奥恋爱，不被母亲允许，生下的孩子只能是个私生子，这孩子叫奥雷连诺·布恩蒂亚。因为是个私生子，所以被讲究体面的外祖母藏在房里不给人家看见，他从未出过门，他和他的阿姨阿玛兰塔·乌苏娜乱伦通奸，生了个带尾巴的婴儿，这婴儿最后被蚂蚁吃掉。

他们家的家世就是这样的。从这张家谱我们基本可以看出，他们的传宗接代都是由于情欲的关系，到了第四代，即奥雷连诺第二兄弟这一代，他们的情欲已经没有生育的功能了。他们与佩特娜·柯特的通奸，霍·阿卡蒂奥第二无所作为，奥雷连诺第二只是让牲口繁殖。他们的情欲已经衰退，生育的任务转交给名正言顺的婚姻。但奥雷连诺第二与费兰达·德卡皮奥婚姻的结果是，男孩子不生孩子的，女孩子或是生私生子，或是乱伦。因此，这个家谱显示出这个家族的繁殖力日益衰弱，几近殆尽。从这张家谱上，还可以看出一种倾向是贯穿首尾的，就是向内的倾向、乱伦的倾向。尤其是这家的女性都对外人非常排斥，凡是叫阿玛兰塔的女性，都是乱伦者。第一个阿玛兰塔曾有过两次恋爱，一次是和一个意大利的技师。因为他们家里买了很多现代家用电器，公司派来技师为他们调试自动钢琴时，就和他们家的养女雷贝卡恋爱了。阿玛兰塔硬是把他们的婚事撬掉，自己和意大利技师好了，可是临到结婚的时候，她又不干了。这是她的第一次恋爱。第二次是在军事起义当中结识了一个上校，这上校也是他们家的世交，她又是和上校恋爱到最后一分钟，甩手不干了。阿玛兰塔总是在走出家门的最后一步时，收住脚步的。这家族最后的毁灭，就是由于又一个名叫阿玛兰塔的女性，她的乱伦导致了长尾巴婴儿的出生。女性成员中还有一条路线，那就是凡是叫雷麦黛丝的，都是那种精致漂亮的，可是却脆弱没有生育力也没有情欲的女性，可是漂亮得出奇，以早夭和升天为结局。他们家的格局，大家看得出来，都是经过归纳的。

　　我刚才说过，他们家的男孩，只有两个名字，阿卡蒂奥和奥雷连诺，他们家的男性基本上都是这个名字，只不过是前面后面加点花头而已。在这张家谱上也体现出这么一点：这两个名字都各有一些共同的特征。凡是叫阿卡蒂奥这个名字的，他们的婚姻都具有私通的性质，他们的婚姻都很像私通，私通的对象，又往往是家庭内部成员。你看第一个阿卡蒂奥，他的妻子雷贝卡，是他们家的养女,这养女是从哪里来的呢?她是乌苏娜娘家的亲戚。她的父母是乌苏娜的表妹之类的远房亲戚,所以也是他们家的亲戚。他的情人皮拉·苔列娜也是兄弟的情人,也是和家庭内部成员有关的。圣索菲亚·德拉佩德,第二个阿卡蒂奥的妻子,她是阿卡蒂奥的生母皮拉·苔列娜引进的,为要转移他勾引他的生母的念头,实际是作他母亲的替身。再下一代的"阿卡蒂奥",即霍·阿卡蒂奥第二,就是双胞胎里的一个,他的情人佩特娜·柯特,也是他兄弟的情人,还是和他兄弟共享一个情人。所以阿卡蒂奥这个名字的男孩都有这样的特征,首先婚姻都是私通性质的婚姻,还有就是都和家庭内部成员有情欲关系,通奸也好,婚姻也好,都和家庭内部成员有关系的。再有一点,即他们具有传宗能力,但是两代以后衰落了,而他们一旦衰弱,布恩蒂亚家便走上了下坡路。所以说到了霍·阿卡蒂奥第二和奥雷连诺第二这一代时,生育任务转到了奥雷连诺第二手中,他的儿子霍·阿卡蒂奥根本对爱情不感兴趣了,布恩蒂亚家便也到了头。这就是阿卡蒂奥们的命运。

　　这家男孩另一个名字叫做奥雷连诺,他们的特征是什么呢?就是具有很强的行动能力,他们有对外的开拓精神,他们的婚姻都是对外的。第一个奥雷连诺,他的婚姻是和雷麦黛丝,马孔多第一任镇长的女儿。第一任镇长代表着马孔多开始进入国家体制,有了行政组织。这个联姻使奥雷连诺走上了政治舞台,走上政治舞台的结果是把整个马孔多卷入政治风云里面,而使马孔多失去了自然状态,丧失独立和主权,成为一个附属国。另一个奥雷连诺的联姻是和菲兰达·德卡皮奥,刚才已经说过,菲兰达·德卡皮奥是一个西班牙贵族,她家里规矩很多,讲卫生,讲礼貌,她一进到他们家就订了很多规矩,包括不能随时随地做爱,于是这个奥雷连诺就开始通奸。他和佩特娜·柯特通奸,通奸的结果是带来了牲畜的繁殖。他们情欲越高涨,牲畜就繁殖得越兴旺，羊啊，牛啊生了很多很多，他把这些牲畜卖了，挣了钱去投资电气和铁路，使得马孔多在经济上开始繁荣起来，吸收了商品经济的因素，资本主义的因素。尤其是铁路的开通为他们送来了外面的世界，包括送来了一个先生，这个先生一来就发现马孔多盛产香蕉，就在此地开了个香蕉公司。这个奥雷连诺的行动带来了什么结果呢？带来了马孔多经济上的繁荣，是以破坏自然经济为代价的；最终丧失了经济上的独立，成为经济的殖民地。因此这两个奥雷连诺，他们的开拓行动的结果是使马孔多失去了独立，一个政治上的，一个经济上的。由此可见，这个家族的成员，向内发生关系的，是承担着传代的任务，结果是日渐衰退；而向外发生关系的，是为改变马孔多和家族的处境，结果则带来丧失的命运。独立丧失了，变成了政治和经济的奴隶，传宗中止了，毁于乱伦，补充一句，奥雷连诺还有着乱伦的特性。因此，这个马孔多的家族走向灭亡就是无可避免的了。我们已经可以看到，这些人物都是担任着规定的使命的，不像我们所说的现实主义小说里的人物，做什么，说什么，是凭着具体的个别的日常的逻辑推动。而这里的人物，他们行动的逻辑都是被抽象归纳过的。这个家族内部的情形基本上就是这个样子。然后在这家族周围还有着许多外人，这些外人对这家族的作用是什么呢？

这些外人中有些是比较重要的。一个叫梅尔加得斯。他是个流浪的吉卜赛人，年纪非常大，似乎永远不会死，是个永生的人，他给这个家族注入了外面世界的气息。这是他们家第一代宗祖布恩蒂亚的一个挚友，也是布恩蒂亚的思想、智慧、创造力的源泉。布恩蒂亚非常善于吸收新的事物，给他灌输影响的主要有两个人，一个就是这梅尔加得斯。所以梅尔加得斯死了的时候（他曾经有过一次死亡，在新加坡死的），这时候，布恩蒂亚就丧失记忆力了。另一个开发他智力的是意大利技师，带来了科学和技术。当布恩蒂亚丧失记忆时，他苦思冥想，要利用意大利技师教给他的科技制造一种记忆的机器，帮助人脑记住很多东西。等梅尔加得斯没过多久又复活了回来时，布恩蒂亚的记忆力又恢复了，而最终梅尔加得斯彻底死的时候，布恩蒂亚就疯了，被家人绑在一棵大树底下，度此残生。梅尔加得斯将布恩蒂亚的智力开发的结果是，唤起了布恩蒂亚对外面世界的向往，他非常渴望离开马孔多，无奈他的妻子乌苏娜一定要把大家留住，想尽了一切办法。她在马孔多造了一座大房子，接待八方来客，外面来了流浪汉总是住在他们家。她还创造出糖动物的制作，开发了马孔多的自然经济。总之，她给马孔多制造了歌舞升乎的景象，令人留恋。所以，梅尔加得斯对布恩蒂亚的智力开发给他带来的还是痛苦。与此同时，他给这家庭留下了一卷羊皮手稿。这家的每一代男性都躲在房间里研究羊皮手稿，这上面的文字根本看不懂，很难破译，他们一直在研究、研究，直到最后的一代人，奥雷连诺·布恩蒂亚，在这家族即将告终的时候，他终于研究出羊皮手稿上写的是什么。写的是像谶语一样的话，说这个家族的第一个人被绑在大树下，最后一个人被蚂蚁吃掉。这就是这家族的历史，是由梅尔加得斯来宣布的。我们还可以发现一件有趣的事情，最初的一代名叫布恩蒂亚和乌苏娜，他们最怕生出长尾巴的婴儿，有幸避免。而到了最后一代，生下长尾巴婴儿的两个人，一个叫阿玛兰塔·乌苏娜，一个叫奥雷连诺·布恩蒂亚，第一代的名字又重现了，而终于完成了生育带尾巴婴儿的使命。结局其实是从开局时就决定的。这梅尔加得斯一边促进布恩蒂亚走出命运，一边又预言布恩蒂亚家族必将灭亡的结局。他其实是真正介入了布恩蒂亚家族的历史，这就是梅尔加得斯和布恩蒂亚家的关系。

　　还有一个介入布恩蒂亚家历史的外人，就是皮拉·苔列娜。她为他们家的传续作了贡献，关于这一点，我们已经了解了。她也是有预言能力的，她用纸牌预言，因此介入这个家庭历史的两个外人全都有预言能力。梅尔加得斯预言的工具是他的羊皮手稿，皮拉·苔列娜的预言工具是她的纸牌，他们两人的预言都非常准确。

　　他们家另有一些外人，就是他们家女儿的男朋友们。这些人和布恩蒂亚家的联姻最终都破产了，并且凡是和他们家女儿沾上边，命运都很惨，他们家女儿不嫁人，只会折磨人。那个意大利技师就是如此，他本来和雷贝卡好，却被阿玛兰塔撬掉，阿玛兰塔夺过他又抛弃他，他最后伤心而死。那个上校，也是落了个被阿玛兰塔始乱终弃的下场。最后的那个女孩子阿玛兰塔·乌苏娜有过一次婚姻，丈夫叫做加斯东。加斯东是个开飞机的，飞机在阿玛兰塔·乌苏娜就读的修道院的女子学校上空时，看到了阿玛兰塔·乌苏娜，一头栽下来，两人就开始恋爱了。后来，阿玛兰塔·乌苏娜就把他带到了马孔多。一旦回到马孔多，阿玛兰塔·乌苏娜就不想走了。这家的女孩子一回到马孔多都不想走。她以特别大的热情建设她的家，买来各种各样的新东西。加斯东很爱她，总是跟着她跑东跑西，而且他也很想建设马孔多，他的愿望是建立一个航空邮政服务机构，航空信件的来往，可以加强马孔多和外面世界的接触。他就建造了一个飞机降落场，然后到法兰克福订飞机。但他定购的飞机不知为何老是运不到马孔多，说是已经到了某个地方，又说是上船运到了另一个地方。加斯东始终在等他的飞机，每天一早起来，就是向天上看，飞机始终没有来，他只能自己去布鲁塞尔找飞机。他一走出去，就不再想回来，一去不回头了。而阿玛兰塔·乌苏娜这时也已经爱上了奥雷连诺·布恩蒂亚，他走了正好促成他们的私通。和梅梅通奸的男朋友的下场也非常糟糕。他每天晚上和梅梅在澡盆里幽会，后来被她母亲发现，她母亲就布置下哨兵，一次约会的时候，被哨兵的子弹打中脊梁，他从此以后只能躺在床上。这就是外人在这个家族里的遭遇。

故事讲得差不多了，我可以开始分析。首先第一点，就是现代小说的表现方式。我们分析到现在为止，除了《心灵史》和《九月寓言》是当代作品，都是传统的小说。从时间上说，最近的《约翰·克利斯朵夫》也是在20世纪初，其他都在19世纪，在小说的历史上称得上是"古典"。当然在整个艺术史上小说就是近代的产物，而《百年孤独》则是20世纪中期，现代史的时期。从手法上说，这部小说是我们课程中唯一的一部现代主义小说，并且称得上是现代主义小说经典。我想大家是否已经感觉到现代小说和我们传统意义上的现实主义小说的不一样。我们经常听到流传的一些关于写作过程的故事，像托尔斯泰写《安娜·卡列尼娜》，本来他是不想让安娜死的，可到后来人物自己活动起来，安娜自己选择了死的结局。这故事的意思是，人物一旦进入一定的轨道里，它便会根据自然合理的逻辑自己活动起来，好像它是一个有生命的真人。他们在形貌上、心理上、动机上、逻辑上和我们现实生活中的人非常接近，俗话说的"活灵活现"。但现代小说里的人物不是这样的。它的人物全是事先经过抽象归纳的，有定义的。有点像我们过去所批判的说法"主题先行"。事先有个思想主题，然后为这个思想主题策划图解，这个人物担任什么任务，这个情节又担任什么任务，它是图解式的。它的人物、故事、细节，所有的发生都在事先做过周密的规划，事先规划得非常整齐，有严密的推理过程。它是经过概括和归纳的结果，每个人物都不是个别的具体的人性的人，而是普遍性的、规律性的、理性化的人。在这里不是要它去爱、去恨，而是要他表演作家的思想，是作家思想的傀儡。他们都是意图的象征，意图的替身。因此这种故事都是非常不感性的，不是感性的故事，没有写实的面目，它非常理性化，是经过思想的整顿的。我们以前评价某部小说，对这部小说会有很多很多种解释。就像一朵花放在那儿，左看左的角度，右看右的角度。可这里的图景，是一幅装饰画，有很强的对称感、图案感，是经过抽象化处理了的，不是我们在自然里所看到的栩栩如生的一朵花，它是已成定势的画面。就好像很早以前，原始人在陶器上所刻下的雷电纹、绳纹等等图案，这标志着原始人理性思维到达一个高度，他们不是将天上某一朵具体的云彩如实地画下来，而是经过大量的观察，然后归纳成为一幅具有代表性的图案。现代小说也是理性的成果。它最重要的一点就是归纳，它不是具体的景象，具体的故事，它是把很多具体的情景总结了以后概括成一个情景，这情景是具有像原始人的雷电纹一样的普遍性的意义。我觉得《百年孤独》是一个很好的例子。这一类小说对于分析来说是很方便的，你看我可以把它画成一张图。而对于那一类，以前所讲《复活》、《约翰·克利斯朵夫》等等，我却很难把它总结归纳，它们是一幅幅生活的场景，这些场景看上去都是没什么用心的，日常化的，活灵活现如我们常说的连着土带着露水这么一捧东西，不是那么容易下定义的。而现代小说非常容易分析，只要找到密码，打开机关，便一目了然。因此往往给上课提供很好的讲本。

分析的第二点，我想谈谈现代小说的心灵世界的景观。我的课程是为了证明，小说的目的是要创造一个独立的心灵世界，现代小说心灵世界的景观和以前的古典主义，或我们习惯所说现实主义时期小说的景观大不相同，它们的本质越来越现实。外表的奇特性越强烈，内心越是现实，与古典小说正好走了个对面。古典小说的外壳是现实的，内心却总是有圣光照耀。现代小说则好像不断在往下坠落，就像一艘沉船，圣光照耀的景象是没有了，取而代之的是地平线以下的景观。它给我们提供的心灵世界的画面消沉而且绝望，不再有神话的令人兴奋的光彩，我们常常将这命名为世纪末的情绪，我不知该给它命名什么，我只想知道其中的原因。

我想首先是科学技术的发展。科学技术的发展把神话变成了现实，大自然的威力和英雄主义的伟大都没有了。比如说距离，它实际上是一个有宏伟性质的观念，一千里，一万里，几百万里，这空间如此巨大，是人力根本无法抗衡的，在空间面前你感觉到的是你的藐小，在你自觉藐小的心里会产生英雄崇拜，英雄的观念使我们产生了崇高神圣的美学理想。而现在情形变了，先进的交通工具，火车，飞机，以及现代的通讯手段一下子把距离缩小了，于是，宏伟感消失了，英雄的观念消失了，崇高美学也消失了。现代社会就是这样一个人类掌握太多技术手段的社会，它解救了人类的现实困境。科学在提高了人类普遍能量的同时，也取消了英雄的概念。科学那么逻辑严密，那么道理分明，我们只要学习，便可掌握它，什么都可解决，不再需要奇迹。

第二，民主的社会将机会和权益平均分配了，大力发展了个人主义，取消了特权，民众的声音取消了精英的声音。我有一个也许是专断的观点，我以为最适合创造艺术的社会是高度集权的社会，它的社会成员只有两类人，一是贵族，一是奴隶，这两类人都不需要参与物质的分配，前者是有特权，后者是绝对无权，因此他们才有可能避免文化的消费，而积累起精神的果实。比如中国古典文化，它是典型的象牙塔文化，它是似牺牲大多数人的文化而建设起来的高级文化。中国的文字和书面语言极其典雅，它须有极高智慧和教育才可掌握的，它的法则非常模糊，讲的是悟性。所以"五四"的知识分子，高举民主科学的旗帜，其中一项重要运动就是白话文运动，致力于使中国的文字变成大众的文字。而当艺术从宝塔尖走下来的时候，它的圣光便渐渐消失，化为人间的声色。

现在人人都操纵起思想的武器，思想也进人了一个大众的消费时代。今天这时代，关于人生的良药，简直多得不得了，各种各样的哲学，都是提供你解决人生的问题的，简直像超级市场，你缺什么就有什么。结果是现在的人就像药吃多了，有抗药性了，哪种道理都不太能说服人了。人生哲学的空间全部占满了，已经毫无空地了，就像这世界上的人口一样！问题和答案都有了，剩下的也许只有一个无可解决又无可避免的终极问题，就是死亡的问题。死亡的问题是任何科学都不能解决的问题，对这问题我们一点办法都没有，我们只可能谈谈如何对待而已。我们如何对待呢？我们往往是趁早退回去，退到琐碎的日常的问题里去，不去想它，想了没用，就把眼光看着近处，避身在人生的细节中。这是一种很偷懒的办法，妥协的办法。然而退回到日常细节里边，就又生出一大堆鸡毛蒜皮的问题，钱不够用啊，女朋友不理我啊，股票套牢了，房子太小了，等等。不过不要紧，对付这些小问题办法多得很，最简单最方便最不动脑筋的就是：潇洒走一回，把这一切事情都不当一回事，一切都是合理的，正常的，自有它的道理，不必去思索它，只有它的存在是重要的，这种所谓"后现代"观点，简直没有道理可讲，没什么高低上下，没什么是非黑白，人就是不讲道理了。因为再怎么样的差别，结局都是一样的：死亡。什么能是天长地久？只要曾经拥有。于是，死亡的问题，终究还是靠死亡自己来解决了。这时候，我们已经比所有的哲学家更聪明了，他们给我们的武器我们掌握得很好，已经可以一下子把他们打倒了，我们已经不需要他们了。在这所有问题都迎刃而解的前景之后，其实是极大的虚无。

而这些现代小说家，是要比大众更深地陷入这虚无境地的，如同在任何问题上都要超前一样，他们在虚无上也更要超前。如果说，古典主义的作家是在地平线上空创造辉煌境界，现代主义作家则转了个向，在地平线下方开拓黑暗的深渊。我们很难指望他们给我们提供一些更美好的图画。

在科学与民主的日益进步下，这个世界也安排得越来越合理了，譬如说种族问题、民族问题。民族实际上是人类情感的源泉，中国人有句俗话：老乡见老乡，两眼泪汪汪。民族是情感的源泉，它和家园、血缘、生命的概念联系在一起。但人类走到今天已经明白了，民族是脆弱的，必须要组织起来，成为国家。国家就不那么可爱了，没什么情感了，它是一种机器性的东西。但我们心里非常明白，人现在都很服理了，我们要强盛，要生存，必须建立和建设健全的国家。我们必须承认现实，国家的现实应该讲是非常合理，非常科学的，可人在这种现实面前几乎是没什么感情空间。因此在这种情景下，小说家，尤其是艺术家，他们面对着一个不尽如人意的现实，那就是严格固定好每个人的位置。在这样一个井然有序，规矩森严，几乎无缝可钻的世界，他们怎样建设他们的心灵世界呢？往往是：回到自然！

"回到自然"已成为20世纪一个大主题了，遍及美术、音乐、文学、戏剧，是一个大主题。似乎我们所能看到的最好的景观就是自然的景观了，这是大部分作家在做的事，包括我们中国当代的寻根文学运动，最好的东西就是自然。于是就发生了一个有趣的情形，我们古典的作品，大家看得很清楚，比如希腊神话里，它所创造的人物全都是征服自然的，是反自然的。而今天我们的艺术作品则是回到自然，又走了个反向。但是我以为最好的艺术家也是最苦闷的艺术家，他们非常知道回到自然也不是出路，依然无从建设心灵世界，困难其实还是那些，还是创造力的问题，回到哪里去也不行。他们非常知道"回归自然"这种理想的欺骗性，这种理想有点像头痛医头，脚痛医脚，只是应付眼前。然而，在这样一个结构严谨的世界中开辟一个精神的空间，真是很困难。空间全被占领了，我们挤不出空地了。所以这个时代最好的艺术家，往往只能以取消为结果，结果是没有，丧失，什么都丧失掉。

我觉得《百年孤独》就是这样一个世界。《百年孤独》不是在造房子，它是在拆房子，但绝不是像所谓"后现代"那样一下推倒算数，不讲任何道理，它拆房子很有道理，有秩序，有逻辑，一块砖一块砖拆给你看。当它拆下来以后你才看到这房子的遗迹。

我们现在再做一件事：用一句话来描述一下《百年孤独》，这句话很难说，我想这是不是一个生命的运动的景象，但这运动是以什么为结局的呢？自我消亡。因此马尔克斯在拆房子，拆的同时建立了一座房子，但这是一所虚空的房子，以小说的形式而存在。

现在，话回到《百年孤独》，关于《百年孤独》的一句话定义也基本上出来了。这句话定义就是，一个生命的运动景象，这景象是以自我消亡为结局。这就是马尔克斯的心灵世界，这比托尔斯泰的、罗曼·罗兰的、雨果的心灵世界要低沉得多。我现在建议大家再去读一本书，这本书叫《幽灵之家》，是一个智利女作家写的，叫伊莎贝尔·阿连德。这作家在20世纪70年代初期出现，对她的评价非常之高，称之为"穿裙子的马尔克斯"。我觉得如果你们看了这本书，再来对照马尔克斯的《百年孤独》，就会发现《百年孤独》在现代小说中的不同一般，它在现实世界之中陷得如此之深，却依然挣脱着成为一个独立的存在。

伊莎贝尔·阿连德有一个特殊的政治背景，她的叔父是智利著名的社会党总统，叫萨尔瓦多·阿连德，是在一九七三年智利政变中壮烈牺牲的。这个伊莎贝尔·阿连德的《幽灵之家》其实是在写他们的家史。你们看过之后会发现这是一个特殊家族在一个特殊时期里的真实写照，生动可信地记录了它在风云激荡的政治斗争中的血缘传续，爱情悲欢，聚散离合，所谓的"魔幻"性质只是整部小说的一种装饰和气氛。而马尔克斯的《百年孤独》却是具有着极大的概括力，它含有一种可应用于各种情景之下的内涵，它的"魔幻"性质担负着给这个独立的心灵世界命名的意义，这是有着很大区别的。

然后我要像以前一样谈现实世界和这个心灵世界的关系问

题。对于这本《百年孤独》，人们已成定论的总是这么句话：从小镇马孔多的建立、发展直到毁灭的百年历程中，活灵活现地反映了拉丁美洲的兴衰历史。这句话已经可以背得出来了，大家都知道《百年孤独》是写这个的。我想告诉大家的是：我绝对没有否定它反映拉丁美洲的历史的这种说法，它可能，它一定也是写拉丁美洲的历史，但事实上我们从分析中已经看到它可应用于很多种情况，从宏观上讲，可以是整个人类、整个世界，甚至宇宙的运动；从微观来讲，也可以是一个微生物、一个细胞的生和灭的过程。如果我们承认这一点，就承认了它的独立存在价值了。《幽灵之家》是用一个特殊家族的历史和命运，反映了智利的历史和命运，典型地、如实地、具体地写了智利从20世纪50年代到70年代的遭遇。可《百年孤独》完全不是这么回事。你可以找到很多细节说这是象征着拉丁美洲哪一段时期，你可以这么说。我相信作者确实用了拉美的历史作了材料，可他最后呈现在我们面前的世界却是个独立的世界。我甚至可以说：即便拉丁美洲消失了，可它还在。它已完全可以脱离拉丁美洲的现实而存在。

我想我们可能对拉丁美洲的历史不怎么了解，可我们可以了解《百年孤独》。它是以怎样的手法去做这事情呢，说起来很简单，其实就是个提炼和概括。这个过程几乎可称得上是科学的，非常具有操作性，这也就是我刚才所讲的现代小说的一个特征。现代小说非常具有操作性，是一个科学性过程，它把现实整理，归纳，抽象出来，然后找到最具有表现力的情节再组成一个世界。这些工作完全由创作者的理性做成，完全由理性操作，因此现代小说最大特征是理性主义。它和以前古典小说不同的地方就是它不那么感情和感性，情感的力量不那么强，但它有理性的力量。

这就是对这部小说我要说的。而它的致命的，改变了20世纪艺术景观的缺陷也在此，它终究难以摆脱现实的羁绊。从这点说来，现代主义小说本质上是不独立的。这也是我对现代艺术感到失望的地方，它使我感到，我们已经走入了死胡同，应当勇敢地掉过头，去寻找新的出路。

王安忆：中国当代著名女作家，中国作家协会副主席、复旦大学中文系教授，是中国当代在海内外都享有很高声誉的女作家。王安忆的作品主要有小说、散文、儿童文学作品等等，代表作有：《小鲍庄》《长恨歌》《纪实与虚构》《天香》等。

打开自己

陈忠实

当作家，我当时能想到的切实举措就是读书。我那时想从短篇起步，就读契诃夫和莫泊桑。我一边关注着新的文学观点，重心却在这两位大家的作品的阅读感受。是驱逐排解以往接受的极左到可笑的非文学因素的最有效的办法。我在契诃夫与莫泊桑之间又选定莫泊桑，把他小说集里我最喜欢的十数篇作为精读的范本。房子里生着火炉，我熬着最廉价的砖茶，从秋天读到冬天直读到春节，整个沉浸在阅读的愉悦之中，没有物质要求，也不看左凉右热的脸，是一种最好的读书心境。到1979年的春节过后，我在依然凛冽的寒风里敏感到春的骚动，开始涌动起写作的欲望。这一年，我写了近十篇小说，《信任》获得全国短篇小说奖。此前一年冬天围着火炉的阅读，不仅从极左的文艺禁锢下得到拯救和重生，而且开始形成自己，也成为我创作道路上的一次深刻的记忆。现在看，当是第一次打开自己。

我在七八年后又发生了这种迫切的阅读欲望。我在《白鹿原》创作苗头发生以后，突然意识到以往阅读长篇小说太粗心了，竟然没有留心删读它们的结构。《白》的主要人物重大情节和一些自以为得意的重要细节基本确定以后，如何把已经意识到的内容充分合理地表述出来，结构就成为横在眼前的首要难题。我尊敬的西北大学教授蒙万夫老师，得知我想写长篇小说之后，十分关切，不止一次郑重告诫我，长篇小说是一个结构艺术。其实在我不单是一个结构问题，我既想见识各种长篇小说的结构方式，也想看看各路作家的语言选择，甚至如何开头和结尾才恰到好处。我已十分切近地感到某种畏怯，第一次写长篇，人物和内容又那么多，时间跨度也那么长，写砸了就远不是某个中篇或短篇不尽如人意所可类比。阅读以开扩眼界，同时也在完成心理调整，排除畏怯心理，树起自信来。

我先后选择了十多部长篇作为范本阅读。我记得有《百年孤独》，是郑万隆寄给我的《十月》杂志上刊发的文本，读得我一头雾水，反复琢磨那个结构，仍是理不清头绪，倒是忍不住不断赞叹伟大的马尔克斯，把一个网状的迷幻小说送给读者，让人多费一番脑子。我便告诫自己，我的人物多情节也颇复杂，必须条分缕析，让读者阅读起来不黏不混，清清白白。我读了王蒙的《活动变人形》和张炜的《古船》，这是那两年先后出版的两部深得好评的长篇小说。在我的印象里是新时期文艺复兴刚刚开端的长篇小说创作，一出手就把长篇小说创作推到一个标志性的高度。我读这两部长篇小说时，完全不同《百年孤独》的感受，不是雾水满头而是清朗爽利。《活动变人形》呈现一种自然随意的叙述方式，结构上看去不做太讲究的痕迹，细看就感到一种大手笔的自由自在的驾驭功夫，把人物的现在时和过去时穿插得如此自然自如。我在《古船》的阅读中却看到完全不同的结构方式，直接感知到一种精心设计的刻意。我又一次加深体验了我说过的话，想了解一个作家的最可靠最直接的途径，就是阅读他的作品。《古船》和《活动变人形》对近代和当代生活的叙述，就显示着张炜和王蒙的不同质地和个性，这且不多论。我在这两部小说阅读中得到的关于结构的启示，不单是一个方式方法问题，而是如何找到合理结构的途径；不是先有结构，或者说不是作家别出心裁弄出一个新颖骇俗的结构来，而是首先要有对人物的深刻体验，寻找到能够充分表叙人物独特的生活和生命体验的恰当途径，结构方式就出现了。这里完成了一个关系的调整。以人物和内容创造结构，而不是以先有的结构框定人物和情节。我必须再次审阅我的人物。

　　这时候刚刚兴起的一种研究创作的理论给我以决定性的影响，就是"人物文化心理结构"学说。人的心理结构主要由接受并信奉不疑且坚持遵行的理念为柱梁，达到一种相对稳定乃至超稳定的平衡状态，决定着一个人的思想质地道德判断和行为选择，这是性格的内核。当他的心理结构受到社会多种事象的冲击，坚守或被颠覆，能否达到新的平衡，人就遭遇深层的痛苦，乃至毁灭。我在接受了这个理论的同时，感到从已往信奉多年的"典型性格"说突破了一层，有一种悟得天机茅塞顿开的窃喜。我自喜欢上文学创作，就知道现实主义的至为神圣的创作目标，是塑造典型性格的人物；我从写第一篇小说就实践着典型性格人物的创作，短篇小说和中篇小说都在作着这种努力；我已经写过几十个短篇小说和七八部中篇小说，却没有一个人物能被读者记住，自然说不上典型了。我曾经想过，中国古典几部经典小说塑造的张飞、诸葛亮、曹操、贾宝玉、王熙凤、林黛玉、孙悟空、猪八戒等典型性格，把中国人的性格类型概括完了，很难再弄出新的典型性格来；我也想到新文学，仅就性格的典型性而言，大约只有阿Q和孔乙己。我自然想到我的这部长篇小说，几十万字写出来，如果给读者不能留下一两个性格显明的人物，读者读完便什么都忘了，我写它的必要性还有多大？且不敢妄想"典型性"。我在以偷得天机的接受"人物文化心理结构"说之后，以为获得了塑造《白》的人物的新的途径，重新把正在酝酿着的几个重要人物从文化心理结构上再解析过滤一回，达到一种心理内质的准确把握，尤其是白嘉轩和朱先生，还有孝文和黑娃，他们坚守的生活理念和道德操守，面对社会种种冲击和家庭意料不及的变异，坚守或被颠覆，颠覆后的平衡和平衡后的再颠覆，其中的痛苦和欢乐，就是我要准确把脉的心灵流程的轨迹。我已树立起一个信念，把自以为对这些人物的心灵轨迹心理脉象把准了，还能有恰切恰当的叙述文字，这些人物的内在气质和个性应当是立体的。为了实现从这条途径刻画人物的目的，我给自己规定了一条限制，不写人物的外貌肖像，看看能否达到写活人物的目的。这样，我的思路明晰了，也单纯，就是从人物各个不同的心理结构下笔，《白》书的结构框架也脉络清晰水到渠成了。我在和李星的对话里说过："最恰当的结构便是能负载全部思考和所有人物的那个形式，需得自己去设计，这便是创造。"

我至今记着1985年的一个细节。这年早春三月，中国作协在河北涿县召开"农村题材创作"研讨会。我在赴京的火车上和由北京赴涿县的汽车上，看到河北平原寒凝大地的凋残景象，一望无际的越冬小麦的垄畦里，看不到一缕绿色，贴在冻结的地皮上的麦苗的叶子，一抹被冻死风干的黄色，我顿然意识到不同于我的家乡关中冬天的严酷了。在关中，在我的祖居和现居的白鹿原下的灞河川道，即使数九天里，小麦的叶子只不过稍微变成深灰，却仍然是绿的底色。三月的河川和原坡，已经是一派葱茏的返青的麦苗了，柳树已蓬勃着一派嫩绿浅黄的柔和诗意。我第一次领略到河北平原的三月，是这样一番不堪的景致，虽然颇多惊诧，却毫不影响我参加这次会议的兴致。我感动中国作协对以农村题材写作为主的作家的关心，召开这样一个专题研讨会，起码给我提供了一个难得的机会，可以听取那些在农村题材创作上成就卓著的老作家的经验，也可以了解新时期在农村题材创作上出手不凡的年轻作家的创作思路，还有涉及农村题材创作诸多话题的种种见解，我可以开阔眼界扩展思路和视角，对往后的创作肯定只有益处。我只是一个聆听者，一个虔诚的聆听者，这是我起程赴会时就自我确定的姿态和心态。我一次不缺参加分组讨论和大会发言，都是倾心真诚地聆听各路新老作家的见解，即使完全相对相背的看法，我都认真听取，在我的思想里过滤，判断和选择。我至今留下的印象，这是难得的一次有质量的会议，讨论的话题已不局限在农村题材，很自然地涉及整个文学创作，即20世纪80年代中期文学创作的现状和走向。其中现代派和先锋派的新颖创作理论，有如白鹭掠空，成为会上和会下热议的一个话题。记得是在大会安排的发言中，我听到路遥以沉稳的声调阐述他的现实主义创作主张，结束语是以一个形象比喻表述的："我不相信全世界都成了澳大利亚羊。"

那个时候刚刚引进来澳大利亚优良羊种，正在中国牧区和广大乡村推广，路遥的家乡陕北地区素来习惯养羊，是陕西推广澳大利亚羊的重点地区。他借此事隐喻开始兴起的现代派和先锋派创作，却没有挑明直说；他只说自己崇尚并实践着的现实主义写作方法，自然归类于陕北农民一贯养育着的山羊了。我坐在听众席上看他说话，沉稳的语调里显示着自信不疑的坚定，甚至可以感到有几分固执。我更钦佩他的勇气，敢于在现代派先锋派的热门话语氛围里亮出自己的旗帜，不信全世界只适宜养一种羊。我对他的发言中的这句比喻记忆不忘，更在于暗合着我的写作实际，我也是现实主义写作方法坚定的遵循者，确信现实主义还有新的发展天地，本地羊也应该获得生存发展的一方草地。然而，就现实主义写作本身，尽管我没有任何改易他投的想法，却已开始现实主义写作各种途径的试探，这从近两年的中短篇小说尤其是中篇小说的写作上可以看出变数。1985年早春的涿县会议使我更明确了此前尚不完全透彻的试探，我仍然喜欢现实主义创作方法，但现实主义写作方法必须丰富和更新，寻找到包容量更大也更鲜活的现实主义。

我随后便以自觉的意识回看自己的现实主义写作历程。这是1985年最活跃的文学创作氛围冲击下获得的自觉。我自然会想到柳青和王汶石，他们对渭河平原乡村生活的描写，不仅在创作上，甚至在纯粹欣赏阅读的诗意享受上，许多年来使我陷入沉醉。"文革"中的1974年我到南泥湾"五七干校"锻炼，规定要带《毛泽东选集》，我悄悄私带了一本《创业史》，在窑洞里度过了半年，那是一种纯粹的欣赏性阅读。这两位作家对我整个创作的影响，几乎是潜意识的。我的早期小说，有人说过像柳青的风格，也有人说沾着王汶石的些许韵味。我想这是自然的，也是合理的，当年听到时还颇为欣慰，能让评论家和读者产生这种阅读感觉，起码标志着不低不俗的起步的基点。到了1985年，当我比较自觉地回顾包括检讨以往写作的时候，首先想到必须摆脱柳青和王汶石。我曾在一篇文章里写到过这段经历，概括为一句话说：一个业已长大的孩子，还抓着大人的手走路是不可思议的。还有一句决绝的话：大树底下好乘凉，大树底下不长苗。这是我那段时间反省的结论。在之后酝酿构思《白》书的两年时间里，想要形成独立的自己的欲念已经稳固确立，以自己的理解和体验审视那一段历史。但有一点我还舍弃不了，这就是柳青以"人物角度"去写作人物的方法。

不同的作家有不同的写作人物的方法，有的是全知的叙述或描写，有的则是作家自己的视角和口吻，等等。柳青的"人物角度"写作方法，是作家隐在人物背后，以自己对人物此一境况或彼一境遇下的心理脉象的准确把握，通过人物自己的感知作出自己的反应。我曾经一直实验着这种方法。我在1985年获得并决定接纳"人物文化心理结构"说的跃跃欲试的兴奋情境里，似乎很自然地把柳青的"人物角度"写作方法联想起来。我较长时月里虽然都在使用这种方法，总是苦于把握不准"人物角度"，或者留下生硬的痕迹，难得如柳青那样自然熨帖。我这时才意识到，"人物角度"只是现实主义写作的一种方法，这个方法谁都可以用，用得好用得不好，或者说能否显示这种写作方法独具的艺术效力，关键还在作家对自己要写的人物深度理解上，一个本身没有多少思想负载的人物，单凭某种写作方法是无法为其增加分量和深度的。我也就豁然开朗，我可以使用"人物角度"的写作方法，而关于历史和现实生活的理解和体验，只能由自己发生，这是无法借助或教授所能获得。关于20世纪前50年的生活体验生命体验，自以为是新鲜的独自的；对那些已经酝酿着的人物的"文化心理结构"的把握，顿然确信获得了"人物角度"写法的自由。在后来的写作中，自我感觉果然比较自如，在人物直接出场的行为中，我以"人物角度"描写他们；在人物不直接出场纯由作者叙述的篇章，我也能比较自如地以"人物角度"进行叙述；描写和叙述都从"人物角度"得以实现，我以为真正的要领在于"人物文化心理"的把握，才获得了描写和叙述的自由。"人物文化心理结构"说，在上世纪八十年代中期令人难忘的思想和学术的活跃氛围里，似乎还没有形成轰动效应，大约是学术味太偏浓的缘故，我却有幸领教了也接纳了，而且直接进入创作试验了。我便想到，谁接受什么拒绝什么，也是因谁的具体个案而决定取舍的。我说不清我为什么接纳"人物文化心理结构"说，要说还是一句大实话大白话，觉得它有道理，有道理就可以信赖，就对自己认识世界认识生活以及正在努力着的写作具有启示意义，自然就信服了。而我确切地感知到这是一次重要的非同一般的启示。

　　我想到阅读《百年孤独》的情景。我是在《十月》上读到这部名著的，这部小说和作家马尔克斯风靡中国，一直持续到今天，新时期以来任何一位获得诺贝尔文学奖的作家和作品，都无法与其相比在中国文坛的影响。我随后看到中国个别照猫画虎式的某些模仿，庆幸我在当初阅读时的感受和判断，尚未发昏到从表面上去模仿，我感受到马尔克斯的《百年孤独》是一部从生活体验进入生命体验之作，这是任谁都无法模仿的，模仿的结果只会是表层的形式的东西，比如人和动物的互变。就我的理解，人变甲虫人变什么东西是拉美民间土壤里诞生的魔幻传说，中国民间似乎倒不常见。马尔克斯对拉美百年命运的生命体验，只有在拉丁美洲的历史和现实中才可能发生并获得，把他的某些体验移到中国无疑是牛头不对马嘴的，也是愚蠢的。我由此受到的启发，是更专注我生活的这块土地，这块比拉美文明史要久远得多的土地的昨天和今天，企望能发生自己独自的生活体验，尚无把握能否进入生命体验的自由境地。在形式上，我也清醒地谢辞了"魔幻"，仍然定位自己为不加"魔幻"的现实主义。这道理很简单，我所感知到这块土地的昨天和今天，似乎没有人变甲虫的传闻却盛传鬼神。我如果再在中国仿制出人变狗或变虾鱼的细节来，即使硬撑着顶住别人的讥讽，独处时也会为这种低能而羞愧的。我确信中国民间的鬼神传闻在本质上不同于魔幻，不单是一句批判意义上的迷信，尽管其发生和传播的一条原因在于科学的缺失，然而仍蕴涵着不尽的文化，也应是中国某些人"文化心理结构"的一根构件，即使是小小的不起眼的一件。我自幼接受的第一件恐惧事象不是狼而是鬼。天黑之后我不敢去茅房，四周似乎都有鬼的影子。即使在我已经做了乡村教师，还是在路过有孤坟的一段村路时由不得起鸡皮疙瘩。我在未识字前的最丰富生动的想象力，就集中体现在对鬼的千姿百态的描绘上。我对神却是一片迷糊，从来没有想象出一幅神的图像来。在《白》书的构思里，有几处写到闹鬼情节，却不是为了制造神秘魔幻，而是出于人物自身的特殊境遇下的心理异常。鹿三杀死小娥后就发生了行为举止失措的变化，这是仅仅出于鹿三这个人独具的文化心理结构，按他的道德信奉和善恶观，无法容忍小娥的存在；然而出于同样的文化心理结构，杀人毕竟不是拔除一根和庄稼争水肥的野草，在一时义举之后就陷入矛盾和压迫，顺理成章就演绎出小娥鬼魂附体的鬼事来……我少年和青年时期，不下十回亲自看见乡人用桃条抽打附着鬼魂的人身上的簸箕，连围观的我都一阵阵头皮发紧发凉。有论家说我在《白》书中的这些情节是"魔幻"，我清楚是写实，白鹿原上关于鬼的传说，早在"魔幻"这种现实主义文学传入之前几千年就有了，以写鬼成为经典的蒲松龄，没有人给他"魔幻"称谓；鲁迅的《祝福》里的祥林嫂最后也被鬼缠住了，似乎没有人把它当作"魔幻"，更不必列举传统戏剧里不少的鬼事了；我写的几个涉及鬼事的情节，也应不属"魔幻"，是中国传统的鬼事而已……

真是难忘的1985。我在文学艺术的各种流派新潮的涌动里，接纳并试验了我以为可以信赖的学说，打开了自己；我在见识各种新论的时候，吸收了不少自以为有用的东西，丰富了自己；我也在纷繁的见识中进行了选择，开始重新确立自己，争取实现对生活的独自发现和独立表述，即寻找我以为属于自己的句子。

陈忠实：中国当代著名作家，中国作家协会副主席。《白鹿原》是其代表著作，其他代表作有短篇小说集《乡村》、《到老白杨树背后去》，以及文论集《创作感受谈》。中篇小说集《初夏》、《四妹子》，《陈忠实小说自选集》，《陈忠实文集》，散文集《告别白鸽》等。1997年获茅盾文学奖，其《白鹿原》被教育部列入"大学生必读"系列，已发行逾200万册，被改编成秦腔、话剧、舞剧、电影等多种艺术形式。

世界：不止一副面孔

阿 来

在我看来，好些非常有名的，被很多人诠释过的作品，都面临着某种尴尬。最著名的两本书，是两个得诺贝尔奖的作家的代表作。一本当然是马尔克斯的《百年孤独》，一本是莫瑞森的《宝贝》。我不知道这两本书在西班牙语和英语的语境中是怎样被批评的。但我知道，这两本译为中文已经很长时间的书，在中文的语境中是被怎样批评与言说的。这些批评与言说，如果只是批评圈子里的自说自话倒也罢了，但这些批评的结论与得出结论的方式，往往影响到很多读者的阅读方式，也影响到许多写作者的路径取向。

比如莫瑞森小说中的差不多无处不在的鬼魂，它是怎么在这部小说中出现的？它为什么会出现？仅仅是作家有意设置的烘托气氛的手段，或是赋予了特别意义的象征性符号？它最初的来源是否就是作家灵感突至的结果？至少在我看到的批评中，这些可能真正让人感兴趣的问题却在有意无意之中被忽略了。一些批评忙于揭示其中可能包含的美国社会矛盾和美国民主政治的虚伪，这其实和很多美国人诠释中国文学的方式如出一辙。也有一些批评则断章取义，把一部完整的作品为我所用，支持我论点的东西，便加以呈现，否则便让其永远沉陷在那束理论之光永远光照不到的黑暗之中。我们看到过在黑夜的世界里：一束光如何照亮很小的一片地方,而舍弃了真正广大存在的景象。当今的批评中,这种景象实在是十分普遍。

莫瑞森是一个非常杰出的作家,但在中国批评界与创作界中,她的名声远比马尔克斯要小。《宝贝》这部杰作也常常被忽略。而人人都能够谈的是《百年孤独》。从小说开头的那一句话,到书中那些光怪陆离的场景,再到纯政治性的对殖民主义的揭露与抗议等。而且,大家也都因此知道了一个词:魔幻现实主义。这个主义代表了一个喧闹的,多彩的,差不多随心所欲的,无所不能的文体。魔幻在这里的意思差不多与魔术相当。魔术可以引领我们逃避真实。

自《百年孤独》登陆并风靡了中国以后,所有富于想象的作品,都面临被贴上一个魔幻标签的危险。我特别担心,那个遥远的,曾经十分喧闹的,匪夷所思的,已经重新陷落于记忆与雨林深处日渐朽腐的马孔多镇,会被中国文学当成所有超凡想象的唯一源头。

在当年的魔幻热潮中,我便开始琢磨马尔克斯和马尔克斯们是怎么开始魔幻起来的。于是读鲁尔弗、卡彭铁尔、阿斯图里亚斯、富恩斯特等一系列的拉美作家。看这群人的想象为什么会发生集体性的爆发。在此之前,拉美大陆的作家只是用西班牙语写着一些西班牙式的小说。终于,这些急于摆脱旧大陆影响的人们,建立了自己独立的诗歌帝国。这个帝国的核心是聂鲁达,聂鲁达的诗歌王国的制高点《巴克楚比克楚》,便是美洲大陆本土的印第安文化最辉煌高峻的圣殿。

这首诗也为我们解读整个拉美的文学爆炸提供了两条重要的线索:一条,来自欧陆的超现实主义文学的影响;一条,拉美本土印第安文化传统在西班牙语的拉美文学中的复活。

在拉美,这样两条在时空上相距遥远的意识之流奇妙地汇集到一起,产生出一条新的河流。这条河流在一个新大陆上,激情四溢地四处流淌，随时随地开辟出新的河床。我们应该看到，这样一种文学大潮的出现，既与来自外部世界的最新的艺术观念与技术试验有很大关系，更与复活本土文化意识的努力密切相关。但在大多数情况下，我们是把马尔克斯们当成一个孤立的事件来看待的。至少，从众多的评介文字中，我们只能得出这样的印象。拉美的文学爆炸就像关于宇宙起源的大爆炸假说一样，没有任何先决的条件。魔幻现实主义所受的超现实主义的影响被忽略了，而作家们发掘印第安神话与传说，复活其中一些审美与认知方式的努力则更是被这种或那种方法论圈定了界限的批评排除在视野之外。

从此，魔幻现实主义这样一个未必明了的概念便常常用来指称所有具有超现实因素的作品。这种简单化的方式，把整个拉美的爆炸文学等同于魔幻现实主义，魔幻现实主义又等同于马尔克斯一个作家，马尔克斯一个作家又等同于《百年孤独》这一部作品。就其从把复杂纷纭的事物变得简单与绝对这一点来说，我们的很多批评家应该改行去做"数学家"了。

当然，如果这仅仅是用以评介那些作品，我们也无话可说，但这种批评方式很快又蔓延到对中国当代文学的评介之中。新时期的中国文学从技术到观念，受了很多不同流派不同风格不同思想作家的影响。这种影响往往是以重叠而交叉的方式发生的，这样复杂的影响方式在成功的作家的成功作品中体现得特别明显。这句话用另一种方式来表达就是，一个只会模仿的作家绝对不会是一个好的作家。当今的批评往往用剖析模仿性作品的方式来对待那些富有创造性的作品。

即便我们要把中国作家所有的创新努力都算到模仿外国作家的账上，那么，一些具有异质感，有些超常想象与超现实场景的作品，也绝非对一个魔幻现实主义，一个马尔克斯的反复模仿那么简单。前面我已经提到了一张与马尔克斯同道的拉美作家的名单。虽然我见识不多,也还读过许多富于幻想性的作品。比如法国人埃梅,比如意大利人卡尔维诺,还有前面提到的莫瑞森(就读读《所罗门之歌》那富于超现实意味的开头吧)。如果说到一些单篇的作品,我们至少可以提到卡夫卡的《变形记》,尤瑟纳尔的《王佛的保命之道》。所以,我不知道是中国批评家偷懒只读了马尔克斯,还是如此一致地崇拜着马尔克斯。

也许,我们认为文学的想象到马尔克斯为止。所以,任何作家的作品出现超现实的场景都是在马尔克斯的香蕉园里"跳舞"。也许,我们认为超现实的现象、诗意的想象是魔幻现实主义的专利,所以,中国作家在这方面的任何建树,都侵犯了人家的专利权。

文学源流的梳理,自从有文学批评,有文学史以来,就开始进行了。而且积累了很多各有所长的方法。但是,中国当代文学得到的对待往往过于简单了。在这样一个境况下,如果有谁还盼望对另一个源头,即本族文化的源头与基因进行一些梳理与考量,那也会成为一个超现实的想象。刚才说过,马尔克斯们那种多彩多姿、喧闹不已的文体,有很大一部分,来自他们对印第安神话与传说的研究,其中包含了他们复活已经日渐湮灭的印第安文化意识的共同努力。在我看来,当下的一些中国作家也在作着同样的努力。

直到今天,我都不十分明白,因而特别想就教于中国批评界的是,为什么我们看不到构成中国各族文化的丰富民间文化正在对汉语言文学发生怎样的影响,如果限于教育,限于批评界习惯的狭窄视野,还算是情有可原的话,但那么多人对西方文学与理论趋之若鹜,为何讨论起中国作家富于想象力的创造时,总是那么简单地拿一部《百年孤独》作为万能的独门兵器,用其概括一切,从而差不多是无知而又粗暴地遮蔽了真正具有创造力的灵光闪耀!即便只在西方的书面文学中进行梳理,还有多少超现实技法在不同作家的不同作品中的成功运用并成就了多少作家。而一些富有创造力的作家，他们的才情是如此的千差万别，怎么会全部不约而同涌向美洲全部拜倒在马尔克斯并不宽大的门廊之下。马尔克斯伟大吗？伟大。但这个世界上还有很多伟大的作家，很多想象力像他一样汪洋恣肆的作家，如果在我心中的名人堂里排一个座次，有好些作家的位置会排在他的前面。

即便是马尔克斯本人，其实也没有认同过加诸他身上的魔幻现实主义这样一个标签。针对这种说法，他认为，所谓现实，对每一个人来说是不一样的，这个抽象的字面上的"现实"，当你用感性的方式去把握和用理性的方式去框定时，会是完全不同的面貌。

他给自己所在的那个大陆的作家们取了一个名字：西班牙美洲的小说家。他说，这些作家的任务就是把在欧洲西班牙文学中被遗忘的古代西班牙文学传统恢复起来。他写道：

在西班牙，长期以来，人们就在写那种缺少想象力和表现力、几乎为社会见证服务的小说。

他还说：

在中世纪富有想象力的神志错乱中产生的骑士小说作者成功创造了一个什么都可能办到的世界。对他们来说，最重要的是故事的价值。（以上引语出自云南人民出版社出版的《两百年的孤独——马尔克斯谈创作》）

这里有一个重要的概念，那便是故事的价值。这在中国同样是为批评界与创作界都很少进行正面讨论的重大问题。不讨论故事，不讨论故事在小说中怎样自治与圆满，想象对文学建构的特别重大的意义自然就很难显现出来。其实，我们的汉语言文学也有深厚的传奇与幻想的传统，但在近代，这种传统却很奇怪地一下子萎缩了，萎缩到今天我们的想象力开始复活的时候，要劳我们的批评家去遥远的拉美去寻找遗传密码。

我在写作《尘埃落定》的时候，就曾认真思考过，如果要表达一段历史，将采用一种什么样的方式，用什么样的方式讲述故事，讲述一个什么样的故事。我知道我将逃脱那时中国文坛上关于历史题材小说，家族小说，或者说是所谓"史诗"小说的规范。我将在这僵死的规范之外拓展一片全新的世界，去追寻我自己的叙事与抒发上的成功。就事实而言，《尘埃落定》确实取得了成功。也许，这样的成功放在别一种语言的环境里是不足为奇的，但这部写作于1984年，面世于1987年的小说，出现在当时的汉语的文学语境中，的确是一个异数，一个奇迹。

好在奇迹至少不会使我自己感到吃惊，因为滋养我成长的就是一种曾经被唤醒，被激发的一切，都从升得最高最飘的空中慢慢落下来，落入晦暗的意识深处，重新归于了平静。当然，这个过程也不是一种突然的终止，巨大的尘埃落下很快，有点像一个交响乐队，随着一个统一的休止符，指挥一个有力的收束的手势，戛然而止。

但好的音乐必然会有余音绕梁，一些细小的尘埃仍然会在空中飘浮一段时间。

每当想起马尔克斯写完《百年孤独》时的情景，总有一种特别的感动。作家走下幽闭的小阁楼，妻子用一种不带问号的口吻问他：克雷地亚上校死了。加西亚·马尔克斯哭了。我想这是一种至美至大的境界。写完这部小说后，我走出家门，把作为这部作品背景的地区重走了一遭，我需要从地理上重新将其感觉一遍。不然，它真要变成小说里那种样子了。眼下，我最需要的是使一切回复到正常的状态。小说是具有超越性的，因而世界的面貌在现实中完全可能是另外一种样子。

一种更能为人所接受的说法应该是，历史与现实本身的面貌，更加广阔，更加深远，同样一段现实，一种空间，的确具有成为多种故事的可能性。所以，这部小说，只是写出了我肉体与精神原乡的一个方面，只是写出了它的一种状态，或者说是我对它某一方面的理解。我不能设想自己写一种全景式的鸿篇巨制，写一种幅面很宽的东西，那样的话，可能会过于拘泥于历史与现实，可能在很大程度上被营造真实感耗散精力，很难有自己的理想与生发。我相信，作家在长篇小说中从过去那种上帝般的全知全能到今天更个性化、更加置身其中的叙述，这不只是小说观念的变化，作家的才能也发生了一些变化。或者说，这个时代选择了另一类才具的人来担任作家这个职业。

如果真的承认一个时代有一个时代的小说，那么也就应该承认一个时代有一个时代的作家。

阿来：藏族，1959年生于四川省马尔康县，当代著名作家，第五届茅盾文学奖获得者，四川省作协主席。代表作有：《尘埃落定》《空山》《格萨尔王》《瞻对：两百年康巴传奇》等。

胡安·鲁尔福与加西亚·马尔克斯

余 华

加西亚·马尔克斯在他那篇令人感动的文章《回忆胡安·鲁尔福》里这样写道:"对于胡安·鲁尔福作品的深入了解,终于使我找到了为继续写我的书而需要寻找的道路……他的作品不过三百页,但是它几乎和我们所知道的索福克勒斯的作品一样浩瀚,我相信也会一样经久不衰。"

这段话至少说明了两个问题,首先是一位作家对于另一位作家意味着什么?显然,这是文学里最为奇妙的经历之一。1961年7月2日,加西亚·马尔克斯提醒我们,这是欧内斯特·海明威开枪自毙的那一天,而他自己漂泊的生涯仍在继续着,这一天他来到了墨西哥,来到了胡安·鲁尔福所居住的城市。在此之前,他在巴黎苦苦熬过了三个年头,又在纽约游荡了八个月,然后他的生命把他带入了32岁,妻子梅塞德斯陪伴着他,孩子还小,他在墨西哥找到了工作。加西亚·马尔克斯认为自己十分了解拉丁美洲的文学,自然也十分了解墨西哥的文学,可是他不知道胡安·鲁尔福;他在墨西哥的同事和朋友都非常熟悉胡安·鲁尔福的作品,可是没有人告诉他。当时的加西亚·马尔克斯已经出版了《枯枝败叶》,而另外的三本书《没有人给他写信的上校》《恶时辰》和《格兰德大妈的葬礼》也快要出版,他的天才已经初露端倪,可是只有作者知道自己正在经历着什么,他正在经历着倒霉的时光,因为他的写作进入了死胡同,他找不到可以钻出去的裂缝。就在这个时候,他的朋友阿尔瓦罗·穆蒂斯提着一捆书来到了,并且从里面抽出了最薄的那一本递给他,《佩德罗·巴拉莫》,在那个不眠之夜,加西亚·马尔克斯和胡安·鲁尔福相遇了。

这可能是文学里最为动人的相遇了。当然,还有让-保罗·萨特在巴黎的公园的椅子上读到了卡夫卡;博尔赫斯读到了奥斯卡·王尔德;阿尔贝·加缪读到了威廉·福克纳;波德莱尔读到了爱伦·坡;尤金·奥尼尔读到了斯特林堡;毛姆读到了陀思妥耶夫斯基……卡夫卡名字的古怪拼写曾经使让-保罗·萨特发出一阵讥笑,可是当他读完卡夫卡的作品以后,他就只能去讥笑自己了。

文学就是这样获得了继承。一个法国人和一个奥地利人,或者是一个英国人和一个俄国人,尽管他们生活在不同的时间和不同的空间,使用不同的语言和喜爱不同的服装,爱上了不同的女人和不同的男人,而且属于各自不同的命运。这些理由的存在,让他们即使有机会坐到了一起,也会视而不见。可是有一个理由,只有一个理由可以使他们跨越时间和空间,跨越死亡和偏见,在对方的脸上看到了自己的形象,在对方的胸口听到了自己的心跳,有时候,文学可以使两个绝然不同的人成为一个人。因此,当一个哥伦比亚人和一个墨西哥人突然相遇时,就是上帝也无法阻拦他们了。加西亚·马尔克斯找到了可以钻出死胡同的裂缝,《佩德罗·巴拉莫》成为了一道亮光,可能是十分微弱的亮光,然而使一个人绝处缝生已经绰绰有余。

一个作家的写作影响了另一个作家的写作,这已经成为了文学中写作的继续,让古已有之的情感和源远流长的思想得到继续,这里不存在谁在获利的问题,也不存在谁被覆盖的问题,文学中的影响就像植物沐浴着的阳光一样,植物需要阳光的照耀并不是希望自己能够成为阳光，而是始终要以植物的方式去茁壮成长。另一方面，植物的成长也表明了阳光不可或缺的重要性。一个作家的写作也同样如此，其他作家的影响恰恰是为了使自己不断地去发现自己，使自己写作的独立性更加完整，同时也使文学得到了延伸，使人们的阅读有机会了解了今天作家的写作，同时也会更多地去了解过去作家的写作。文学就像是道路一样，两端都是方向，人们的阅读之旅在经过胡安·鲁尔福之后，来到了加西亚·马尔克斯的车站；反过来，经过了加西亚·马尔克斯，同样也能抵达胡安·鲁尔福。两个各自独立的作家就像他们各自独立的地区，某一条精神之路使他们有了联结，他们已经相得益彰了。

在《回忆胡安·鲁尔福》里，加西亚·马尔克斯指出了这位作家的作品不过三百页，可是他像索福克勒斯的作品一样浩瀚。马尔克斯不惜越过莎士比亚，寻找一个数量更为惊人的作家来完成自己的比喻。在这里，加西亚·马尔克斯指出了一个文学中存在已久的事实，那就是作品的浩瀚和作品数量不是一回事。

就像E·M·福斯特这样指出了T·S·艾略特；威廉·福克纳指出了舍伍德·安德森；艾萨克·辛格指出了布鲁诺·舒尔茨；厄普代克指出了博尔赫斯……人们议论纷纷，在那些数量极其有限的作家的作品中如何获得了广阔无边的阅读。柯尔律治认为存在着四类阅读的方式，第一类是"海绵"式的阅读，轻而易举地将读到的吸入体内，同样也可以轻而易举地排出；第二类是"沙漏计时器"，他们一本接一本地阅读只是为了在计时器里漏一遍；第三类是"过滤器"类，广泛地阅读只是为了在记忆里留下一鳞半爪；第四类才是柯尔律治希望看到的阅读，他们的阅读不仅是为了自己获益，而且也为了别人有可能来运用他们的知识，然而这样的读者在柯尔律治眼中是"犹如绚丽的钻石一般既贵重又稀有的人"。显然，加西亚·马尔克斯是一颗柯尔律治理想中的"绚丽的钻石"。

柯尔律治把难题留给了阅读,然后他指责了多数人对待词语的轻率态度,他的指责使他显示得模棱两可,一方面表达了他对流行的阅读方式的不满,另一方面他也没有放过那些不负责任的写作。其实根源就在这里,正是那些轻率地对待词语的写作者,而且这样的恶习在每一个时代都是蔚然成风,当胡安·鲁尔福以自己杰出的写作从而获得永生时,另一类作家伤害文学的写作,也就是写作的恶习也同样可以超越死亡而世代相传。这就是加西亚·马尔克斯为什么要区分作品的浩瀚和作品的数量的理由,也是柯尔律治寻找第四类阅读的热情所在。

加西亚·马尔克斯在文章里继续写道:"当有人对卡洛斯·维洛说我能够整段整段地背诵《佩德罗·巴拉莫》时,我依然沉醉在胡安·鲁尔福的作品中。其实,情况还远不止于此:我能够背诵全书,且能倒背,不出大错。并且我还能说出每个故事在我读的那本书的哪一页上,没有一个人物的任何特点我不熟悉。"

在这里,作为一位杰出作家的加西亚·马尔克斯,显示出了同样杰出的阅读天赋。还有什么样的阅读能够像马尔克斯这样持久、赤诚、深入和广泛?就是对待自己的作品,马尔克斯也很难做到不出大错地倒背。在柯尔律治欲言又止之处,加西亚·马尔克斯更为现实地指出了阅读存在着无边无际的广泛性。对马尔克斯而言,完整的或者片断的,最终又是不断地对《佩德罗·巴拉莫》的阅读过程,在某种意义上已经是一次次写作的过程,"没有一个人物的任何特点我不熟悉";加西亚·马尔克斯的阅读成为了另一支笔,不断复写着,也不断续写着《佩德罗·巴拉莫》。不过他没有写在纸上,而是写在了自己的思想和情感之河。然后他换了一支笔,以完全独立的方式写下了《百年孤独》,这一次他写在了纸上。

事实上,胡安·鲁尔福在《佩德罗·巴拉莫》和《烈火中的平原》的写作中，已经显示了写作永不结束的事实，这似乎是一切优秀作品中存在的事实。就像贝瑞逊赞扬海明威《老人与海》"无处不洋溢着象征"一样，胡安·鲁尔福的《佩德罗·巴拉莫》也具有了同样的品质。作品完成之后写作的未完成，这几乎成为了《佩德罗·巴拉莫》最重要的品质。在这部只有一百多页的作品里，似乎在每一个小节的后面都可以将叙述继续下去，使它成为一部一千页的书，成为一部无尽的书。可是谁也无法继续《佩德罗·巴拉莫》的叙述，就是胡安·鲁尔福自己也同样无法继续。虽然这是一部永远有待以完成的书，可它又是一部永远不能完成的书。不过，它始终是一部敞开的书。

胡安·鲁尔福没有边界的写作，也取消了加西亚·马尔克斯阅读的边界。这就是马尔克斯为什么可以将《佩德罗·巴拉莫》背诵下来，就像胡安·鲁尔福的写作没有完成一样，马尔克斯的阅读在每一次结束之后也同样没有完成，如同他自己的写作。现在，我们可以理解加西亚·马尔克斯为什么在胡安·鲁尔福的作品里读到了索福克勒斯般的浩瀚，是因为他在一部薄薄的书中获得了无边无际的阅读。同时也可以理解马尔克斯的另一个感受：与那些受到人们广泛谈论的经典作家不一样，胡安·鲁尔福的命运是——受到了人们广泛的阅读。

多年以前，我在鲁迅文学院学习时，有一位同学出于一种我们不知道也不感兴趣的原因，经常去和一些老人打交道，等到快毕业时，他告诉我，他觉得自己一下子老了很多，胃口变坏了，嘴里经常发苦，睡眠也越来越糟。他认为原因就是和老人在一起的时间太多了。

另外有一个事实大家都能够注意到，一些常和年轻人在一起的老人，其身体状况和精神状况常常比他们的实际年龄要小上十多和二十多岁。

这就是想象的力量，"它的影响深入我的内心。我的策略是避开它，而不是和它对抗"。

想象可以使本来不存在的事物凸现出来，一个患有严重失眠症的人，对安眠药的需要更多是精神上的，药物则是第二位。当别人随便给他几粒什么药片，只要不是毒药，告诉他这就是安眠药，而他也相信了，吞服了下去，他吃的不是安眠药，也会睡得像婴儿一样。

想象就这样产生了事实，我们还听到过另外一些事，一些除了离奇以外不会让我们想到别的什么，这似乎也是想象，可是它们产生不了事实，产生不了事实的，我想就不应该是想象，这大概是虚幻。

加西亚·马尔克斯在《番石榴飘香》里对他的朋友说：

> 记得有一次，我兴致勃勃地写了一本童话，取名《虚度年华的海洋》，我把清样寄给了你。你像过去一样，坦率地告诉我你不喜欢这本书。你认为，虚幻至少对你来说，真是不知所云。你那话使我幡然醒悟，因为孩子们也不喜欢虚幻，他们喜欢想象的东西。虚幻和想象之间的区别，就跟口技演员手里操纵的木偶和真人一样。

几年前，我刚开始阅读蒙田的随笔时，对蒙田所处的时代十分羡慕，他生活在一个充满想象的现实里，而不是西红柿多少钱一斤的现实，我觉得他内心的生活和大街上那世俗生活没有格格不入，他从这两者里都能获得灵感，他的精神就像田野一样伸展出去，散发着自由的气息。

这样的羡慕在阅读加西亚·马尔克斯的作品时也同样产生过，他的《百年孤独》出版后，"我认识一些普普通通的老百姓，他们兴致勃勃、仔细认真地读了《百年孤独》，但是阅读之余并不大惊小怪，因为说实在的，我没有讲述任何一件跟他们的现实生活大有径庭的事情。"

而且"巴兰基利亚有一个青年说他确实长了一条猪尾巴。"马尔克斯说，"只要打开报纸，就会了解我们周围每天都会发生奇特的事情。"

一个充满想象的作家，如果面对很多也是充满想象的读者，尤其可贵的是这里面有许多人只是普普通通的老百姓，那么这个作家也会像加西亚·马尔克斯一样，得意与喜悦之情溢于言表。

当然，这个作家的作品里必须具有真正意义上的想象，而不是虚幻和离奇，想象应该有着现实的依据，或者说想象应该产生事实，否则就只是臆造和谎言。《百年孤独》里俏姑娘雷梅苔丝飞上天空以前，加西亚·马尔克斯曾经坐立不安。

> 她怎么也上不了天。我当时实在想不出办法打发她飞上天空，心中很着急。有一天，我一面苦苦思索，一面走进我们家的院子里去。当时风很大。一个来我们家洗衣服的高大而漂亮的黑女人在绳子上晾床单，她怎么也晾不成，床单让风给刮跑了。当时，我茅塞顿开，受到了启发。"有了。"我想道。俏姑娘雷梅苔丝有了床单就可以飞上天空了……当我坐到打字机前的时候，俏姑娘雷梅苔丝就一个劲儿地飞呀，飞呀，连上帝也拦她不住了。

余华：浙江海盐县人。代表作有：《十八岁出门远行》《在细雨中呼喊》《活着》《许三观卖血记》《兄弟》《第七天》等。

阿里萨之爱

——我读《霍乱时期的爱情》

周大新

我从小就爱看别人举行婚礼，爱看婚礼上的那份热闹，爱听人们讲有关爱情的故事。这么些年来，看过的婚礼无数，听到的爱情故事也无数，但我还从没有听说过一个男人用五十多年的时间去追一个女人的故事。不过，最近听说了。这个男人叫阿里萨。

给我讲述这个故事的人是哥伦比亚作家加西亚·马尔克斯，阿里萨是他创作的长篇小说《霍乱时期的爱情》中的男主角，他的全名叫弗洛伦蒂诺·阿里萨。

这部书我也是一口气读完的。

阿里萨的爱情故事让我惊奇不已。他是在17岁的时候看见13岁的少女费尔明娜的。对少女偶然的一瞥成了这场爱情的源头。抓走了他的心，从此，他陷入了一场长达五十多年的爱情中。但长大后的费尔明娜却嫁给了门户相当的一个医生，找到了自己的爱情之路。阿里萨虽然四处沾花惹草，可始终不娶，一直把妻子的位置留给费尔明娜。他坚信，他会死在费尔明娜的丈夫之后，届时，他再去争取，一定要让费尔明娜成为自己的女人。

生活果然按照他的期望发展，费尔明娜72岁时，她的丈夫去世，此后，76岁的阿里萨重新开始了自己的追求，并最终如愿以偿，两个七十多岁的老人在一艘客船上最后结合在了一起。为了不受打扰，已是内河航运公司总裁的阿里萨下令，在船上挂上有霍乱病人的黄旗，不接受任何旅客上船，就在河里上上下下的走……

《霍乱时期的爱情》，是马尔克斯写的可读性很强的小说，也是他获得诺贝尔文学奖后出版的第一部小说。他写这部书时已经58岁。他曾说过：有两部书写完后使人像整个儿被掏空了一般：一是《百年孤独》，一是《霍乱时期的爱情》。他还曾说过：《霍乱时期的爱情》是我最好的作品，是我发自内心的创作。《纽约时报》曾评价说："这部光芒闪耀、令人心碎的小说是世界上最伟大的爱情故事之一。"这部书的首印量是《百年孤独》的150倍，而且被美国拍成了电影。

这部书在我看来，有三个特点：其一，是写作手法发生了变化，作者不再使用魔幻手法，使用的是19世纪欧洲艳情小说的传统写法，书中一些地方具有欧洲一百多年前艳情小说的浓烈情调。其二，把主角之爱和配角之爱写得都很精彩，将一部小说写成了一部爱情教科书。作者在写阿里萨和费尔明娜的爱情主线的同时，还顺带写了很多其它种类的爱情，有隐蔽半生的爱情，有朝露之情，有羞涩之爱，有无肉体接触之爱等等，使我们看到了爱情的种种形态。其三，作者把他对人生的认识和思考全部揉进了作品中，读这部书会让我们明白许多人生哲理。比如，书中说：我对死亡感到的唯一的痛苦，是没能为爱而死。又如，书中说：社会生活的症结在于学会控制胆怯，夫妻生活的症结在于控制反感。还如，书中说：一个人最初和父亲相像之日，也就是他开始衰老之时。读这样的句子，我们会有一种茅塞顿开的感觉。

今天，我们很多年轻人已不再相信爱情。听说最近有人在一群年轻人中作了一次调查，问的问题是：你相信这个世界上有爱情吗？回答相信的有百分之十几，回答不知道的有百分之十几，剩下的都回答不相信。我不知道我听到的这件事是不是真的。不管你相不相信爱情存在，我都希望你能读读马尔克斯的这本书，马尔克斯告诉我们，在他生活的南美洲那个地方，爱情是有的，是存在的，而且很绚丽，很温暖人。其实我们仔细想想，包括情爱、亲情之爱、朋友之爱、同胞之爱等人与人之间的爱，才是我们人生中最可宝贵的财富，是我们在临终之时唯一可以带走的东西。

加西亚·马尔克斯是哥伦比亚的骄傲，他当过电影编剧和新闻记者，之后才开始写小说。他是20世纪全球最重要的作家之一，是影响世界小说走向的文学巨匠。他1927年出生于哥伦比亚的一个滨海小镇阿拉卡塔卡。父亲是邮局电报员，家境贫困。他小时候在外祖父家生活，外祖父当过上校军官，思想激进，外祖母见多识广，善讲神话和鬼怪故事，对其日后的文学创作产生了重要影响。他1999年夏天被确诊患了淋巴癌，接受了化疗，之后文学产量开始减少。2006年1月宣布封笔。听说，他已经因家族遗传和癌症化疗的影响，已得了老年痴呆症，我希望自己听到的这个消息是假的，像他那样为文学劳碌了几乎一生的人，上帝不应该这样回报他。

2014年4月17日，他去世了。愿他安息！

周大新：河南邓州人，著名作家，解放军总后勤部政治部创作室主任。茅盾文学奖得主。代表作有：《湖光山色》《左朱雀右白虎》《第二十幕》《21大厦》《安魂》等。

重新认识拉美文学

阎连科

从 20 世纪的 80 年代中期开始,一直到今天,三十几年来,拉美文学对中国当代文学的影响,或强或弱,或浓或烈,一直持续不断,仿佛铁轨伴引着轮子前行一样。在影响最为强烈的 80 年代末至 90 年代初期,拉美文学在世界上的爆炸,轰鸣声在中国文坛的巨响可为振聋发聩,令中国作家头晕目眩。其影响之剧,可能超出世界上任何一个时期的任何一个流派、主义和文学团体,对中国文学造成的振动基本和地震或火山爆发一样。这儿,最有代表性的作家自然是马尔克斯,对中国文坛影响最大的作品自然是《百年孤独》。随之其后的,是他的《霍乱时期的爱情》、《一件事先张扬的谋杀案》,巴尔加斯·略萨的《绿房子》、《胡利亚姨妈与作家》、《城市与狗》、《潘达雷昂上尉与劳军女郎》,胡安·鲁尔福的《佩德罗·巴拉莫》,阿斯图里亚斯的《玉米人》,卡洛斯·富恩特斯的《最明净的地区》,伊沙贝尔·阿连德的《幽灵之家》,还有博尔赫斯那些精妙的短篇和散文,聂鲁达那些情感如火山一样的诗,卡彭铁尔那些关于"神奇的现实"的理论和小说。

以马尔克斯的《百年孤独》为例,因为这部小说的开头是充满着时间跳跃的叙述:"许多年之后,面对行刑队,奥雷良诺·布恩地亚上校将会回想起,他父亲带他去见识冰块的那个遥远的下午。"就这样的一句叙述,在当时的中国作家中,不下十人的十部小说的开头,也同样一字不差地用"许多年之后——"如何如何,去作为自己小说的开头。一些聪明的作家,即便不把"许多年之后——"或"多年之后——"用在小说的开头,也会用在小说故事的中间地带。直到今天,我们读一些富有探索意味的小说,仍然可以读到这样的句式和叙述模式来。就今天看来,这样的借鉴与学习,似乎有些幼稚,有些可笑,但也正说明了拉美文学对中国文学的影响之巨。而在当时,这样生搬硬套《百年孤独》的叙述模式,却不是肤浅之举,而是一种创新的时尚,是一种探索的标志。从现在回忆的角度去看那时的文学,我们虽然有些把别人的果子摘来直接挂在自己文学之树上的嫌疑,而不是借来人家的种子,埋入自己的土壤,长成自己的树木,但经过二十几年对拉美文学的进一步融合、贯通、消化和转化,已经可以说,无论是俄罗斯文学还是欧美文学,比起拉美文学来,都没有中国作家更容易理解、消化和那么巧妙地本土化、个人化的借鉴与整合,并使之完全的中国化、个性化地成为中国土地中的种子与花果。

马尔克斯是与博尔赫斯同时走入中国新时期文学的。马尔克斯在中国文学中的登场,是伴随着"拉美文学爆炸"这一巨响的概念而在中国产生了巨大的轰鸣。在八十年代中期,马尔克斯没有博尔赫斯在中国文坛那么"细雨润物",没有那么多和广泛的追随者,但凡接受马尔克斯的那种"魔幻"理念者,在之后都有很大的文学造化。现在,来回头观望这一有趣的文学现象,我们会发现一个非常值得玩味的一个事实,那就是拉美文学的这两位作家:博尔赫斯和马尔克斯。前者出生于1899年,年长于后者整整三十岁,但前者给中国文坛带来影响的却是年轻一些的作家们,主要是集中在二十世纪六十年代出生的作家群;而后者出生于1928年,给中国文坛带来影响的却是年龄较大一些的作家,主要集中在二十世纪五十年代出生的作家们和1950年前出生的个别作家们。受其前者影响的作家,不仅年龄小,而且也少有乡村的生活背景,主要文学成就,中短篇较为明显,这和博尔赫斯一生不仅不写长篇,而且还压根瞧不起长篇有一定的关系。而后者,受其影响的作家不仅年龄偏大,而且都有其鲜明的乡村生活背景,主要成就,在长篇上较为突出,和马尔克斯有其相似之处。比如张炜早期的《古船》、近期的《刺猬歌》,陈忠实的《白鹿原》,李锐的《旧址》、《万里无云》,莫言的《丰乳肥臀》、《檀香刑》、《生死疲劳》,韩少功的《马桥词典》、《山南水北》,贾平凹的《高老庄》、《怀念狼》、《秦腔》,等等,我们不能说这些每一个我都十分尊敬的作家,他们和马尔克斯有什么关系,但他们的这些作品中,都或多或少地呈现着"魔幻现实主义"中那种"神奇的现实",却是一个事实。而在这一批顶天立地的作家中,对"神奇的现实"最有领悟的作家自然是莫言。甚至我们可以说,是莫言让拉美文学与中国本土文学最早发生了联系,而且取得了有目共睹的成就。

  早在80年代中期,莫言誉满天下的《透明的红萝卜》和《红高粱》,如让大家感受文学爆炸样,感受到了一种往日文学中没有的文学元素,他的那片"高密"土地,让人感到神奇、有力而不可琢磨,其中所充蕴的不可磨灭的生命的活力,给当时的中国文学带来的不是惊喜,而是不知发生了什么的震撼。而带来震撼的原爆力,自然是莫言的创作,但给莫言的写作带来启悟的,正是拉美文学,正是马尔克斯和他的《百年孤独》及他的一系列创作。在之后的许多年里,无论是莫言的创作,无论是拉美文学,一直对中国文学,保持着旺盛的影响。直到今天,我们从任何一位优秀的当代作家中,无论是正当年轻力壮的中年作家,还是风头强劲的青年作家,几乎我们从任何一个人的口中,都可以听到大家对马尔克斯和他的《百年孤独》的尊重和崇敬,这种情况颇似于我们大家对《红楼梦》和曹雪芹的敬重样。

《百年孤独》在中国问世是 80 年代初中期,我买了书,但看了几页就放下了。那么被人模仿和津津乐道的小说的开头,并没有吸引我。但到了 1991 年,我生病倒下时,一个人长时间孤独地躺在床铺上,常常为此暗自落泪的时候,反倒一口气看完了《百年孤独》,看完了《喧哗与骚动》,看完了卡夫卡的小说。对这些小说有了理解和痴迷。生病与这类小说有什么本质的联系,我至今说不清楚,我们也不去谈它。但看完《百年孤独》之后,我表面没有什么人惊小怪,但内心异常惊异,对写作有了一种绝望之感,觉得人家都把小说写到了这个份上,我们的写作还有什么意义呢?还有什么前景呢?

高山永远是高山。马尔克斯是高山,博尔赫斯是高山,略萨也是一座高山。拉美文学是以他们一大批优秀的、各有峰顶的作家组成的一座崎岖的山脉。

马尔克斯在写作《百年孤独》时,是太明白他在写什么样的作品了,理性自始至终都贯穿在这部长篇之中。但《百年孤独》的伟大和不凡,我以为是作家能够恰到好处地掌控、分布和使用他的理性。他在理性的控制之下,落笔处又尽显神性。简单地说,马尔克斯的写作是理性之下的神性写作。也许我这样说是错误的,是个人化的理解。但在这里,我们可以把卡夫卡拉出来做一下比较。无论是《变形记》、《城堡》,还是《审判》,其实都是非常理性的写作,是一种"思考后"写作。写什么、如何写,作家是可以掌握的,至少是可以隐隐约约感知的。但《佩德罗·巴拉莫》不一样,它是一种"思考前"写作,作家并不明白或不十分明白,自己在"写什么"。把卡夫卡和鲁尔福放在一块做比较,从表面看,似乎有些关公战秦琼,风马牛不相及。但要注意的是,这两个作家都是马尔克斯喜欢的作家,他们的作品,都曾经让马尔克斯大感吃惊,都曾经对马尔克斯产生过影响。正是卡夫卡和鲁尔福这对风马牛不相及的作家,在马尔克斯的身上找到了交汇之处,在马尔克斯的头脑中有了碰撞的融合之后,马尔克斯才有了理性之光照耀下的神性写作,有了《百年孤独》这部人见人爱的作品。

《百年孤独》给我最大启发就是这一点,吉普赛人墨尔基阿德斯刚到马贡多镇的时候,手拿了两块磁铁,挨家窗户走来走去,说它是世界上的第八奇迹,它所到之处,家具上的铁钉纷纷脱落,几年前丢掉到哪里的锅碗瓢盆等铁器纷纷从找不到的地方滚出来。这样的细节使我惊讶和震撼,使我目瞪口呆,使我一下就觉得卡夫卡没有完成的"真实"被马尔克斯一下子抓到了,完成了。这种"真实"就是建立在磁铁和铁的关系上的真实。凭什么磁铁所到之处家具上的铁钉会纷纷脱落?就是因为磁铁和铁的这种关系,这种内在的联系。那么,这种关系、联系,在卡夫卡那里是没有的,人变成虫,这里需要一种内在的联系,需要有一个台阶,一个桥梁,但是卡夫卡没有顾及这些。可马尔克斯顾及到了。在这一点上,我觉得马尔克斯是伟大的,前所未有的。再往后看,《百年孤独》的故事中所有的一切,似乎都是为了证明"某种真实"。还有一点,非常有趣的是,马尔克斯读大学的时候,他写了两个短篇,四处投稿也没地方发表,最后还是在校刊上要发未发的时候,有个叫豪威尔的诗人,是他的同学,忽然有一天告诉马尔克斯说,我读到一篇小说特别的好,给你看看吧,就把《变形记》丢给了他。当时马尔克斯是大学一年级的学生,一看《变形记》就非常的吃惊:"哇!小说是可以这样写的,这样的事情我外婆不是经常给我讲的嘛。"就是从这一天开始,马尔克斯对小说有了新的认识,最后完成了《百年孤独》这样一部伟大的经典。那么,由此我们可以看出《变形记》使得马尔克斯的创作有了清晰的方向,但是《变形记》没有完成的"真实",

恰恰是马尔克斯的《百年孤独》完成了。这就是我要寻找的"真实"的依据，凭什么要你们相信小蝴蝶在大雪天里可以成群的飞来飞去？因为这是一对新人的喜事啊。它真实就真实在"冥婚喜事"上。这又让我想起梁祝化蝶的传说，凭什么梁山伯与祝英台可以在死后变成一对翩翩起舞的蝴蝶呢？它说明了人们对死后爱情的一种想象，可是为什么偏偏是"化蝶"，而不是化成别的什么东西呢？

马尔克斯比起博尔赫斯在中国乃至世界上的影响似乎更为长远和巨大。我以为，马尔克斯对中国作家的影响主要有以下几方面：一是他让中国作家重新发现了艺术和土地的关系；二是他让我们重新认识了"民间资源"对于写作的意义；三是他和博尔赫斯等拉美作家一道，确立了个性在写作中的地位。

重新认识拉美文学，是基于20世纪的欧美文学，太过讲究技术和技巧，甚至某些文学流派，完全是在讲究技巧、个性的基础上兜圈子，而这时的拉美文学，在个性、技巧的基础上，却始终没有脱离拉美那块土地的现实和历史。无论是魔幻现实主义，还是神奇的现实，他们的出发点和立足点也都绝不脱离作家生存的土地、社会和现实。兴起于中国文学80年代中期那一浪潮的新探索小说，无论是作为文学史的意义，还是作为每个作家的文学意义，都是有着相当的价值，但之后余华、格非、苏童的写作转向，大约与他们所处的现实的思考不无关系。拉美文学，既不丧失每个作家个性的追求，又都有其鲜明的探索和创新，比如巴尔加斯·略萨对结构的不懈努力和创造，比如卡彭铁尔在小说中的时间观等，但他们的小说，自始至终，都没有脱离现实这块土壤。如何让文学更为个性地、深刻地抵达现实的心脏，这是当前中国文学最致命的软肋，也是我自己在每部小说的写作中，最为痛苦的所在。

所以，我想，我们的写作，至少是我的写作，在今后与外国文学的关系这一点上，应该重新认识俄罗斯文学和拉美文学这两大世界文学的重镇之地，双脚踏在自己脚下的土地上，大地上，但其目光，要越过这块土地，多看、多思外国文学，重看重思俄罗斯和拉美文学。

阎连科：河南嵩县人。其作品曾获军内外奖20余次，包括两次鲁迅文学奖，一次老舍文学奖。代表作有：《日光流年》《受活》《丁庄梦》《风雅颂》《四书》等。

加西亚·马尔克斯与我们

朱 伟

我们几乎都是在 20 世纪 80 年代，通过上海译文出版社编辑的《外国文艺》与中国社会科学院外国文学所主办的《世界文学》这两本杂志，接触了全世界最伟大的作家与他们的作品。马尔克斯只是其中之一。正是这些作品，哺育了一整代 80 年代的作家，不断滋养了 80 年代高潮迭起的文学革命。

《格兰德大妈的葬礼》

记忆中，拉美文学最早进入我们视野的是博尔赫斯，上海译文出版社编辑的 1979 年第一期《外国文艺》上就介绍了王央乐翻译的博尔赫斯的四篇短篇小说，为首的就是著名的《交叉小径的花园》。通过这篇小说，我们看到了当时我们所热衷的美国文学之外的另一种文学可能，它让我们看到表象与意象的关系能够构成扑朔迷离的时空关系，这种时空关系就能构成引人入胜的故事悬念。通向悬念的"交叉小径"于是也就变成了一种认识论，对我而言，那其实是最原始的哲学启蒙。

第二位认识的拉美作家是危地马拉的阿斯图里亚斯。《世界文学》1979 年第六期就发表了由黄志良、刘静言翻译的阿斯图里亚斯长篇小说《总统先生》的选译本。而首次读到马尔克斯，则是在1980年第三期的《外国文艺》上，在我记忆中，那是马尔克斯第一次展现在我们面前。那时候《外国文艺》轻视了马尔克斯的地位，所以，这组由周子勤、刘习良、刘瑛翻译的四篇短篇小说排在了目录最后，开头有关马尔克斯的简介是陈光孚先生撰写的。陈先生最早告诉了我们：马尔克斯的代表作是《百年孤独》，它被誉为"当代的《堂·吉诃德》，他是聂鲁达之后最伟大的天才"。陈先生也是最早引进告诉了我们"魔幻现实主义"这个标签，他这样介绍——

> 马尔克斯的文学创作，一方面受到乔伊斯、卡夫卡和福克纳等欧美现代派作家的影响（当时还是以欧美为对照座标）；另一方面又继承了阿拉伯东方神话和印第安人民间神话传说的传统。他的作品往往把幻境与现实、人与鬼揉合在一起，形成独特的风格。他是当前风行于拉丁美洲最重要的流派——魔幻现实主义的主要代表性作家之一。

但是，什么叫"魔幻现实"？这个标签其实对真正接近马尔克斯无益，当然，这是我真正进入马尔克斯所叙述的世界之后才认识到的。

这一期《外国文艺》推荐的四篇小说选自马尔克斯1962年出版的短篇小说集《格兰德大妈的葬礼》。格兰德大妈是一位女族长，她主宰着马孔多这个近亲繁殖构成的族圈，是马孔多权力的象征。这篇小说有关格兰德大妈的生前其实只用了一个细节：每到下午，她就会在"摆满海棠花"的阳台上眺望她所拥有的一切，一切都属于她，于是她"全身的重量和权势像要把她坐的那把旧藤椅压成粉碎"。她从二十多岁的少女变成一个符号后，在小说中一下子就成了面对葬礼的九十多岁的大妈。马尔克斯所结构的葬礼是一个等待的过程：格兰德大妈的遗体在不断腐烂中等待仪式的诞生，而仪式本身其实并不重要。读完小说之后你才会意识到，小说中真正有价值的是她临终前威严地口述的那个她所留下的无形资产的清单：

地下资源、领海、国旗的颜色、国家的主权、传统的各种政党、人权、公民的权力、最高法官、第二和第三审判、第三次辩论、介绍信、历史的证据、自由选举、选出的历届美女、那些有影响的演说、大规模的示威游行、漂亮出众的小姐们、举止端庄的先生们、拘泥呆板的军人、尊贵的阁下、最高法庭、禁止进口的商品、自由派的女士、肉的问题、语言的纯洁性、世界的樊篱、司法程序、自由而又负责任的新闻事业、南美的女神、公众的舆论、民主选举、基督教的道德、外汇的短缺、避难权、共产主义的危险、国家的库存、生活费用上涨、共和派的传统、受损害的阶级，以及联合通报公众的选举。

这些都是她的财富。而与这个清单对比，才是葬礼的意义：

坟墓用铅板加封后，人们都舒了一口气。

在场的人也有些头脑比较清醒的，预感到自己参加的是一个新时代降生的洗礼。

现在人们可以随心所欲地在格兰德大妈这块广漠的庄园里占领地盘，搭上自己的帐篷。因为那位唯一有权压制他们的人已经在铅板之下开始腐烂。

这篇小说中什么是"魔幻"呢？你只能说，格兰德大妈是一个象征。这可能是马尔克斯表达他的意识形态倾向的一篇小说。

这种象征氛围的结构，在八十年代中国小说家的创作中，后来就变成了一个重要的母题。

《外国文艺》这一期推荐的马尔克斯四篇小说中真正触动我当时心灵的，其实是那篇大约只有三千多字的《礼拜二午睡时刻》。这篇小说的一大半篇幅都在铺垫：在午后炎热没有生气的阳光下，一对沉默的母女在车厢里，她们带着一袋食品与一束报纸包着的花，默默地吃着简易的午餐。车到目的地前，母亲告诉女孩："你要是还有什么事就赶紧做好，往后就是渴死你也不许喝水，尤其不许哭。"然后她们下车，走过小镇，进了教堂请求见神甫。刚刚午睡的神甫好不容易被请出后，要求是"借一下公墓的钥匙"。原来，母亲带着女儿是来看望一周前被作为小偷打死的她的独生子。而其中的悲伤只在这样冷静的描述中——

"我告诉过他不要偷人家的东西吃，他很听我的话。过去他当拳击手，有时候叫人打得三天起不来床。"

"他没有办法，把牙全都拔掉了。"女孩插嘴说。

"是的，"母亲说，"那时候，我每吃一口饭，就好像看到礼拜六晚上他们打我儿子时的那个样子。"

"哎，上帝的意志是难以捉摸的。"神甫说。

无需赘言，一切都在铺垫中解决了，这就是伟大优秀的作家。

优秀的作家给你以启示，却不等你的阅读感觉到累，就已经结尾了。

《一件事先张扬的谋杀案》

如果说，《格兰德大妈的葬礼》还不足以引起当时文学青年们的好奇心，这个中篇小说《一件事先张扬的谋杀案》则马上成为当时我们议论的热点了。在推介马尔克斯的竞争中，《世界文学》是明显落后的，这篇小说最早还是发表在1981年第六期的《外国文艺》上，译者是李德明、蒋宗曹。值得一提的是，此小说是马尔克斯1981年当年创作当年就翻译进国内的，我们都是先认识"谋杀案"，再认识《百年孤独》的。

这桩谋杀案的故事是夸张又真实的：新娘安赫拉·维卡略嫁给了富裕的巴亚多·圣·罗曼。在那场豪华的婚礼结束后的狂欢再结束后，罗曼发现了妻子不是处女而把她退回了娘家。而安赫拉·维卡略事先已经准备了伪装处女的工具而不屑于实施，就因为她认为那一切是卑劣的，因为她"决心死"。安赫拉·维卡略被退回后，轻易就说出了情夫圣地亚哥·纳赛尔的名字，于是她的两个哥哥就决定要杀死纳赛尔。故事的悬念并非是人们普遍认为安赫拉·维卡略隐瞒了那个真实的名字而纳赛尔如何成为了无辜者，而是凶手预先不断张扬了这桩即将发生的谋杀案，甚至作者马尔克斯要不断地强调："与其说维卡略兄弟急于要杀死圣地亚哥·纳赛尔，不如说他们是急于找到一个人出面来阻止他们杀人，"因为杀人只是为维护荣誉。但最终谋杀却还是按时发生了，各种各样事先知道了这桩即将发生谋杀案的人，都因各自原因疏忽或失去了阻止它发生的机会。这样的一个精心构置的结构，如果体会到这其间弥漫的漠然所要表达的冷酷，多少是一种浅薄的认识。马尔克斯通过他不紧不慢，极其冷静的叙述，其实要表达的是命运的作用。

这是第三人称冷静的推进与第一人称"我"对真相的追寻天衣无缝地交叉的叙述，马尔克斯小说的每一个开头作为线头拉开的开端都是特别优秀——

圣地亚哥·纳赛尔在被杀的那天，清晨五点半就起床了，因为主教将乘船而来，他要前去迎候。夜里，他梦见自己冒着蒙蒙烟雨，穿过一片榕树林，这短暂的梦境使他沉浸在幸福之中，但醒来时，仿佛觉得全身盖满了鸟粪。"他总是梦见树木"，二十七年之后，他的母亲普拉西达·里内罗回忆起那个不幸的星期一的细节时，这样对我说。

自如的转换中，就完成了完美而极具诱惑力的叙述。马尔克斯自己说，对他而言，开头的第一句往往就是全篇的基调，它决定着结构,更决定着叙述风格的选择。何谓叙述风格?我体会到是一种气息,是这种气息引导着叙述的途径。当然,这也是后来我才意识到的。

在这篇小说的推进中,展开了清晰又不清晰的人物关系。有意味的是,安赫拉·维卡略在并无爱心的前提下嫁给了巴亚多·圣·罗曼,但从他退婚起,她却声称爱上了他,开始不断地给他写情书,而他究竟是死于酒精中毒还是真的重新走到了她的身边?结论是可以游移的。圣地亚哥·纳赛尔究竟与安赫拉·维卡略的失身有没有关系,安赫拉·维卡略的两个哥哥究竟怎样躲避这场谋杀而不及,小说也有意回避了去营造,有关纳赛尔的疑问,小说中只是出现了那个名句——

给我一个偏见,我将使世界转动。

这是此案的预审法官在阅读纳赛尔的案卷后所作的批注。

马尔克斯在小说中省略了两个凶手的路径,却专注地描写纳赛尔的朋友克里斯托·贝多亚知道即将发生的谋杀后四处焦虑地寻找纳赛尔的错位,纳赛尔与他步步错过。最后的错位是纳赛尔死于他自己的母亲——他跑到家门口时,他母亲以为他已经上楼回了房间而闩上了门,两兄弟以为他平时都走后门而不走前门,而他偏偏走前门而被堵在了门前。结尾是细致如手术刀般的杀戮过程。最后的结尾还不忘残酷的细节——

他在最后一道阶梯上绊倒了,但是立刻又站了起来。"他甚至想到用手掸掉沾在肠子上的尘土。"我姑母维内弗里达对我说。

如果认真读完这篇小说,你会体会到马尔克斯真正有兴趣表达的大约是命运的无可逆转，其中重要的是一些暗示。当然，重要的不是有关命运这样大家都关心的主题，而是自始至终所营造的那种氛围。我尤其难忘的是谋杀前主教到来的汽笛与遍地鸡鸣声。这篇小说那种不动声势的谋杀氛围构置实在启发了后来许多小说家的构思，而最终那种细致又精疲力竭的杀戮，也成了启发很多作家描写残酷的源头。比如莫言《红高粱》中对肢解罗汉大叔过程的渲染。

《没有人给他写信的上校》

《一件事先张扬的谋杀案》翻译后，上海译文出版社迅速组织编辑了《加西亚·马尔克斯中短篇小说选》，在1982年10月以"外国文艺丛书"的一种出版。这部小说集中，除了《一件事先张扬的谋杀案》与《外国文艺》1980年第三期推荐的四篇短篇，还组织力量增译了另外12篇，当时定价1.95元，印了4.2万册。小说集前有赵德明先生的序，对马尔克斯的生平与创作作了详细介绍。

上海译文出版社之所以用如此快的速度推出这部小说集，是因为拉美文学在当时的影响力已经迅速超越了他们所推荐的欧美作家，其中外国文学出版社1980年翻译出版的墨西哥作家胡安·鲁尔福的《胡安·鲁尔福中短篇小说选》（当初定价0.79元，印了2.4万册）起到了爆炸性影响，其在扑朔迷离中打破时空寻找父亲的中篇小说《佩德罗·帕拉莫》成为当时文学青年的我们急切传诵的对象，"魔幻现实主义"成了最时髦的标签。

在这部上海译文出版社推出的厚达700多页的小说集中，我尤其喜欢这篇《没有人给他写信的上校》。上校是一个被冷酷的社会现实所遗忘者，这又是一个把辛酸埋在故事底下的小说，也可以说它根本就没有故事。主人公是退伍的年迈的上校，上校一直在苦苦等待着一封信，这是能支撑他生活的养老金，他等了15年，却一直没等到——没人给他写信。用他的律师的说法，因为他的申请材料在"成千上万的办公室里，不知经过多少双手传来传去，弄得谁也不知道在什么部门了。15年里至少换了7届总统，15届内阁。"这就是哥伦比亚的现实。上校有一个患哮喘病的喋喋不休的老伴，还有一只每天争食他们口粮的斗鸡。那只斗鸡其实是上校的精神寄托，因为它代表着儿子。在斗鸡场上，因为这只鸡，他唯一的儿子被活活打死了。

严格说，这篇马尔克斯30岁时创作的小说明显受海明威的影响，它的"冰山"露出水面的部分，基本通篇是上校与他妻子的日常对话，在不断揭不开锅的贫困中等待，在其实是毫无希望的等待中应付一天天具体的生计：食物在哪里？还有什么能换来粮食？能不能将鸡换成钱？而那些正挥霍着钱的政客，上校对失去儿子的伤痛，全都在表面的琐碎对话背后。马尔克斯的叙述是那样的克制，没有一点愤慨的情绪流露。控制力，这才是一个优秀作家最令人赞赏处。

而这篇小说更令我感动的，则是上校身上所隐含的那种气质：他守护着对逝去儿子的记忆，更重要是守护着他自己的尊严。

而在我们的作品中，最缺的大约就是尊严。

《百年孤独》

1982年马尔克斯获得了诺贝尔文学奖。12月，《世界文学》就发表了由沈国正、黄锦炎、陈泉翻译的马尔克斯代表作《百年孤独》的选译。那个著名的开头在上海译文出版社1984年以"二十世纪外国文艺丛书"出版的这三位译者的全译本中定稿成了——

> 许多年之后，面对行刑队，奥雷良诺·布恩地亚上校将会回想起，他父亲带他去见识冰块的那个遥远的下午。

这个著名开头在 1985 年后，不知被多少文学评论家讨论过，他们由此提出小说归根结底是叙述的艺术，由此叙述的技术论就有了广阔的市场。但我敢肯定，这些文评家中真正有耐心读完这部尽管篇幅还不到 30 万字的小说者应该寥寥无几。其实这是一部越读会越感艰难、疲惫的书（尤其是后半部），真正有耐心把它认真读完的人其实不多。有意思的是，达不到这样纠缠着疲惫的阅读效果，还真难获得诺贝尔奖。诺奖要求的是像巨石般压人的厚重。

其实，马尔克斯自己也并不喜欢这部小说。

有关这部小说，最先触动我的，应该是大约 1985 前后，我读到一篇马尔克斯的访谈录，其中说到父亲带他去触摸冰块对他创作的意义。他说，他当时震撼的是，感觉那冰块是滚热的，由此他才意识到，小说原来是可以这样来写的。

《百年孤独》的第一章结尾，他就这样描述这个冰块——

> 巨人刚打开箱子，立刻冒出一股寒气。箱中只有一块巨大的透明物体，里面含着无数针芒，薄暮的光线在其间破碎，化作彩色的星辰（使用范晔获得版权的译文，南海出版社 2011 年版，以下同）。

奥雷里亚诺却上前一步，把手放上去又缩了回来，"它在烧"，他吓得叫了起来。

那么，"面对行刑队"的开头与冰块，对这部小说究竟构成了什么意义呢？我以为，第一是时空恍惚，《百年孤独》是要感叹或反思马孔多的改变、沦丧、变成似是而非吗？从梅尔基亚德斯对何塞·阿尔卡蒂奥·布恩迪亚的诱惑始，马孔多想打通与现代文明的道路受挫时，那是一个乡土的恬静的田园。而随着文明的脚步真的临近，在吉普赛人之后，就有了意大利人、法国人、西班牙人、美国人，有了教堂，有了商店与妓院，有了政府，有了暴力与谋杀，有了士兵与战争，也有了铁路与汽车，那么，马尔克斯是在因此哀叹现代文明的侵袭与蚕食，使得布恩迪亚家族血脉舒展的村庄不存吗？

这越来越纷乱的百年中，乌尔苏拉其实是一个完整的见证者，她活了"一百一十五到一百二十二岁之间"。她看到了什么呢？小说中，在目睹百年沧桑的乌尔苏拉临终前，与她的孙子何·阿卡迪奥第二有这样的对话：

"您还指望什么？"他喃喃道："时间过得真快"

"话是没错。"乌尔苏拉说："可也没这么快。"

这样的对话，是奥雷良诺·布恩地亚上校要被枪毙之前，她去探望他时，与他对话的重复。只不过当时，"你还指望什么"是她对儿子说的，"可也没那么快"是儿子的回答。其实，《百年孤独》的重要性，恰是在这样的时空关系——它真正要写的是百年世事纷乱中人生之可悲，每一个人都无法摆脱宿命。百年世事只是纷繁的背景，这就是乌尔苏拉在临终时所要强调的她的感觉："时间其实只在原地转圈"。所谓"魔幻"，其实并不在飞毯、吃土这样的奇异，而是在正常的时空关系可打破、世间与冥界可以相伴共存这样的关系中。

文学是人学，所以，阅读这部小说的钥匙是在它对人物的思考中。

如果把乌尔苏拉视为见证者，其中最重要的人物，无非是何塞·阿尔卡蒂奥·布恩迪亚与他的两个儿子一个女儿：何塞·阿尔卡蒂奥与奥雷良诺·布恩地亚上校以及阿玛兰妲。

牵引作为父亲的何塞·阿尔卡蒂奥·布恩迪亚命运的是科

学,他因此一辈子都因梅尔基亚德斯对他的诱惑而沉溺于所谓"科学"的发明,表面看,牵制他的新鲜层出不穷,最终其实由起点再回到起点,在梅尔基亚德斯的坐标之外,陪伴他的是一直追随他,被他杀死,在超自然力中永生的普鲁邓希奥·阿基拉尔。牵引大儿子何塞·阿尔卡蒂奥的是欲望,因为他拥有的最突出资本就是他的性器,他因此而走出马孔多,远涉重洋,最后回归,无论拥有什么样的性对象,最终仍在原点。奥雷良诺·布恩地亚上校呢?与哥哥比,他起先是性无能,然后是最无情者,他从追求自尊走向追求权力,在无情中出生入死。他曾经的好友蒙卡达曾这样说他:"你那么憎恨军人,跟他们斗了那么久,最终却与他们变得一样,人世间没有任何理想值得以这样的沉沦作为代价。"但他在拥有荣誉后,仍然回到了那个作坊,做他的小金鱼,做它的目的是把它销毁后重做。与这三位男性比,最耐琢磨的是作为女性的阿玛兰妲,我们读小说,往往难以破解她与皮埃特罗·克雷斯皮,与赫里内勒多·马尔克斯,甚至与侄子奥雷利亚诺·何塞的关系。最后是旁观者,母亲乌尔苏拉提示我们:她其实是"世上从未有过的最温柔的女人",她的无法解读是因为,她一直深陷于无穷的爱意与无法战胜的胆怯之间无穷尽的折磨之中,直到最后死神伴随她缝制自己寿衣的速度来临。

这就是宿命。不好好阅读体会这部小说,你不可能体会到,这才是冰块寒与烫的不同感受中马尔克斯真正要讲述的。可自从它1984年完整地推介到国内后,多少作家以它为灵感澎湃的起点,又有谁真正能够写出这样的宿命呢?许多知名作家,只不过都在时代变迁、意识形态控诉层面徘徊罢了。

在宿命这个冷酷的认知中,马尔克斯所写的每一个人物关系,都只不过是无为的挣扎而已。其实我感兴趣的,倒是他在其中所叙述的诗意:那个何塞·阿尔卡蒂奥穿过房间的迷宫寻找那个女人特尔内拉的气息;美人蕾梅黛丝随着鼓荡发光的床单飘然消失在"连飞得最高的回忆之鸟也无法企及的高邈空间";阿玛兰妲最后盘好辫子走进了棺材,然后要来了镜子,四十多年来第一次看见自己竟然与想象中的形象分毫不差。马尔克斯曾说,作为一个作家,他的使命是对诗意的寻找——"哪怕是现实最平庸的时候,也要使它充满诗意"。

没有这样的诗意,冷酷是没有价值的。

《霍乱时期的爱情》

我毫不隐晦马尔克斯的小说中,我最喜欢《霍乱时期的爱情》,然后是《一件事先张扬的谋杀案》,再然后才是《百年孤独》。这其中漏了《家长的没落》(完成于1976年)。马尔克斯自己是很喜欢这部小说的,说它完全由散文语言写成,遗憾是我自己至今没时间读它,于是只能将它排在其外。

这种排序,其实是有道理的。因为这三部小说,《百年孤独》写得最早(完成于1967年),《一件事先张扬的谋杀案》(完成于1981年)与《霍乱时期的爱情》(完成于1985年)因此比《百年孤独》更深刻地认识到了情节、节奏与叙述之间的关系。它们因此都强调了悬念的作用,照顾了读者的好奇心与阅读的可持续度。

我以为,从《一件事先张扬的谋杀案》到《霍乱时期的爱情》,马尔克斯真成为了一个结构大师。说实在,我最初阅读《霍乱时期的爱情》的第一章,就被马尔克斯的果断所震撼。第一章刚刚阅读到阿莫乌尔预先策划的自杀,乌尔比诺医生根据遗书的指引,找到了阿莫乌尔隐秘的情人,以为这隐秘的爱情就是一条路径,却迅速转向以各种精微细节描写作为老伴的乌尔比诺医生与他妻子在日常生活中的种种和谐相处。而当医生乌尔比诺准备去参加阿莫乌尔的葬礼时,他又因蹬梯子抓他心爱的鹦鹉落空而迅速死亡了，这时你才知道，阿莫乌尔的私情只不过是小说引子中的美丽诱饵，真正的主角是在医生葬礼上出现的阿里萨。在这一章乌尔比诺医生的葬礼结束后，阿里萨向医生的遗孀费尔米纳振聋发聩地表白："我为这个机会等了半个多世纪"。这一年他 76 岁，她 72 岁。这个跌宕起伏的开头真的太精彩了。

马尔克斯写作这部篇幅其实接近于《百年孤独》的小说，一共才只用了六章。我首先是钦佩于他居然敢用 26 万字的篇幅，只写单纯的爱情（不掺杂任何社会意识形态），而且着重只写费尔米纳、阿里萨与乌尔比诺这三者关系。有关过程，表面看也并不脱俗套。第二章：阿里萨对费尔米纳殷勤、漫长而自我折磨的求爱过程，在各过程的结尾却是，因她面对他，感觉到了他对她的卑微而失败。第三章：相反，乌尔比诺医生用了完全不同于阿里萨的求爱方法，以不容置疑的态度，步步紧逼，当将猎物逼向绝境时，反而获取了婚姻。第四、第五章：用了最长的篇幅，来讲述阿里萨长达五十一年多的等待，其中有他度过自己畸形的思恋而赋予自己坚持之衡心的方法。第六章：当乌尔比诺终于被耗死后，阿里萨重新恢复了他疯狂地抒写情书的能力，他们重新开始，从拘谨的到放松的见面，最后坐上了幸福的航船，真正开始半个世纪等待后的心灵颤栗的交会，开始"永生永世"浪漫的航行。

故事框架并非传奇，但如仔细阅读第四、第五章阿里萨与众多走马灯般的女人们的性爱经历，他说，他只有以这样的方式来消解/维系对费尔米纳之爱。当初，他获得费米尔纳的爱时，也是住进妓女们的客栈的。这就使爱情这个主题有意思了：阿里萨对费尔米纳的爱情是坚韧的等待，等待的结果是有一个人必须死去；而维系阿里萨爱情的坚韧的，却不是清教徒的守身，而是不断在新的女伴身上萌生或者吸纳其爱，这爱非宣泄而是滋养与孳生。正是这样，他在五十一年后，才终于等到了乌尔比诺医生死之机会。而当他相隔半个世纪重新面对费尔米纳时，她看到的是，他已经从那个卑微地在公园长椅上可怜巴巴地窥视、唯唯诺诺地等待他的曾让她失望的人，变成了一个真正能如磁石吸附她灵魂的人。

这是一种魔幻故事吗？不，这正是残酷的现实。马尔克斯说过，他的兴趣只是"间接地"正视现实。他要"间接地"表达什么样的爱情观呢？当然，婚姻非爱，"婚姻是个只有靠上帝的仁慈才能存在的荒唐的创造"，这是小说中乌尔比诺医生的观点。那么爱呢？"世界上没有比爱更艰难的事情了。"我能感觉马尔克斯要通过这部小说，表达爱的酸楚：当阿里萨经过漫长的等待，真正抚摸到他的爱人的身体的时候，触摸到的已经是"像装着金属骨架一样的胸部"了。

"让时光流逝，当会看到时光给我们带来的东西。"这是费米尔纳给阿里萨回信中的语言。这就是时光带给他们的启示。

我喜欢这部小说是因为，我从马尔克斯的叙述中感到了一种高贵，无论哪个人物，无论是如何的性本能冲动，都干净而绝不丑陋卑鄙。

这样的爱情，大约没有一个中国作家可以模仿。王小波是借用过其中的一个细节的，那是乌尔比诺医生与那个黑姑娘林奇小姐匆忙的作爱。马尔克斯叙述说，"他连上衣扣子还来不及解开，鞋都来不及脱就心惊胆战地做起爱来，没有尽兴就怆着要离开。当他重新系上衣扣的时候，她还觉得刚刚起了个头。"马尔克斯称，"他恪守给自己规定的框框：做完一切，不超过做一次静脉注射的时间。"王小波转用到他的小说中，就称匆忙的性交只不过是"皮下注射"。

《睡美人的飞机》

《霍乱时期的爱情》应该是马尔克斯创作的巅峰，他之后再没写能写成产生巨大影响力的长篇甚至中篇。无论多么伟大的作家，其实都只有一个短暂的辉煌期，似乎是气力用完之后，就再难呵气如虹了。

再偶然读到《外国文艺》上翻译他的短篇小说，已经是90年代某个在办公室里短暂午睡前的闲手翻到的了。篇名似乎叫《睡美人的飞机》：第一人称，描述我在机场办登机手续时邂逅一位美人。当时飞机延误，他到处寻这美人不见，登机后却发现蓦然回首，她就在邻座。美人起飞后倒头便睡，他就默默守候、享有这美丽。在黑暗中，他与她几乎同枕而眠，充分享有着她的呼吸。这样的经历大约很多人都会偶然遇到。到清晨，他在盥洗镜内看到了自己的衰老与丑陋，而飞机降落前，美女苏醒了，他们没有对话，没有细微的接触，最终她抬手穿衣的时候胳膊掠过了他的脸。然后，飞机停靠后她走了，他无需惆怅。这样自然的陌生的相遇与离去，在极短的篇幅中隐含了极多微妙，读后在回味中就有了微笑，这就是我喜欢马尔克斯。他有敏感的性感，否则也不会把《霍乱时期的爱情》写得那么迷人。

之后再读到《外国文艺》上刊登他的回忆录《活着为了讲故事》的选译，让我明确了，指引他小说魅力的其实是气息，没有了气息指引，他所构置的世界就会空洞而单调，所以他小说中最迷人的是绵长的气息。它也让我明确了，他小说中所描写的确实都是真实，如他所说，"虚幻只是粉饰现实的工具"，想象在这个基础上才有坚实的力量，这是所谓"魔幻现实"真的含义。而我们的作家们却往往颠倒了彼此关系，于是，所谓"象征"或"魔幻"，就都变成了字面中平庸的游戏。

朱伟，生于上海，1968年到黑龙江建设兵团上山下乡，下乡时开始小说写作。1978－1983年在《中国青年》杂志当记者、文艺部编辑。1983年－1993年在《人民文学》工作，曾任编辑部主任，在《人民文学》工作期间，推出刘索拉、阿城、莫言、余华、苏童、格非等一大批作家。因喜好古典音乐，1993年调到三联书店创办《爱乐》杂志，并编著大型工具书《音乐圣经》。1995年9月任《三联生活周刊》主编至今。此外著有多部随笔著作。

真实的与乌托邦的

——读《霍乱时期的爱情》

汪　晖

没有谁比加布里埃尔·加西亚·马尔克斯更有资格占据威廉·福克纳曾占据的讲坛，正是在同一个讲坛上，马尔克斯重申了他的这位导师在三十余年前发出的激动人心的宣言：

"我拒绝接受人类末日的说法。"

对于马尔克斯来说，这个充满了危机并具有自我毁灭能力的真实的世界不过是一个"出人意外、从人类史上看似乎是乌托邦式的现实"，作为寓言的创造者，他感到有权利相信：

着手创造一种与这种乌托邦相反的现实还为时不晚。到那时，任何人无权决定他人的生活或者死亡的方式；到那时，爱情将成为千真万确的现实，幸福将成为可能；到那时，那些命运注定成为百年孤独的家族，将最终得到在地球上永远生存的第二次机会。（《拉丁美洲的孤独》）

这就是理解马尔克斯的关键：在他的世界里，这个冷酷的现实并不真实，它不过是一个缺乏人类史依据的乌托邦；而他所创造的那个自由平等、充满爱情与幸福的世界才是"千真万确的现实"。马尔克斯如此自然又如此自信地表述了这个在许多人看来或许是神经错乱而引发的颠倒的谎言,就像弗洛伦蒂诺·阿里沙(《霍乱时期的爱情》中的男主角)在半个多世纪的荒唐生活之后对他终身的恋人"连声音也不变地"道出的谎言一样:

"那是因为我为你保持了童身"。

即使这句话是真的,小说写道,费尔明娜·达萨无论如何也不会相信,因为他的情书也是由同这个句子一样的句子组成的,这些句子的有用之处不在于它们的意义,而在于它们清晰明理的力量。

但是她喜欢说这句话的勇气。

的确,你有什么理由怀疑这个七十六岁的老人的表白呢?他用整整一生的时间期待着这个为时已晚的幸福时刻,那种种磨难、荒唐、失去童贞以至为弥补这难熬的期待而作出的无耻猎艳之举,难道比这漫长的、构成了生活的唯一意义和目的的期待更真实么?

在马尔克斯的世界里,只有那些在历史中存在过或存在着的事情——战争、奴役、死亡、瘟疫、残杀、伪善以及种种人世的恶习,才是似真非真的、闪烁着魔幻色泽的、出人意外的、缺乏人类史依据的"乌托邦式的现实",而真正的爱情、幸福、自由——这些由那些"拒绝接受人类末日的"人创造出的超越于现世之上的幻想与期待,才是这个世界上最伟大的、最确定无疑的现实。

《霍乱时期的爱情》就是作者创造的"一种与这种乌托邦相反的现实"。如果说《百年孤独》由于描写了拉丁美洲最残酷的真实而显现的魔幻的、似真非真的特点,那么,这本描写爱情的奇书却因为描写一个存在于未来或幻想中的世界而显现了朴实的、绝对确实无疑的品质。当缺乏洞察力的评论者把小说的简朴明晰的叙事方式看作是传统现实主义的胜利的时候,你能说他读懂了这本描写爱情的书么?

少年时代心造的爱情幻影竟如此刻骨铭心,以至于半个多世纪之后,一对濒临死亡的老人重新寻找并发现了它的全新的意义。这个令人惊异的故事里充满了一切由于爱情而变得荒诞不经的胡话、痴言、谵语,在那个像得了霍乱症一样的恋人的乖张与惊惶里,那种一般说来显得如同爱情一样非现实的、难以捉摸的东西,却成了唯一的真实——就像弗洛伦蒂诺·阿里沙的那句毫无疑义的谎言一样自然而真实。

这是多么的不可思议!按照费尔明娜·达萨的说法,这些句子的有用之处不在于它们的意义,而在于它们清晰明理的力量。难道你能不喜欢作者的这种想像与创造的勇气么?

不幸的是,马尔克斯描写的是"霍乱时期"的"爱情",是充满了战争、瘟疫、偏见和虚伪的世界里的"爱情"。对于这个世界来说,爱情这个属于未来的"现实",只能是一种脱出常轨的激情,因为在这个世界里,常轨就是代代相传的传统偏见,就男女两性关系而言,常轨就是和谐稳定的体面婚姻。正由于这个原因,马尔克斯笔下的"爱情"不是许多爱情小说所写的那种精心结构的首尾相顾、好事多磨的爱情故事,如同罗兰·巴特所说,这些爱情故事不过是"社会以一种异己的语言让恋人与社会妥协的方式",真正为爱情而痛苦的恋人既没有从这种妥协中获益,也没有能成为这种爱情故事中的主人公(《恋人絮语》第4页)。

> 应该教会她把爱情看作是一种可笑、迷人的状态,而不是任何目的的工具。爱情本身就有它自身的起点和终点。

马尔克斯笔下的爱情既不起源于这个世界,也不归宿于这个世界。从头至尾，爱情就是这个世界的异己力量，如同霍乱对人类有机体的侵袭一样，爱情是对现实生活中的一切合乎常规的秩序，例如婚姻、道德、习俗以至被纳入礼俗秩序的人的精神活动的威胁。难怪弗洛伦蒂诺·阿里沙一见到达萨，就会口吐清水，神志模糊，时而昏迷不醒：

情况又一次充分证明了，爱情症状和霍乱的症状是相同的。……但是弗洛伦蒂诺·阿里沙的追求却完全相反：从自身的煎熬受苦中去感受欢乐。

小说的结尾，经历了半个多世纪煎熬的阿里沙如此深刻地理解达萨对回到故乡、回到旧生活秩序中的内心恐惧，他命令船长挂起标志霍乱的黄旗永远地航行：

"妈的，您认为我们这样来来往往地航行能持续到什么时候？"船长问。

五十三年七个月零十一天以来，弗洛伦蒂诺·阿里沙对此早已胸有成竹：

"一生一世。"他说。

对于脱离常轨、进入爱情世界的人来说，不是死亡而是生活才是永无止境的。

爱情不仅与霍乱相似，而且在马尔克斯的世界里，你根本找不到一例不是为爱情的自杀案，因为自杀是人生越出常轨的最深刻、最绝对的形式，从而自杀与爱情之间建立了一种宿命般的关系。然而，乌尔比诺医生作为一位一丝不苟、无可挑剔、声望显赫的绅士，他永远生活在合乎规范的"幸福"之中。他的全部不幸就隐藏在他根本无法想像和理解"越出常轨"的含义：

  无法回避，苦巴旦杏的气味总是使他想起爱情受挫的命运。

小说的这句开头语是对乌尔比诺医生与达萨长达半个世纪的"金婚"的无情判决，那会儿，乌尔比诺医生在他的至交棋友、又一位因爱情而自杀的人的房间里闻到了达萨身上常常散发出的气味。乌尔比诺医生不能理解：他的棋友的情人不仅知道他死之将临，而且还以帮助他发现幸福的同样的爱恋之情帮助他走向死亡：
……她答，又一反常情地说，"我太爱他了"。
可怜的乌尔比诺相信只有缺乏"教养"的人才对痛苦如此津津乐道，而达萨却认为，这恰恰是令人心碎的爱的证明：

  如果你也有和他同样严肃的理由而决心这样做的话，我的职责就是像她那样做。

可叹的是，乌尔比诺永远不会有同样严肃的理由和决心，他只能不断想起爱情受挫的命运。在他所生存的世界里，"爱情受挫"并不是不可忍受的事情，对他更重要的是，他迫切地要在妻子身上找到好像是他公共生活支撑点的保险。所以当达萨绝望已极地喊道："难道你没有发现我不幸福吗？"他不动声色，用一句话就把他那种不可忍受的智慧的重负架到了她的肩上：

  请你永远记住，一桩好婚姻中，最重要的不是幸福，而是稳固。

这句至理名言为他们长达半个世纪的婚姻提供了坚实的基础。但是，达萨对于棋友自杀的不可思议的理解已经证明：她对常规或常情之外的事情有着天然的洞察和理解，在连她自己也未知的精神深处，她不属于她所生活的阶级和世界。她和医生的"幸福"生活不过是一种自欺的、方便的、不真实的幻觉。尽管那时她早已忘记那个可怜的电报员助手，但投入他的怀抱不过是一个必将来临的现实：他们都涌动着越出常轨的激情。

难怪在痛悼亡夫的睡梦中，她想念弗洛伦蒂诺·阿里沙甚至超过她的丈夫。

在马尔克斯那里，爱情不仅是对常规的僭越，对一切中产阶级世俗偏见的挑战，而且是一种"千真万确的现实"：它既不属于过去，也不属于未来，从而爱情本身就是对幻想的摒弃，对真实——仅只属于当下现在的人的真实的追寻。

尽管少年时代的一个偶然的目光就是半个世纪后还没有结束的爱情纠葛的起因，尽管在这半个世纪里，小说的主人公为他们的爱情沉醉、相思、忘却、焦灼、期待、绝望、惩罚自己……如果没有五十多年后的"重新开始"，那就不过是无数爱情幻影中的一种。虽然马尔克斯把他们的初恋写得如此缠绵悱恻、刻骨铭心，虽然他们持续了两年多的通信、表白、期待以至为"爱情"而忍受流放与惩罚，达萨在流放归来后突然见到阿里沙时还是感到了令人惊异的陌生和丑陋，于是她用一个手势就把他从自己的生活中清除了：

"不，"她对他说，"请您忘了吧"。

那时，她已感到他们之间"只不过是幻想而已"，但直到老年来临之际，她才确切地发现阻碍自己爱他的下意识的原因：

"他好像不是一个有血有肉的人，而是一个影子"。正是这样：他是一个没有人知道的人的影子。

的确，他们追求的、爱上的是爱情，而非情偶，正是这种爱的变态、爱的偶像化才使得真实的、独特的、本应成为情偶的人成了"爱情"之梦的破坏者。难道你有充分的权利责备达萨么？

阿里沙显然更加执迷不悟，"唯一使我痛苦死去的是不为爱情而死"成了他的警句。他的所有的生活：改变自己的生活方式，替别人写无数的情书以渲泄自己的感情，拚命的工作和奋斗……都环绕着他生活的唯一目的：重新得到费尔明娜·达萨。甚至在他失去童贞最终走上逢场作戏的猎艳之路时，也不过是为了用具体的行为来暂时取代爱情的痛苦。童贞与忠诚，这些世俗的爱情准则已无法衡量阿里沙，因为他已不属于这个世界，他已由于他的炽情而进入了一个跟现实相隔离的世界，就像萨特《恶心》中所写：

  世界就在一个玻璃缸里，虽说近在咫尺，可是看得见却摸不着，它跟我隔离，是用另一种材料构成；我身不由己，不停地坠落，没有晕眩，没有云雾，我在明晰精确之中堕落，仿佛吸了毒似的。（转引自《恋人絮语》第88页）

如果仅此而已，你将无法发现马尔克斯的天才：他所写的不是爱情的幻梦，而是克服幻梦的真实的爱情。对于两个面临死亡的老人来说，他们之间的唯一共同之处只有对过去回忆，那个过去已经不属于他们了，而是属于两个不再存在的年轻人。达萨相信着魔似地寻找过去的虚假的抒情谎言对她来说是多么有害，而阿里沙也在死亡的恐惧中懂得他并没有未来。于是，他们走出了一切幻象，摆脱了过去与未来的困扰，如同初恋一般开始新的——绝对新的生活：不提及过去的爱，对过去一笔不提，抹掉过去，重新开始。

  他们悄然无声，像是一对由于生活而变得谨小慎微的老夫老妻,已经超越了激情的圈套,已经超越了幻想的残酷嘲笑和虚无缥缈的海市蜃楼,超越了爱。因为他们共同生活的时间足以使他们发现,在任何时间和任何地方,爱就是爱;但是愈接近死亡,爱就愈加浓醇。

因此,"霍乱时期的爱情"就是"超越了爱"的爱情,是无法用任何其他事物:幻想、期待、憧憬、回忆、抒情……来替代或描述的"千真万确的现实"!

如同在马尔克斯的其它小说中一样,死亡在《霍乱时期的爱情》里也许是置身幕后的导演。他的故事总是环绕着一个死人——已经死亡的人如乌尔比诺和德圣阿莫尔,正在死亡或即将死亡的人如阿里沙和达萨。正像拉尔斯·吉连斯顿在诺贝尔文学奖的授奖词中说的那样,

> 一种生命的悲剧意识体现了加西亚·马尔克斯作品的特点——一种命运至高无上和历史残酷无情破坏的意识。但是这种死亡的意识和生命的悲剧意识被叙述的无限而机智巧妙的活力冲破了,这活力代表了现实与生命本身的既使人惊恐又给人启迪的生气勃勃的力量。在加西亚·马尔克斯的作品中,喜剧与荒诞可能是令人痛苦的,但它也能演变为一种给人抚慰的幽默。

如果说"死亡"主题表现了20世纪人类的普遍焦虑,如果说现代虚无主义已经为这一主题提供了几乎无法规避的形而上意味,如果说这种对于生存意义和价值的终极关怀导致"痛苦,死亡,爱的本质都不再是明朗的了"(海德格尔《诗人何为》),那么,马尔克斯笔下的死亡却具有另一种性质:死亡作为一种明确的事实,它构成了对人的生命的威胁,却使得生命的含义——痛

苦、爱情、幸福……变得明朗而清晰。对死亡的感知或生命的悲剧意识去除了生命的杂质，使人感到自身对于生命的本质含义的渴望与追求。"愈接近死亡，爱就愈加浓醇"，死亡作为一种无可避免的事实是个体无法超越的，但对死亡的自觉意识却表明了一种超越终点的生命力量和激情。由于意识到死，人才获得了主宰自己生命的坚强意志，才使得生命变得如此圣洁和浓烈，才呈现了"爱就是爱"这一简单而又无比深刻的人生哲学。正由于此，被加缪称为唯一的哲学问题的自杀在马尔克斯的世界里几乎就是爱情的同义语：它们共同摆脱了生命的含混不清的常态，呈现了生命的本质和人的不可遏止的创造性，表达了人对不可抗拒的命运的抗争：

我永远不会老的。

这就是"热爱生活到了丧失理智地步"的赫雷米亚斯·德圣阿莫尔到60岁生日就自杀的不可变更的宣言，它把一个被动的事实转变为一种主动的选择，一种爱的誓言。的确，在马尔克斯的世界里，死亡的荒诞的、不可思议的来临仍然是令人痛苦的，但更有意义的是，对于死亡的体验最终转化为一种给人抚慰的幽默和生命内蕴的充满激情的张扬。

汪晖：江苏扬州人，著名学者。曾任《读书》杂志主编，现为清华大学人文学院教授，曾先后在哈佛大学、加州大学、北欧亚洲研究所、华盛顿大学、香港中文大学、柏林高等研究所等大学和研究机构担任研究员、访问教授。

保守的经典　经典的保守

——再评加西亚·马尔克斯的《百年孤独》

陈众议

一

在改朝换代的大革命时期，保守无异于反动和落后。但以常态论，保守并非贬义，它充其量是中性的。而今，"全球化"浪潮汹涌，文化或价值多元的表象掩盖了资本的本质。如是，跨国公司横扫世界，技术革命一日千里，人类面临空前的危机。

1967年，加西亚·马尔克斯的《百年孤独》先声夺人。首先，它用极其保守乃至悲观的笔触宣告了人类末日的来临：

> 这座镜子之城——或蜃景之城——将在奥雷里亚诺·巴比伦全部译出羊皮卷之时被飓风抹去，从世人记忆中根除，羊皮卷上所载一切自永远至永远不会再重复，因为注定经受百年孤独的家族不会有第二次机会在大地上出现。

这显然是面对跨国资本主义的一次振聋发聩的呐喊。

用巴尔加斯·略萨的话说，《百年孤独》涵盖了全部人类文明：从原始社会到资本主义社会。在原始社会时期，随着氏族的解体，男子在一夫一妻制的家庭中占有了统治地位。部落或公社内部实行族外婚，禁止同一血缘亲族集团内部通婚；实行生产资料公有制，共同劳动，平均分配，没有剥削，也没有阶级。所以这个时期又叫原始共产主义社会。原始部落经常进行大规模的迁徙，迁徙的原因很多，其中最常见的有战争和自然灾害等等，总之，是为了寻找更适合于生存的自然环境。如中国古代的周人迁徙（至周原），古希腊人的迁徙（至巴尔干半岛），等等；古代美洲的玛雅人、阿兹特克人也有过大规模的部族迁徙。

《百年孤独》的马孔多就诞生于布恩迪亚家族的一次迁徙。在马孔多诞生之前，何·啊·布恩迪亚家和表妹乌苏拉家居住的地方，几百年来两族的人都是杂配的，因为他们生怕两族的血缘关系会使两族的联姻丢脸地生出有尾巴的后代。但是，何·阿·布恩迪亚和表妹乌苏拉却因为比爱情更加牢固的关系：共同的良心不安，以至于最终打破了两族（其实是同族）不得通婚的约定俗成的禁忌，带着20来户人家迁移到荒无人烟的马孔多。何·阿·布恩迪亚好像一个年轻的族长，经常告诉大家如何播种，如何教养子女，如何饲养家禽；他跟大伙儿一起劳动，并为全村造福……他是村里最公正、最有权威和事业心的人，他指挥建筑的房屋，每家的主人到河边取水都同样方便；他合理设计的街道，每座住房白天最热的时候都得到同样的阳光。建村之后没几年，马孔多已经变成一个最整洁的村子，这是跟全村三百多个居民过去生活的其他一切村庄都不同的。它是一个真正幸福的村子……体现了共同劳动、平均分配的原则。

"山中一日，世上千年"。马孔多创建后不久，神通广大、四海为家的吉卜赛人来到这里。他们带来了人类的"最新发明"，推动了马孔多社会生产力的发展。何·阿·布恩迪亚对吉卜赛人的金属产生了浓厚的兴趣。这种兴趣渐渐发展到了狂热的地步。他对家人说：即使你不怕上帝，你也该敬畏金属。

人类历史上，正是因为生产力的不断发展，特别是随着金属工具的使用，才出现了剩余产品，出现了生产个体化和私有制，劳动产品由公有转变为私有。随着私有制的产生和扩展，使人剥削人成为可能，社会也便因之分裂为奴隶主阶级、奴隶阶级和自由民。手工业作坊和商品交换也应运而生。

这时，马孔多事业兴旺，布恩迪亚家中一片忙碌，对孩子们的照顾就降到了次要地位。负责照顾他们的是古阿吉洛部族的一个印第安女人，她是和弟弟一块儿来到马孔多的……姐弟俩都是驯良、勤劳的人……村庄很快变成了一个热闹的市镇，开设了手工业作坊，修建了永久性商道。新来的居民仍十分尊敬何·阿·布恩迪亚，甚至请他划分土地，没有征得他的同意，就不放下一块基石，也不砌上一道墙垣。这时，马孔多出现了三个不同的社会阶层：以布恩迪亚家族为代表的"奴隶主"贵族阶层，这个阶层主要由参加马孔多初建的家庭组成；以阿拉伯人、吉卜赛人等新一代移民为主要成分的"自由民"阶层，这些"自由民"大都属于小手工业者、小店主或艺人；以及处于社会最低层的"奴隶"阶层，属这个阶层的多为土著印第安人，因为他们在马孔多所扮演的基本上是奴仆的角色。

岁月不居，光阴荏苒。何·阿·布恩迪亚的两个儿子相继长大成人；乌苏拉家大业大，不断翻修住宅；马孔多六畜兴旺，美名远扬。其时，"朝廷"派来了第一位镇长，教会派来了第一位神父。他们看见马孔多居民无所顾忌的样子就感到惊慌，因为这里的人们虽然安居乐业，却生活在罪孽之中：他们仅仅服从自然规律，不给孩子们洗礼，不承认宗教节日。为使马孔多人相信上帝的存在，尼卡诺尔神父煞费了一番苦心：协助尼卡诺尔神父做弥撒的一个孩子，端来一杯浓稠、冒气的巧克力茶。神父一下子就把整杯饮料喝光了。然后，他从长袖子里掏出一块手帕，擦干嘴唇，往前伸出双手，闭上眼睛，接着就在地上升高了六英寸。证据是十分令人信服的。马孔多于是有了一座教堂。

与此同时，小镇的阶级关系发生了深刻的变化。以地主占有土地、残酷剥削农民为基础的社会制度：封建主义从"奴隶制社会"脱胎而出。何·阿·布恩迪亚的长子何·阿·卡蒂奥大施淫威，占有了周围最好的耕地。那些没有遭到他掠夺的农民（因为他不需要他们的土地），就被迫向他交纳税款。

地主阶级就这样巧取豪夺，依靠封建土地所有制和地租形式，占有了农民的剩余劳动。

然后便是自由党和保守党之间的旷日持久的战争。自由党人"出于人道主义精神"，立志革命，为此，他们在何·阿·布恩迪亚的次子奥雷里亚诺上校的领导下，发动了三十二次武装起义；保守党则"直接从上帝那儿接受权力"，为维护社会的安定和信仰的纯洁，"当仁不让"。这场泣鬼神、惊天地的战争俨然是对充满戏剧性变化的英国宪章运动、法国大革命和所有资产阶级革命的艺术夸张。

紧接着是兴建工厂和铺设铁路。马孔多居民被许多奇妙的发明弄得眼花缭乱，简直来不及表示惊讶。火车、汽车、轮船、电灯、电话、电影及洪水般涌来的各色人等，使马孔多人成天处于极度兴奋状态。不久，跨国公司及随之而来的法国艺妓、巴比伦舞女和西印度黑人等"枯枝败叶"席卷了马孔多。

马孔多发生了如此巨大的变化，以至于所有老资格居民都蓦然觉得同生于斯、长于斯的镇子格格不入了。外国人整天花天酒地，钱多得花不完；红灯区一天天扩大，世界一天天缩小，仿佛上帝有意要试验马孔多人的承受力和惊愕的限度。终于，马孔多爆炸了。马孔多人罢工的罢工，罢市的罢市，向外国佬举起了拳头。结果当然不妙：独裁政府毫不手软，对马孔多人采取了断然措施。马孔多人遭到了惨绝人寰的血腥镇压，数千名手无寸铁的工人、农民倒在血泊之中。

这是资本主义和跨国资本主义时代触目惊心的社会现实。

《百年孤独》给出的结论是毁灭。这当然既保守又悲观，是一种极而言之。

同时，古老的《圣经》结构在《百年孤独》中复活。同时被激活的还有凝聚着原始生命冲动的各色神话。

二

其次，《百年孤独》的所谓魔幻现实主义并非简单的"现实加幻想"（况且世上没有哪一种虚构作品不是建立在现实和幻想基础之上的）；事实上，真正的魔幻在于集体无意识的喷薄。马孔多人通神鬼、知天命，相信一切寓言。这是因为旧世界的宗教和新大陆的迷信，西方的魔术和东方的巫术，等等，在这里兼收并蓄，杂然相生。这是由马孔多的孤独和落后造成的。由于孤独和落后，人们对现实的感知产生了奇异的效果：现实发生突变。

与此同时，马孔多人孤陋寡闻，少见多怪。吉卜赛人的磁铁使他们大为震惊。他们被它的"非凡的魔力"所慑服，幻想用它吸出地下的金子。吉卜赛人的冰块使他们着迷，被称为世界上最大的钻石，并指望用它——"凉得烫手的冰砖"建造房子。当时马孔多热得像火炉，门闩和合叶都变了形；用冰砖盖房，可以使马孔多成为永远凉爽的城市。吉卜赛人的照相机使马孔多人望而生畏，因为他们生怕人像移到金属板上，人就会消瘦。他们为意大利人的自动钢琴所倾倒，恨不能打开来看一看究竟是什么魔鬼在里面歌唱。美国人的火车被誉为旷世怪物，盖因他们怎么也不能理解这个安着轮子的厨房会拖着整整一座镇子到处流浪。他们被可怕的汽笛声和噗哧噗哧的喘气声吓得不知所措。后来，随着跨国公司的进入和香蕉热的蔓延，马孔多人被愈来愈多的奇异发明弄得眼花缭乱，简直来不及表示惊讶。他们望着明亮的电灯，整夜都不睡觉。还有电影，搞得马孔多人恼火至极，因为他们为之痛哭流涕的人物，在一部影片里死亡和埋葬了，却在另一部影片里活得挺好而且变成了阿拉伯人。花了两分钱来跟人物共命运的观众，受不了这闻所未闻的欺骗，把电影院砸了个稀巴烂。这是孤独的另一张面孔，与马孔多人的迷信相反相成。

正因为马孔多的孤独和落后，也才有了《百年孤独》的魔幻与神奇。用魔幻现实主义作家阿斯图里亚斯的话说：

> "简而言之，魔幻现实是这样的：一个印第安人或混血儿，居住在偏僻的山村，叙述他如何看见一朵彩云或一块巨石变成一个人或一个巨人……所有这些都不外是村人常有的幻觉，谁听了都觉得荒唐可笑、不能相信。但是，一旦生活在他们中间，你就会意识到这些故事的份量。在那里，尤其是在宗教迷信盛行的地方，譬如印第安部落，人们对周围事物的幻觉印象能逐渐转化为现实。当然那不是看得见摸得着的现实，但它是存在的，是某种信仰的产物……又如，一个女人在取水时掉进深渊，或者一个骑手坠马而死，或者任何别的事故，都可能染上魔幻色彩，因为对印第安人或混血儿来说，事情就不再是女人掉进深渊了，而是深渊带走了女人，它要把她变成蛇、温泉或者任何一件他们相信的东西；骑手也不会因为多喝了几杯才坠马摔死的，而是某块磕破他脑袋的石头在向他召唤，或者某条置他于死地的河流在向他召唤……"

这便是现实的"第三范畴"，也即巴西魔幻现实主义作家吉码朗埃斯·罗萨所谓的"第三河岸"。

于是，时间停滞了。何·阿·布恩迪亚几乎是在无谓的"发明"和"探索"中活活烂死的，就像他早就预见的那样。奥雷里亚诺上校身经百战，可是最后还是绝望地把自己关进了小作坊。

他再不关心国家大事，只顾做他的小金鱼。消息传到乌苏拉耳里，她笑了。她那讲究实际的头脑简直无法理解上校的生意有什么意义，因为他把小金鱼换成金币，然后又把金币变成金鱼；卖得愈多，活儿就愈重……其实，上校感兴趣的不是生意，而是工作。把鳞片连接起来，一对小红宝石嵌入眼眶，精雕细刻地制作鱼身，一丝不苟地安装鱼尾，这些事情需要全神贯注。这样，他便没有一点空闲去想战争的意义或者战后的空虚了。首饰技术的精细程度要求他聚精会神，致使他在短时间内比在整个战争年代还衰老得快。由于长时间坐着干活，他驼背了；由于注意力过于集中，他弱视了，但换来的是灵魂的安宁。他明白，人生的秘诀不是别的，而是跟孤独签订体面的协议。自从他决定不再去卖金鱼，就每天只做两条，达到二十五条时，再拿它们在钳锅里熔化，然后重新开始。就这样，他做了毁，毁了做，以此消磨时光，最后像小鸡儿似的无声无息地死在了院子的犄角旮旯里。阿马兰塔和上校心有灵犀，她懂得哥哥制作小金鱼的意义并且学着他的样子跟死神签订了契约。这死神没什么可怕，不过是个穿着蓝色衣服的女人，头发挺长，模样古怪，有点儿像帮助乌苏拉干厨房杂活时的皮拉尔。阿马兰塔跟她一起缝寿衣，她日缝夜拆，就像荷马史诗中的佩涅罗佩。不过佩涅罗佩是为了拖延时间，等待丈夫，而阿马兰塔却是在打发日子，拥抱死亡。同样，雷贝卡也不可避免地染上了马孔多人的孤独症。阿卡蒂奥死后，她倒锁了房子，完全与世隔绝地度过了后半生。后来，奥雷良诺第二不断拆修门窗，他妻子忧心如焚，因为她知道丈夫准是接受了上校那反复营造的遗传。

一切都在周而复始，以至于最不经意世事变幻的乌苏拉也常常发出这样的慨叹：时间像是在画圈圈，又回到了开始的时候；或者世界像是在打转转，又回到了原来的地方。无论是马孔多还是布恩迪亚家族，都像是坐上了兜着圈子的玩具车，只要机器不遭损毁，就将永远循环往复。

还是因为孤独和落后、魔幻和神奇，马孔多在罪恶的渊薮中沉降，以至于在生活与本能之间划上了等号。最后必得由跨国资本来打破马孔多的孤寂，但代价是高昂无比的毁灭。

与此对应的是《百年孤独》的叙述形式与结构形态。如果说周而复始是小说的基本结构，是抒写马孔多的封闭的；那么它的叙事节奏却是变化的：由慢到快、先张后驰。也就是说，小说的时间值是以几何速律递增的。愈是前面的章节，时间流速愈缓慢，故事、语速也相对舒缓；愈到后面，节奏愈快，以致最终与外部世界的一日千里相对应。同时，原始社会的数万年被浓缩在了布恩蒂亚第一代人的史诗般的迁徙当中，到最后跨国资本主义的一代则几乎有一种来不及叙述的急迫：奥雷里亚诺·巴比伦为避免在熟知的事情上浪费时间又跳过十一页，开始破译他正在度过的这一刻，译出的内容恰是他当下的经历，预言他正在破解羊皮纸的最后一页，宛如他正在对着一面会说话的镜子……这种加速度恰好与人类一日千里的物质文明进程相对应。

三

再次，它选择了一位全知全能的叙述者：

> 多年以后，面对行刑队，奥雷里亚诺·布恩迪亚上校将会回想起父亲带他见识冰块的那个遥远的下午。那时的马孔多……

这种既可以瞻前又可以顾后的叙事方式，为《百年孤独》画出一个奇妙的圆圈，它不仅形象地指涉了地球，而且也是孤独的一种象征。然而，这种肆意张扬的"传统"叙事方法恰恰是多数现代派作家刻意回避,甚至大肆攻击的。同代拉美作家,也即通常所谓的"文学爆炸"时期的其他主将走的也完全不是如此路径。无论是巴尔加斯·略萨还是富恩特斯或科塔萨尔,绝大多数拉美作家当时正处心积虑地进行着形式创新。概括起见,也便有了种种主义,如结构现实主义、心理现实主义、社会现实主义和幻想派,等等。当然,它们常常你中有我,我中有你,不能截然分割,但作为西方现代派形式革命的延伸,拉美结构现实主义无疑在技巧上做足了文章。且不说结构现实主义大师巴尔加斯·略萨,即使是富恩特斯和科塔萨尔等一干作家也都是技不惊人死不休的"反传统"先锋,是端然不屑于用全知全能叙述者的。

但正所谓"大象无形"、"大音希声",伟大的方法往往是简单的方法,常识也每每与真理毗邻。加西亚·马尔克斯不逐流。他的方法完全可能出现在 19 世纪,甚至更早的骑士小说时代、英雄传说时代……或者甚至神话预言时代。而吉卜赛人的羊皮纸手稿令人迁思的不仅是塞万提斯的戏说(比如谓《堂吉诃德》乃阿拉伯书稿),并且荡漾着所有古老寓言的回音。当然,加西亚·马尔克斯身在其中,受到现代派浸润也是免不了的。他所谓来自"外祖母话说方式"的说法固然可信,却也未可全信。我们只能姑妄听之。这种瞻前顾后、纵横捭阖的叙事方式犹如神来之笔,多少具有偶然性,甚至无意识色彩。借用神话原型批评家们的话说,它仿佛来自布恩迪亚家族的集体无意识,并藉梦境宣达神秘,从而喁喁地激荡着远古的记忆。等待它的出现耗去了作者整整十几年时间。而它的出现,除了前面说到的保守倾向,还预示着拉美"文学爆炸"由相对的突破转向了相对的整合,由相对的标新立异走向了相对的历史穿透。

总而言之,加西亚·马尔克斯是最保守的。这种保守恰恰是古今文学经典的一个基本的向度。笔者曾致力于探究世界文学发展的基本规律,认为迄今为止世界文学基本遵循了向下、向小、向内的趋势，即自上而下、由强到弱、由宽到窄、由大到小、由外而内的历史轨迹。所谓自上而下，是指文学的形而上形态逐渐被形而下倾向所取代。倘以古代文学和当代写作所构成的鲜明反差为极点，神话自不必说，东西方史诗也无不传达出天人合一或神人共存的特点，其显著倾向便是先民对神、天、道的想象和尊崇；然而，随着人类自身的发达，尤其是在人本取代神本之后，人性的解放以几乎不可逆转的速率使文学完成了自上而下、由高向低的垂直降落。如今，世界文学普遍显示出形而下特征，以至于物主义和身体写作愈演愈烈。以法国新小说为代表的纯物主义和以当今中国为代表的下半身指涉无疑是这方面的显证。前者有罗伯·葛里耶的作品。葛里耶说过，"我们必须努力构造一个更坚实、更直观的世界，而不是那个'意义'（心理学的、社会的和功能的）世界。首先让物体和姿态按它们的在场确定自己，让这个在场继续战胜任何试图以一个指意系统——指涉情感的、社会学的、弗洛伊德的或形而上学的意义——把它关闭在其中的解释理论"。与此相对应，近二十年中国小说的下半身指向一发而不可收。不仅卫慧、棉棉们如此，就连一些曾经的先锋作家也纷纷转向下半身指涉，是谓"下半身主义"。这在上世纪五六十年代的西方"嬉皮士文学"或拉美"波段小说"中便颇见其端倪了。而今，除了早已熟识的麦田里的塞林格，我们又多了一个"荒野侦探"波拉尼奥。

　　由外而内是指文学的叙述范式如何从外部转向内心。关于这一点，现代主义时期的各种讨论已经说得很多。众所周知，外部描写几乎是古典文学的一个共性。亚里士多德在诗学中明确指出，动作（行为）作为情节的主要载体，是诗的核心所在。亚里士多德说，"从某个角度来看，索福克勒斯是与荷马同类的摹仿艺术家，因为他们都摹仿高贵者；而从另一个角度来看，他又和阿里斯托芬相似，因为二者都摹仿行动中的和正在做着某件事情的人们"。但同时他又对悲剧和喜剧的价值作出了评判，认为"喜剧摹仿低劣的人；这些人不是无恶不作的歹徒——滑稽只是丑陋的一种表现"。这一定程度上道出了古希腊哲人对于文学崇高性的理解和界定。此外，在索福克勒斯看来，"作为一个整体，悲剧必须包括如下六个决定其性质的成分，即情节、性格、语言、思想、戏景和唱段"，而"事件组合是成分中最重要的，因为悲剧摹仿的不是人，而是行动和生活"。恩格斯关于批判现实主义的论述，也是以典型环境为基础的。但是，随着文学的内倾，外部描写逐渐被内心独白所取代，而意识流的盛行可谓世界文学由外而内的一个明证。

由强到弱则是文学人物由崇高到渺小，即从神至巨人至英雄豪杰到凡人乃至宵小的"弱化"或"矮化"过程。神话对于诸神和创世的想象见证了初民对宇宙万物的敬畏。古希腊悲剧也主要是对英雄传说时代的怀想。文艺复兴以降，虽然个人主义开始抬头，但文学并没有立刻放弃载道传统。只是到了 20 世纪，尤其是在现代主义和后现代主义时期，个人主义和主观主义才开始大行其道。而眼下的跨国资本主义又分明加剧了这一趋势。于是，宏大叙事变成了自话自说。

由宽到窄是指文学人物的活动半径如何由相对宏阔的世界走向相对狭隘的空间。如果说古代神话是以宇宙为对象的，那么如今的文学对象可以说基本上是指向个人的。昆德拉在《受到诋毁的塞万提斯遗产》中就曾指出，"堂吉诃德启程前往一个在他面前敞开着的世界……最早的欧洲小说讲的都是一些穿越世界的旅行，而这个世界似乎是无限的"。但是，"在巴尔扎克那里，遥远的视野消失了……再往下，对爱玛·包法利来说，视野更加狭窄……"而"面对着法庭的 K，面对着城堡的 K，又能做什么？"但是，或许正因为如此，卡夫卡想到了奥维德及其经典的变形与背反。

由大到小，也即由大我到小我的过程。无论是古希腊时期的情感教育还是我国古代的文以载道说，都使文学肩负起了某种集体的、民族的、世界的道义。荷马史诗和印度史诗则从不同的角度宣达了东西方先民的外化的大我。但是，随着人本主义的确立与演化，世界文学逐渐放弃了大我，转而致力于表现小我，致使小我主义愈演愈烈，尤以当今文学为甚。固然，艺贵有我，文学也每每从小我出发，但指向和抱负、方法和视野却大相径庭，而文学经典之所以比史学更真实、比哲学更深广，恰恰在于其以己度人、以小见大的向度与方式。

且说如上五种倾向相辅相成，或可构成对世界文学的一种大处着眼的扫描方式，其虽不能涵盖文学的复杂性，却多少可以说明当下文学的由来。如是，文学从摹仿到独白、从反映到窥隐、从典型到畸形、从审美到审丑、从载道到自慰、从崇高到渺小、从庄严到调笑……"阿基琉斯的愤怒"变成了麦田里的脏话；"路漫漫兮其修远，吾将上下而求索"变成了"我做的馅饼是世界上最好吃的"；诸如此类，不一而足。而荷马史诗到希腊悲剧到但丁的《神曲》到莎士比亚的《哈姆雷特》、塞万提斯的《堂吉诃德》、巴尔扎克的《人间喜剧》、托尔斯泰的《战争与和平》或曹雪芹的《红楼梦》等等，都或多或少具有针对这种向下趋势的悖反意识。远的不论，就说《红楼梦》吧，其藉神话和释道思想以反观主流意识形态（如仕途文化、致用精神等等）的虚无观和空前（甚至有可能绝后）的女性审美维度（仿佛回到了母系社会，而作者的游牧近祖提供了这种可能性）难道不是一种顶顶保守的取向吗？同时，面对明清文学的向下向俗态势，曹雪芹的价值和审美抵抗可谓绝无仅有。当然，万事相对相成，万物相生相克，最保守的有时往往也是最前卫的，20世纪女权主义的兴盛印证了这一点，神话原型批评理论也为它作了相应的注脚。

如是，这里所说的保守不是鸡犬得道或茹毛饮血、巫傩辱人,恰恰相反,它指向美好的人文、优秀的传统,甚而理想化了的历史记忆(盖因"人心不古"说源远流长,尽管事实上"人心很古")。从这个意义上说,《百年孤独》并非完美无瑕,比如它指向原始生命力或原始冲动的津津乐道和不厌其烦多少彰显了作者或叙述者或一方人等意识或无意识深处某些为人伦讳、今世忌的原始欲念。而这些欲念连同马孔多的孤寂与灭寂终于使加西亚·马尔克斯矛盾而无奈地作出了痛心的选择:让一切毁灭。

陈众议:1957年10月5日出生于浙江省绍兴市,1977年入复旦大学,1978年被选派留学,先后就读于墨西哥学院和墨西哥国立自治大学文哲系研究生部,获文学博士学位。1982年回国,现任中国社会科学院外国文学研究所所长。出版有《加西亚·马尔克斯传》等专著十余部。

许多年之后

陈 村

现在有点记不清孰先孰后，还记得的是80年代时，一两个世纪的世界文学像B-52轰炸机机群，从未来的中国作家头上隆隆驶过。一个波次接一个波次的打击，不必俯冲，水平投弹。中国作家和文学编辑鬼哭狼嚎似的奔走相告。苏联文学比较娘娘腔为新人不齿，很快，谁还提巴尔扎克、雨果、狄更斯？甚至将川端康成重新冻结在伊豆，由海明威在《老人与海》上浮沉。要现代派！卡夫卡是祖宗，威廉·福克纳，詹姆斯·乔伊斯，金斯堡，罗布-格里耶，加缪，萨缪尔·贝克特，尤金·尤涅斯库，胡安·鲁尔弗，略萨，加西亚·马尔克斯，普鲁斯特，一一被圈入现代派。一部《城堡》，让你进不去也出不来。流氓切口似的，球迷称迭戈·马拉多纳为迭戈，文学要称马尔克斯为加西亚·马尔克斯，这样更亲切更内行更见时髦。一时也记不清他们是哪国人，用什么语言，死了还是活着，记不清译者，那时没网络可查。仅仅一个名词就够了：现代派！意识流！荒诞！黑色幽默！魔幻！

存在主义的《局外人》、《肮脏的手》，你就算不接受它哲学也是好看的，至少可以记一个西西弗斯跟人说说。新小说《弗兰德公路》、《窥视者》、《橡皮》、《变》则负责将中国作家深度震昏。你可能读得非常过瘾，为立意结构和文字穿插技巧击节赞叹后再非常赞叹，其实你并没读完，也没弄清它在说什么。私下想，小说还能这样写啊。反小说，反戏剧，反诗歌。这些作品在中国的对应者是先锋派小说，残雪、何立伟、马原、孙甘露、余华、格非、高行健他们。其中残雪的不知所云学得最赞，马原的似是而非最令人闹心，而孙甘露的雅致的语言最得神韵。中国当代文学里，为艺术混得艰苦卓绝的就是这些人，叛离写实，发表极难，受非难最多，不得奖。为诗受苦的是白洋淀诗群，是北岛、杨炼他们的朦胧诗。年轻人很聪明，跨过本国的赝品直奔原作（的译本）。学到一点点，在中国就是首创。

我能回忆的是荒诞派戏剧进来后，傻眼了。你能比《等待戈多》写得更没人物、情节，更无所谓语言吗？两个男人戳在舞台上，有一搭没一搭地瞎扯，说是等一个人，那人到闭幕也一直没来。写得当时的中国作家和未来的作家很服气，很垂头丧气。你能将意识流搞成中国的《布礼》，到底不好意思写《等待布礼》吧。杜尚那个命名为《喷泉》的著名小便斗，一个就够了。这也是现代派的绝症，有过一个，再写都算抄袭。他们不给后人留口饭吃，他们干的是断子绝孙的活。

在B-52用现代派轰炸的时候，反叛现代派在蠢蠢欲动。也是现实的压力，反自由化，反精神污染，精神原子弹似的，走投无路啊，当代文学急需一个防空洞。西方有哲学，上帝死了，人是分裂的，他人即地狱，中国有什么？将情节和句子捣碎就够了么？能捣碎的被洋人捣完了。现代派的死路一条被打住，人们开始另一种冒险。除王蒙先生有罕见的大才，中国作家们宿命地身在当代写不了当下，那我们到人民当中去，到传统里去，我们写那些傻孩子去了。

1984年的年底，一伙骚动的作家、批评家在杭州开过一次会，史称"寻根会议"。到会小说家基本是初出茅庐，阿城算新锐作家，莫言尚未成名未被邀请。会场外的游说终于让《上海文学》放出马原的《冈底斯的诱惑》。自由讨论，用词不一，心思不一，但逃命是一致的，避开炸弹和原子弹，找一条通向防空洞的路，在山洞里各种各的蘑菇。

在这前后，写小说《棋王》（车站是乱得不能再乱，成千上万的人都在说话。）的阿城写立论高远的《文化制约着人类》，"立论于我是极难的事。"他在文末又重复了一遍"立论于我是极难的事"，像是将鲁迅那两棵著名的枣树分开种下。写小说《爸爸爸》的韩少功写宣言般的《文学的根》，"我以前常常想一个问题：绚丽的楚文化到哪里去了？"问得脍炙人口！王安忆写《小鲍庄》黑了白了，"七天七夜的雨，天都下黑了。洪水从鲍山顶上轰轰然地直泻下来，一时间，天地又白了。"之前，贾平凹就已在写他的商州。《透明的红萝卜》在文学圈红了，之后的《红高粱》更红，莫言写疯了，到处是他小说。

看资料，《百年孤独》在它获得诺奖的 1982 年由《世界文学》杂志选过几个章节，那时并没引起众人注意。可能体量不够，长篇小说要以它的体量来说话。如同证明普鲁斯特写作的是作品长度。我个人更喜欢胡安·鲁尔弗的《佩德罗·帕拉莫》，神秘而优雅。后来看到马尔克斯也说非常喜欢它，真是好得很。作品的基因就这样神秘传递。

我想，B–52 投下的炸弹差不多大小吧，但在中国炸得最响最脆的是《百年孤独》。中国作家无人抗议被它炸死炸伤。你最多可说记不住外国人名人物关系，最多嘟囔还没看懂，那都是你自己无能，你不可能诽谤它。它是第三世界作家写的，不是西方文化无法反对，不是写贵族帝王你无法鄙视，而且，魔幻一词之后是现实主义，魔幻现实主义。好像勾起一点回忆一点认同一点安全感了吧，冰是烫手的，写得多绝多准确，你总喜欢人是会飞的吧。是的，就是它了。况且，它的叙述是那么迷惑人。仅仅一个开头就迷倒无数中国作家。批评家李劼曾有文章从多个层次多个角度反复探讨这几十个字。

　　许多年之后,面对行刑队,雷奥良诺·布恩地亚上校将回想起,父亲带他去见识冰块的那个遥远的下午。

此前此后,中国当代文学冒着遗尿的危险脱去尿布。中国当代作家何其幸运,有那么多导师给出路线。外国作家何其幸运,他们在中国文学中复苏、重生。

许多年之后,面对死神,中国小说家将回想起,加西亚·马尔克斯带他去见识马孔多的那个遥远的下午。

陈村:原名杨遗华,回族,上海人,1980年毕业于上海师范学院政教系,上海市作家协会副主席。著有长篇小说《鲜花和》,《陈村文集》(4卷),小说集《走通大渡河》、《蓝旗》、《少男少女一共七个》、《屋顶上的脚步》,散文集《孔子》、《小说老子》、《今夜的孤独》、《百年留守》、《生活风景》、《古典的人》、《一下子十四个》、《弯人自述》、《有家有女》、《看来看去》、《四十胡说》、《陈言勿去录》、《五根日记》等。

我读《霍乱时期的爱情》

叶兆言

20世纪80年代的中国文坛,马尔克斯的重要性不言而喻。1975年,写完了《家长的没落》,为抗议智利政变,他举行了长达五年的文学罢工。我不知道西方怎么看待这事,反正在中国毫无影响。史无前例的文化大革命中,小说动辄被称为反党工具,被形容为大毒草,这都有个前提,反党也好,毒害人民也好,得把小说先写出来再说,马尔克斯倒是别出心裁,无招胜有招,竟然以不写来威胁别人。用媒体时代的眼光看,这不失为一种引人注目的好办法。诺贝尔奖的评委一直在关注他,搁笔五年以后,马尔扎克推出了中篇小说《一件事先张扬的谋杀案》,又过一年,得了诺贝尔文学奖。

文学青年的心目中,马尔克斯的创作历程有特殊意义。他成名很晚,最牛的《百年孤独》发表时,已经快四十岁。我经常用马尔克斯的遭遇来激励自己,当然不是指那个奖,是学他如何下决心。《百年孤独》带来的巨大成功,常为大家津津乐道,可是马尔克斯写作遇到的烦恼,却很少有人去过问。为了这本书,他经历了一场豪赌,把未来全押上了,如果成功,将以写作度过此身,不成功便成仁,从此不再做文学的梦。

老舍做职业作家前,也押过同样的宝,从结果看,都赌赢了。把赌注押在一本书上,对成功者来说,既有孤注一掷的悲壮，又是很不错的谈资。事实上，准备以创作为生的人，都可能会这么赌一把。有趣的是，很多人在文学道路上能坚持走下去，并不是因为赌赢了，而是一旦真正陷入博弈之中便欲罢不能。

《霍乱时期的爱情》是马尔克斯获得诺贝尔奖后的第一部长篇，初版印了一百二十万册，是个天文数字。中文本在两年后问世，那时候我们尚未参加世界图书版权组织，有没有得到作者授权，很难说。据说马尔克斯到中国来旅行过一趟，他没有惊动任何人，悄悄地来，悄悄地走了，是否和不愉快的侵权有关，说不准。

经过合法授权的新版本，最终不知花落谁家。评论界给这本书的定位，是用"十九世纪传统小说的手法"写成了长篇作品。这说法很可疑，至少在我读过的十九世纪小说中，未见到有这样的风格。马尔克斯自己确实说过类似的话，但是千万不要忘了，他是个喜欢扔香蕉皮的高手，知道怎么戏弄媒体，知道如何让别人踩在上面摔一跤。

在我眼里，这是部不折不扣的现代小说，精彩，耐人寻味。马尔克斯的作品并不多，写得少，写得好，他是现成的例子。

说到这个马尔克斯，真还有话可以说。对他始终有一种父辈的感情，他比我父亲小两岁，与父亲的好友高晓声陆文夫同年。他的作品在80年代初期进入中国，那正是我开始学写小说的年头，也是高晓声陆文夫这一茬右派作家走红文坛之际。不同点在于，马尔克斯在此时，早已名成功就，完成了最重要的作品，而作为父辈的高晓声陆文夫，胡子都花白了，只是几枝重放的鲜花，像一颗颗新星那样，刚刚冉冉升起。

马尔克斯的幸运之处，不是因为他得了诺贝尔文学奖。在世界文学的大盘子中，他得奖的时间非常重要，早也不行，晚也不行。众所周知，这个文学奖设置了已经很多年，在马尔克斯获奖以前，中国人从来不把这奖项太当一回事。对于文坛来说，开始关注诺贝尔奖,恰巧是在80年代初。在此之前,中国的作家同行对得没得过这个奖,基本上是无所谓,无论老一代作家,譬如鲁迅茅盾,譬如巴金老舍,还是小一辈的,像高晓声、陆文夫那样在50年代才崭露头角,都持这个坦然态度。

媒体强烈的诺贝尔奖情结,其实只是这几年的事情,仿佛女人的不方便那样,到日子就要折腾一番。热闹之后是冷清,炒得凶,过得也快。事实上,在马尔克斯之后,每年都会有新的诺贝尔奖得主产生,真正造成轰动影响的并不多,能和马尔克斯相媲美的绝无仅有。

我们都是马尔克斯的受益者。他的著作,只要有中文本,我都不会放过。他的《百年孤独》,我藏有好几种译本,读过的次数绝不会少于五遍。可惜由于版权纠纷,他的著作在市场上已很少看到,过去很多家出版社在他身上赚足了银子,现在加入了世界版权组织,终于出版了正版,可喜可贺。

马尔克斯的开始走红,是作为拉美文学爆炸的一个代表。他并不是罩着诺贝尔奖的光环进入中国,我们这些年轻人都是在没得奖之前就已接触到了作品,都是一下子被打动了,或者说打懵了。我们感到十分吃惊,在活生生的当代,竟然还会有这样出色的文学大师,与那些伟大的前辈相比,丝毫也不逊色。在马尔克斯之前,我们心目中的那些大师,属于祖父曾祖父级别,都生活在非常遥远的过去,与我们非常隔膜,而他却像我们熟悉的父亲一样,就生活在我们身边,与我们共同沐浴着同一片蓝天。

叶兆言:原籍苏州,1957年生于南京,著名作家。著有长篇小说《一九三七年的爱情》、《花影》、《花煞》、《别人的爱情》、《叶兆言文集》(七卷)等。

加西·马尔克斯笔下的"杀人者"

马　原

在同济大学课堂上讲海明威《杀人者》的时候,我想到拉美作家加西亚·马尔克斯——就是因写《百年孤独》而名噪世界的马尔克斯,他在得诺贝尔奖之后有一篇小说非常著名,叫《一件事先张扬的凶杀案》。现在在国内很知名的导演李少红,她的电影处女作《血色清晨》,讲了一个发生在中国农村的看上去很愚昧的故事,这个故事的来源实际就是马尔克斯的这篇小说。

海明威的《杀人者》和博尔赫斯的《等待》,虽然是以杀人为背景,但杀人事件本身并不清晰,首先杀人动机我们就不知道,小说里只字未提这些。马尔克斯的故事通俗地说更加像一个故事,杀人的缘由始末交待得比较清楚。故事是讲一对兄弟去杀人,起因是他们刚结婚的妹妹被男方发现不是处女而被要求退婚,妹妹被赶回家后,两个哥哥就审问妹妹到底是谁要为这件事负责,最后他们把疑点落到某一个男人身上。李少红的电影《血色清晨》讲的是非常相似的一个故事,电影里的兄弟俩最后将责任人认定为村里一个小学教师。

在确定责任人之后,两兄弟就开始大肆吵闹,吵得四邻都听见,说不能便宜了那小子,一定要让他负责任,要杀了他。这有点像《杀人者》里的情形,要杀人的人从一开始就把他们的杀人企图大肆声张,大张旗鼓,让所有的人都知道,这情形真是挺有趣。两兄弟闹的这桩事情在山村里可不是小事，我当过知青我知道，当时在自然村里没有广播，要相互通知什么事情都靠口头传达。如果有上级通知，得有一个类似通讯员的人挨家挨户去通知。在这个故事里，这种方式也被大肆运用，完全是口头传播。两个哥哥在家里对妹妹大喊大叫，逼迫妹妹说出那个人的名字，不说就打她，并且扬言要杀掉那个人。因为闹得很凶，邻居们过来围观，看的人越多，两兄弟就越来劲，闹得越厉害，好像他们不但不介意让邻居们知道，反而是一定要邻居们知道。于是近邻传给远邻，大家争相谈论这件事，很快两兄弟要为妹妹杀小学教师的事情在全村传得沸沸扬扬。

然后两兄弟开始大张旗鼓地去找小学教师，沿路他们不停地找家伙，有时抄起田边的农具，有时看见树根，就扔掉手里已有的家伙，去拽树根，准备拿树根去砸小学教师，一会儿看见篱笆墙，就又去拆人家的篱笆，一路都大张旗鼓。马尔克斯把他的故事定位为"事先张扬"，而我们看到的其实是杀人者的怯懦。杀人者愿意让这件事情仅仅作为一个话题存在，绝对不是有计划有组织的那种典型的谋杀。在马尔克斯的小说和李少红的电影里，我们更多是看到一种心情，愤怒的心情，并且愿意让自己的愤怒广为人知以造成威慑的声势，他们有这种很强的愿望。我真的不能在一件事先要大肆张扬的杀人事件中看到杀人者内心的坚决和义无反顾，我没有看到反顾，我看到的反而是怯懦。而且我想马尔克斯和李少红也会这么认为，那兄弟两个并不真的要杀人，他们实际是希望告诉人家："你们拦住我，你们不拦住我我可真要杀人了！你们还不拦，还不拦就真要出人命了！"他们反复向围观的人们传达这种暗示，他们希望有个台阶。

这个故事很不幸，马尔克斯写的哥伦比亚的村民们不拦，李少红电影里中国的村民们也不拦，谁也不拦。两个人在去杀人的路上，一路鸡犬不宁，一会拆个篱笆抄根棍子，在地上戳戳就弄断了，一会儿看见地上老粗的树根，去拽没拽出来。路上有一早下地干活的村民，他们就去抢村民的铁锹，人家也不见得不给他们铁锹，但是人家还没把手撒开，他自己就把手撒开了。他们至少要做出这种姿态，向旁人表示他们一定不善罢干休，一定要杀了那个闯祸的小子。有趣的是，村民们尽管没有直接助长这种杀人行为和杀人愿望，但是没有一个人站出来为兄弟俩解开这个结。在事件逐步向前推进的过程中，我们看到杀人者的心情。

但是偏偏事与愿违，两兄弟在一番张牙舞爪、反复渲染之后，他们没有一点退路。要被杀的那个小学教师居然也没逃，他充满恐惧，又完全不知所措。因为这场风波从一开始就闹得沸沸扬扬，很多村民闻风之后都劝他快逃，看见他没动静就奇怪他怎么还不逃呢？然而他真的没有逃，一直等到两兄弟找上门来。在这一点上，这个故事和《杀人者》和《等待》相比，被杀的人所表现出来的态度却是惊人地相似。无论是哥伦比亚、是美国、还是中国，当一个人明明知道自己即将被杀，可是我们看到他的心情非常奇怪，而且在三个不同国度里的当事人，居然这种奇怪的心情是相同的，就是不作任何反抗或者逃避，就是等死。

马原：生于辽宁锦州，现任同济大学中文系教授，作为中国当代"先锋派"小说的代表作家之一，在当代文学史中占有重要地位。其著名的"叙述圈套"开创了中国小说界"以形式为内容"的风气，对中国当代文学的发展起到了重要影响。代表作有：《冈底斯的诱惑》《虚构》《上下都很平坦》《纠缠》《荒唐》等。

百年孤独　万年一叹

徐小斌

或许是缘分。

1983年，我大学毕业后的第二年，在常去的动物园广风餐厅旁边的新华书店，鬼使神差般地，我拣出了一本书，印得粗糙，名为《百年孤独》，作者加西亚·马尔克斯。许多年之后我才知道此书系盗版。但在当时，经历了整个的民族浩劫之后不久，这本书的出现让我着迷。

之所以着迷，是因为它暗合了我的趣味：我自小是个爱做梦的孩子，我的梦天马行空无所羁绊，上至天国下至深海，其怪异难以描述，所以也就非常舒服地接受了女子乘飞毯起飞的情节而毫不感突兀。并且自此爱上拉美文学，略萨的《潘达雷昂上尉与劳军女郎》、普伊格的《蜘蛛女之吻》、尤萨的《胡得亚姨妈与剧作家》、博尔赫斯的全部……然而记忆最深刻的，是《百年孤独》。——那是八十年代馈赠给我的最好的礼物——它打破了我一向把大师级作家分为"社会型'与"自省型"（这是我的自创）两类的格局，提供了成为好作家的第三种选择：出世与入世、地狱与天堂、上帝与魔鬼、此岸与彼岸……的神奇转换，这种神奇变成了巴赫《音乐的奉献》中那种音阶升高而又回到原点的螺旋式之美，变成了埃舍尔笔下那诡谲下降而又升起的美丽瀑布。

这种现实与虚幻的天衣无缝的结合让我看到了一条奇幻绮丽而又品质高贵的文学之路！它既不似自省式写作那般把人压迫到黑暗之中，又不似社会型写作那样容易遗失心灵最深处的奥秘。它可以焕发人类最高级的创造力与想象力，它是文学最高最美的枝条。而写作，难道不是一种栖息于地狱却梦想着天国的行当吗？难道不是我们为摆脱令人生厌的日常生活的自欺手段吗？！

　　于是从我的第一部长篇小说《海火》开始，我就在做一种实验，就是把最虚幻的形而上空间与最现实的生活结合起来。这种处理确实很有难度。过去我一直把文学大师们分为两大类，一是巴尔扎克、罗曼·罗兰等社会型作家，另一是陀斯妥耶夫斯基、卡夫卡等"内省型"作家，相比之下我当然更喜欢后者，因为后者与生命本质艺术本体更接近。但是我注意到一个令人恐惧的现象，那就是，后者的最终命运几乎都与病态、疯狂或自杀有关，他们在劫难逃。我觉得，自己的秘密世界有如一面魔镜，它好象是真实的，但每一个细节都不真实。人在面对自己、自以为达到至善至美的时候，其实是在制造一种骗局。走入那面魔镜是自欺欺人的开端，可怕的是，通往魔镜的道路有去无回。萨特说，他人即地狱，那么我要说，个人即魔鬼。这大概就是后一类作家非疯即死的答案吧。但是我终于从马尔克斯这里发现了在地狱与魔鬼之外的第三条道路。拉美作家们自由转换的境界非常令人羡慕，打破界限之后，就可以把貌似对立的两极融合在一起，这种小说是我追求的境界，也是我写长篇《羽蛇》用的一种基本表现手法。

　　《羽蛇》是我一生都想写的一部书。其实有很多作家都有这种感受，他可以写很多书，但是他一生都想写的，只有一本书。写完了这本书，他就可以化解掉他心里最深的一个心结。

　　而《羽蛇》对我来说，就是这样一本书。写羽蛇，有个人原因，也有社会原因。

从个人原因来讲自然来自童年。最早的心结始于童年。有三件事决定了我的童年经验：第一个是我和母亲的紧张关系；第二是过早地读了红楼梦；第三是从小和姥姥住在一个房间，而她是个虔诚的佛教徒。有一座高大的佛龛耸立在我和姥姥的卧室里。佛龛上面罩了一块红布，红布里面是玻璃罩。玻璃罩里面便是那尊黑色的释迦牟尼像。常常是，在那黑色佛像的俯视下，在龙涎香的气味和木鱼有节奏的音响中我沉沉睡去。其实是来到了另一个世界。在那个世界中，充满了各种怪诞和恐惧的梦。这些梦笼罩了我整个儿时的记忆。

我成了一个几乎完全生活在内心世界里的孩子，按照现在时髦的说法，我小时候是个患有严重的"自闭症"、与白日梦为伴的孩子。

对外部世界的恐惧肯定会导致向内走，所以我从一开始发表小说的时候就完全不符合当时的社会语境。至于时代的原因，我认为自己生在一个巨大的转折的时代，这个时代发生了很多匪夷所思的事情。

作为一个作家，我认为有责任把看到的事实写下来，前苏联小说家柯切托夫曾经说过，一个人一生至少要拿出一次真正的身份证，所以我首先要求自己要真实地毫不媚俗地记录我们这一代人的历史，要为这个民族提供一份个人的备忘录。

所以我在《羽蛇》的前言中说：我们是不幸的：生长在一个修剪得同样高矮的苗圃里，无法成为独异的亭亭玉立的花朵；为了保证整齐划一，那些生得独异的花朵，都注定要被连根拔去，尽管那根茎上沾满了鲜血，令人心痛。有幸保留下来的，也早已被改良成了别样的品种，那高贵的色彩在被污染了的空气侵蚀下，注定变得平庸。

我们又是幸运的：在当今的世界上，还有哪一国的同龄人可以有我们这样丰富的经历？童年时我们没有快乐，少年时我们没有启蒙，青年时我们没有爱情，中年时我们没有精神，老年时我们没有归宿——另一个世界的宠儿们闻所未闻的什么大字报、批斗会、通辑令……都曾经走马灯似地从我们年轻的眼前飞驰而过，那真是神话般的叙事，那一切都是发生了的，尽管中华民族有着著名的健忘机制，但是那一切却深深地隽刻在许多同代人的记忆之中。

但是我们终于懂得，每一个现代人都是终生的流浪者。现代人没有理想没有民族没有国籍，如同脱离了翅膀的羽毛，不是飞翔，而是飘零，因为它的命运，掌握在风的手中。我们懂得了这个道理，但是付出了沉重的代价

追根朔源，对我们这个民族的历史、特别是女性历史进行反省，并且洞察人性中的复杂性，仅仅写这一代人是不够的。我始终认为历史教科书上的历史，不过是整个历史的冰山一角，而这一角还很值得质疑。于是我从一个女性传承的家族、也就是母系氏族入手，写了五代女人的历史。

太平开国的一代，我主要写了赵碧城也就是羽蛇的姨祖这个人物，她为了反抗天王洪秀全的暴政，付出了比生命还要惨痛的代价。

辛亥革命的一代。这一代的主要女性人物是赵碧城的姨侄女、也就是羽蛇的外婆玄溟，她的丈夫是早期辛亥革命的狂热支持者，而后来堕落成为一个抽鸦片吃花酒养戏子抛妻弃子的男人。

新民主主义革命的一代。主要女性人物分成了两支：一支是玄溟的女儿、羽蛇的母亲若木，也就是西南联大的那支知识分子队伍，若木从小受到强势母亲的压抑，形成心理人格的变态；而另一支是玄溟的侄女沈梦棠，她是所谓满怀革命理想投奔到延安的青年，而到了延安她的所有梦想都破碎了，她被延安的审干运动整得九死一生。

第四代，也就是我的小说主人公、若木的女儿羽蛇的一代，其实也就是我们这一代，经历了上山下乡、回城、四五、改革开放、恢复高考制度、竞选……

第五代，就是所谓"八五后"的一代，这一代的代表人物是羽蛇的外甥女韵儿。韵儿是一个热衷于物质享受，非常现实、完全没有灵魂的美丽女孩，后来为了钱嫁给了一个日本人，回国之后过着时尚却无聊的生活，她只觉得小姨她们甘愿为理想献身的精神非常可笑。

所以，我的小说的历史观，是完全与历史教科书相悖的。

是的，《羽蛇》颠复了历史，尽管我深知还原历史是完全不可能的，但我还是尽了我最大的力量，来还原了部分历史。特别是，我亲历的历史。

要颠复历史是非常难的，但还需要寻找一个合适的载体，一个神秘而又优美的意象。

完全是不经意间，我发现了我要找的意象，就是羽蛇。

羽蛇是人类世界共有的神话原型。"阳离焉死——大鸟何鸣"，阳离即太阳神鸟，而神鸟常栖神木之上，在《楚十二神帛书》中有三头人象，象征太阳神、太阳神鸟、太阳神树三位一体，还有"羽蛇"，它的形态就是神鸟与神蛇缠绕在生命树的十字架上，它是远古的神灵，但却是阴性的，是远古母系文明的象征物。

勿庸讳言，在当下，在我们这个有了高速路、网络对话与电子游戏的时代，形而上的、精神的、灵魂的土壤却越来越贫脊了。

而羽蛇象征着一种精神。她为人类取火，投身火中，粉身碎骨，化为星辰。在古墨西哥、秘鲁、玻利尼西亚、蒙古、巴劳群岛、以及玛雅文化中都有类似的传说，构成了整个太平洋古文化的重要图式。现在你们肯定明白我书中那些女人的名字了：羽蛇、金乌、若木、玄溟……那些来自远古的太阳与海洋，与女性本身一样源远流长，生生不息，具有转世再生的顽强。这当然可以构成一种文化象征，但问题是这种顽强既有悲剧的美感，又有非常可怕的一面。这并不是什么神话式叙事，而是借助神话来揭示现实中残酷的关系，这本身就是在解构神话。

血缘就象是一棵树。现代分形艺术象一种美丽的树型结构，很明确地象征我的小说中每一个人物的轨迹与终极命运。

我以为，好的小说，必然是复杂、多义、混沌的，抹去虚幻与现实相接的所有痕迹，使它们浑然一体，从另一方面来看，它们又可以向无数个方位展开，展示多样性与可能性，就象珊瑚或者什么海生物的触角似的。

羽蛇，可以说它是一部女性家族小说。

也可以说它是一个女孩一生都追求爱却不断被爱所欺骗所遗弃的小说。

也可以说它是一个写五代女人心灵秘史的小说。

也可以说它是一部写母女关系的小说。

如果用最简单的语言来概括，那么它写的就是一个这样的故事，一个小女孩在童年的时候为了重新获得失去的母爱，无意中杀了自己的弟弟，用她的一生对自己的心灵自我救赎的故事，直到她死，她说：妈妈，我欠你的，我还了，你满意了吗？

《羽蛇》是这样的一种尝试。它表面上似乎与社会历史无关，但是细心阅读后会发现，在梦想与现实的对立中，它最终是遥遥指向文明、历史与社会的。这样的小说中表现的叙述方式和内心体验并不是一种完全个人的东西，它与历史和现实都构成了一种张力关系。

百年五代女人的心灵秘史，五代性格迥异的女人在时空的沧海桑田与血源的神秘因袭中的自我复制与变异。在女主人公羽蛇破碎的生命中，一方面，我们可以读到她对世界的拒绝与她以死亡所换得的绝对自由与终极胜利;而另一方面,我们更清晰地认识到羽蛇所面对的世界无比强大,因为,一根"脱离了翅膀的羽毛不是飞翔,而是飘零,因为她的命运,掌握在风的手中"。

《羽蛇》首版至今已整整十六年,1998由花城出版社首版,十六年中出了十二版,2007年被世界著名出版公司西蒙舒斯特买断全球英文版权,并作为唯一一部华文作品列入了该出版公司"ATRIA"国际版。同时,也签了八个小语种。

《羽蛇》发表后有许多评论,奇怪的是无论是中国还是西方,都把她与《百年孤独》作了对比。譬如一位年轻的评论家李永宏在《当代文坛》上发表的评论中说:"这是一部阅读完后却不能停止思想的小说;这是一部能引起灵魂共鸣却无法述说,言传拙于意会的小说;这才是真正意义上的小说,可遇而不可求。这部艺术性极强的小说被文坛忽略,不能不说是当下文坛的悲哀。……翻开厚厚的文学史,我们不难发现,有很多经典小说,都遭遇过"曲高和寡"的命运。《羽蛇》直抵现实深邃的部位,具有强大的力量,成为一个时代的精神芯片,它需要时间慢慢发掘,它是属于历史的,属于世界的。我甚至认为,它是真正的中国版的《百年孤独》。"一个作家的价值,不是体现在他和时代的同步上,而恰恰是体现在他和时代的差异和错位上。一个和时代没有差异和错位的作家,他反而最易被时代所抛弃。"经过大浪淘沙,我想被抛弃的决不会是《羽蛇》这样的艺术珍品,它定会是世界文学海滩上的一颗闪光的珍珠。

美国一位女性评论家THESEUS在美国国家图书馆协会会刊的《每月书评》中说:这是一部史诗。它涵盖了中国百余年的历史,它是从1890年开始的。女主人公是一个非常孤独、敏感的女人,她从小失去了母亲的爱,因此终生都在寻求爱——但却始终没有得到。她的爱情也许在1980年代,然而,这爱却并没有真正实现。书中有很多神话一般美丽的场景,使这个故事显得神秘，但这并不妨碍它是一部史诗。它很像马尔克斯的《百年孤独》的写法。此前我对整个华文文学完全不了解，非常感谢这部书的作者，她使我与华文写作产生了共鸣。

——而我要感谢的，是马尔克斯和他所代表的拉美文学。

多年之后我有幸见到了那些我曾经爱过并一直爱着的作家：略萨、罗伯格利叶、帕慕克、库切……却没能见到伟大的加西亚·马尔克斯。——这位巨人在一个平凡的春天弃我们而去，而这个春天因他的离去而变得不再平凡。

徐小斌：女，著名作家，国家一级编剧。1981年始发表文学作品。截至2012年发表作品四百余万字，出书四十余部。曾获全国首届"鲁迅文学奖"、全国首届"女性文学奖"、第八届"全国图书金钥匙奖"、莫斯科国际电影节大奖等重要奖项。代表作有：《羽蛇》《敦煌遗梦》《德龄公主》《炼狱之花》《双鱼星座》等。

从刘兰英到马尔克斯

杨争光

陕北的民间艺术包括剪纸、腰鼓、唢呐、民歌等，都是一体的。看起来简单，实际上复杂。就说剪纸，剪得那么笨拙，那么单纯，就像是小孩的作品，但你能感到一种浑厚、沉重的东西。之所以喜欢他，绝不仅仅是因为我们所说的那种返璞归真的复归心理。它确实具有艺术的魅力，它和好多现代派艺术不谋而合，殊途同归，确实令人震惊。人都是有想象的，而越是封闭，想象在他们生活中的位置就越高，越重要，那种想象力也就越奇特。他们与世隔绝，但总有一种欲望要表达。

艺术的本质是一个东西。不管是学院艺术和民间艺术，现代派艺术和古典艺术，甚至艺术的各种类别之间，音乐、绘画、舞蹈、诗歌，就其本质说是一样的，只是形式不同，也就是说，不一样的是它们所运用的语言形式。

延长这个刘兰英，五十多岁了。我带回的剪纸中，她的最多，28件，是乡文化站送我的。当时我想去看看她，由于交通不便，没去。我问了一些她的情况。文化站的人给我说，她绝对不能剪出两幅一样的东西，除非是一叠纸。就是说，两次剪不出同样的作品。她在剪纸之前，也不知道能剪个什么样子，剪着剪着就出来了。我很震惊。我想这是一种最佳的创作状态，也许这就是无意识创作，但我不这样认为。她剪纸之前不清楚的只是表现形式,她有情感、思想、人生经验等方面的积淀,她有强大的基础,问题只是怎样一刀一刀把它表现出来。她需要寻找的只是一种形式。这些民间艺术看起来简单,实际上它用一种简单、笨拙的形式反映了人性中最基本的东西。它所反映的那种生活也是最基本的生活。越是这样就越能唤起人对生活的亲近,我想这也许是我们喜欢他的主要原因。就人与自然的那种关系而言,我看到一幅剪纸,一个老太太在喂一只羊,也许不是羊,只是像羊那样的一个动物。很单纯,一点也不复杂,更不抽象,但人和动物之间很和谐。在作品中你能体验出一种人性中最温暖的东西。刘兰英是个剪鱼的能手。她剪的鱼乍一看能飞,像是一个什么飞行动物,但又不是,说不出是什么。陕北那地方鱼很少,我想,他们是否把鱼,以及好多动物当做一种天虫看待?天虫!与人类能沟通的天虫!

在那种封闭落后的环境里,没有科学,但他们对宇宙的把握,却是一种超时代的把握,这种超时代的把握,表现在它的总体性上。在那里,宇宙是混沌而又单纯的,没有主体。比如说人,他不是万物之灵。这种把握是最初的,又是总体的。

所以,我不以为后来的艺术就比以前的艺术高级,艺术和科学不一样。不掌握科学同样能创造人类最高级的艺术。一个地域有一个地域的文化背景,它与生存环境又必然联系,在这种环境里只能或必然产生这样的文化。比如拉美产生的魔幻现实主义。

我听陕北的唢呐,感到结婚时与送丧时的曲调没有多大区别。也许我不懂,但我听那些调子没有多大区别。听起来都有些欢乐,又都有些哀伤。

听唢呐,看腰鼓,感到它们正是从不同的方面来表现那个地方。腰鼓,是一种力,很悲壮,很张扬,而唢呐是一种很单纯、很细腻的情绪,就那么几个曲调,吹来吹去,不厌其烦,而剪纸最大的特点就是神奇的想象。

有人说，形式就是内容，我不同意。福克纳、马尔克斯对我的启发是，他们的东西恰恰是立足于本土，表现了他们那个地域中人的生存状态。

在小说艺术中，时间是可以依叙事的需要缠绕成团块和圆球的——我称之为"毛线团"——这正是人类历史记忆中的时间的性状。也许只有在小说中，作为记忆和过程的时间才可以得到如此真实的呈现。

《百年孤独》中的时间，就是"缠绕着的毛线团"。

如果你愿意，也可以把它抽拉"还原"成一条直线。但要小心一点，否则，会把它扯断，使它变成无数个小线段。然而，也不要紧，事实上，记忆中的时间经常是不完整，甚至不连贯的——时间不能在事件（现实、实在）中脱离空间而独自存在。这些不完整，不连贯的线段就成为"片段"。

但，《百年孤独》的"魅力"不仅在此。《百年孤独》具有小说艺术经典的几乎所有的元素和要件——

它塑造的艺术现实是成熟的，也是童稚的。

它有经典的人物，经典的人物关系。

它有非凡的想象力。它的想象力不仅是感性的，也是理性的：它具有人物（生命）面对事件的极富个性化的应对。

而整部小说，则是马尔克斯面对《百年孤独》这一艺术事件的个性化应对。它显示了拉美文学爆炸的高度。

杨争光：一级作家，影视编剧，深圳市文联副主席。1957年生于陕西省乾县，1982年毕业于山东大学中文系。代表作有：《土声》、《南鸟》、《老旦是一棵树》、《黑风景》、《少年张冲六章》、《从两个蛋开始》等。

马尔克斯与中国：
一段未经授权的旅程

张颐武

加西亚·马尔克斯故去，在中国引发反响和悼念是必然的。这位拉丁美洲的文学巨匠可以说是近三十年来在中国文学中影响最大最深的外国作家，也似乎是具有某种"中国性"的外国作家。《百年孤独》不用说了，这是许许多多中国作家在自己的创作的开始阶段的最重要的参照，是他们写作的范本。那个让无数中国作家激动的首句就是一个中国文学在20世纪80年代对于世界的新的想象方式的接受的经典范例："许多年以后，面对行刑队的时候，奥雷良诺·布恩迪亚上校一定会想起父亲带他去看冰块的那个遥远的下午。"许多人直接在自己的小说中模仿这个句式，他们从这里明白了小说有一种不同于以往的可能性。到今天我再重温这句话还是有别一番的感慨。

马尔克斯的名声其实不仅仅在中国的文学中，从外国小说改编的中国电影极为稀少，但《血色清晨》这部导演李少红在1992年拍摄的电影就是根据马尔克斯的《一件事先张扬的谋杀案》改编的，这部电影在当年也有相当的影响。在20世纪90年代甚至还出品了一种名为《百年孤独》的白酒，也一度非常畅销。足见马尔克斯在中国的影响力。作为一个相对小众的"纯文学"作家，他在中国文学领域和公众中的影响力可谓独步天下。这也是中国80年代开放的最初时代的一个历史的独特的象征。他其实和我们一起走到了今天。但这里的最为独特之处在于他和我们的相遇，正是在中国开放的最初岁月，他的作品在中国的广泛的译介都是未经作者授权的。我们大家投入的那些感情和青春都是未经"授权"的，我们看到的当年为之激动的译本，其实是自己上阵翻译的。当年中国没有参加伯尔尼公约，所以这种未经授权的结果不合规范，却歪打正着，引发了中国文学的变化。这也曾经引起了马尔克斯本人的不快。

20世纪80年代中国文学开始和世界的当代文学"相遇"，这是在经历了相对封闭的十多年之后的独特的经验。一方面，当时的中国开始了改革开放的进程，这一进程的中心就是对西方的开放，中国开始尝试进入西方为中心的世界体系之中。一方面一种新的个人解放的思想潮流开始凸现，另一方面，一种新的民族意识也开始凸现，这种民族意识在八十年代强烈地表现为一种"落后"的焦虑。原来计划经济时代民族意识中强烈的作为"第三世界"斗争的中心和反抗美苏世界霸权的责任感开始被一种感到中国各方面落后的焦虑所取代。直接的经济和社会的落后的感觉强烈地影响了文学的想象。"走向世界"的口号激动人心，其实在那时这很大程度上就是走向西方。我们发现无论我们表现的题材、表现的方式和想象的路径都和那个时代的西方文学有着巨大的不同。当时的作家和文艺青年急切地阅读袁可嘉先生主编的《西方现代派文学作品选》，阅读陈琨先生介绍西方新的文艺思潮的《西方现代派文学述评》。一面惊奇于那些奇特的想象方式和表现方式，一面也慨叹中国的生活和这一切之间的巨大差异。当时人们开始认识萨特、乔伊斯、普鲁斯特、艾略特等等西方文艺的代表人物，却也感受了作为一个第三世界的发展中国家，我们时代生活给予我们的限定，让他们显得遥远，我们似乎难以赶上他们。于是，"走向世界"的路径却变成了我们的最大的困惑。

中国"新时期"文学的"走向世界"的梦想总是以诺贝尔文学奖作为终点的。这里我们似乎将诺贝尔文学奖作为一个文学普遍性的标准，一个似乎是举世公认的评判尺度。八十年代以来，随着中国的一系列变化，中国对于诺贝尔文学奖的想象开始展现了一种最为奇特的状态。一方面我们将一切获得诺贝尔文学奖的作家作为世界文学的大师看待，以最为真诚和最为热切的介绍和推荐向我们提供世界文学的超级范例。另一方面，我们一直将没有中国作家获得诺贝尔文学奖作为中国文学的失败和困难的象征，将它视为我们自己仍然无法达到世界文学普遍标准的状况的标志，这使得我们往往充满了一种无可奈何的挫折感，一种急切的焦虑。我们决心向它冲刺，以证明我们自己一往无前地走向世界的决心。

但到了1982年，马尔克斯作为一个和中国在全球"位置"接近的第三世界的拉丁美洲作家得到诺贝尔文学奖，他进入了世界文学的主潮，这让中国作家感到兴奋和鼓舞。这其实给了人们新的信心和新的未来的可能性的展开。他的《百年孤独》很快地得到了译介。他的作品也让我们震撼，这里拉丁美洲在封闭和诡异中独特的生活方式、民俗特点的表现却是和西方现代主义的复杂技巧有了独特精妙的结合。拉丁美洲的深厚的自身传统和苦难的历史记忆和来自西方的现代主义的技巧能够如此地融合无间，其实给当时苦于找不到自己的新形式的年轻一代的中国写作者巨大的启示，告诉他们有一个方法可以"挪用"来自西方的复杂技巧，又能够让它们"接地气"，能够把自己在一个古老的文明中的丰富的感受和记忆得到新的呈现。所谓"魔幻现实主义"，正是把拉丁美洲的文明和其中丰富的传统用新的表达方式加以呈现，而这也得到了对此文明当时所并不熟悉的"世界"的认可。这是马尔克斯赋予当时中国作家的最大的启示。其实他打开了一扇门，让中国作家能够把现代主义的技巧用在自己的本国的文化的想象之中。于是，当年的"寻根文学"就是深受以马尔克斯为代表的拉美文学影响的思潮和运动。当时中国作家的"寻根"其实是从一个新的现代主义的视角观察和发现自己古老文明的努力。这个努力给了八十年代的中国文学一个前所未有的独特的深度。当年的"寻根"文学的重要作家王安忆、韩少功、阿城等人的作品中都看得到马尔克斯的影响。而莫言、贾平凹、陈忠实等人的写作也无不受到他的影响。所以他可以说是最具"中国性"的外国作家。他的灵感启发了整整一代的中国作家，而《血色清晨》这样的电影，虽然故事是马尔克斯的，但看起来就是一个格外真实的中国故事。虽然没有授权，但似乎在那个时代，我们心心相印。

时间走得真快，《百年孤独》中的拉美世界，闭塞而压抑，和现代文明之间有着重重阻隔。中国在20世纪80年代之前的情况与此有些类似，特别是在封闭的方面很类似，许多民俗和特殊的生活方式缠绕着人们。但是在开放三十年之后，情况已经变化了，我们融入世界的程度已经很高，和世界不再有隔膜，情况完全不一样了，中国一点儿也不像《百年孤独》中的世界了。而当年从"高密"起步的农民子弟、曾经的解放军青年作者莫言也获得了诺贝尔文学奖。这个激动人心的未经授权的旅程到今天已经走到尽头，我们开启了另外的现实的世界。可以说，今天中国在全球的新的位置是当年我们起步的时候难以想象的。马尔克斯的故去其实终结了一个时代的想象，这想象其实更是对于中国的想象。我们曾经借助这位天才的能力看见我们的现实，但2011年，我们终于有了经过授权的马尔克斯的作品，但这却已经早已没有了当年的现实的冲击力，他的作品现在已经是作为经典的"纯文学"为我们阅读，马尔克斯已经回归于历史。他激动我们的那个时代已经远去了。未经授权的马尔克斯激动了我们，但经过授权的他已经回归历史。这其实是中国和马尔克斯的一段"缘"。其实我们也可以看到，在这些中国故事里，有许多没有授权的东西变成了我们自己的血肉，中国走过的这些路其实也是没有授权的。没有授权当然遗憾和让人惭愧，但今天在我们能够让马尔克斯给我们授权的时代，我们的文学必然地是以全世界为背景的新的中国的故事。

今天的中国的现实，正在期望年轻的作者们用新的形式讲述这新的中国故事。这些故事里的"马尔克斯"仅仅会是世界文学的一个不可少的背景，是我们文学知识的一部分。

马尔克斯安息。

张颐武：著名评论家，北京大学中文系教授，博士生导师。主要理论专著有《在边缘处追索》、《从现代性到后现代性》、《新新中国的形象》、《全球化与中国电影的转型》等。

加西亚·马尔克斯：
回归种子的道路

格 非

一

所有的事物都有生命，问题是如何唤起它的灵性。这是加西亚·马尔克斯在《百年孤独》中最令人难忘的句子之一。它使人很容易联想起吉卜赛人的磁铁，奥雷良诺上校的小金鱼，向母亲报告凶信的鲜血以及神甫腾空而起的飞毯。它还使我想起了胡安·鲁尔弗、富恩特斯、博尔赫斯、科塔萨尔、伊莎贝尔·阿连德等一连串拉美作家的名字。在博尔赫斯的《遭遇》中，进行殊死决斗的并非马内科·乌里亚尔特和邓肯，而是两把匕首。不幸的主人偶然惊醒了在一只玻璃橱内沉睡的凶器从而导致了残杀，人成了匕首的工具。在胡安·鲁尔弗的《佩德罗·帕拉莫》中，"人"只不过是幽灵还魂而已，自然界的一切声音似乎都可以看成是神灵的窃窃私语。科塔萨尔的《被占领的房子》是一个人鬼杂居的住所，一半的房间能让人回想起死去的亲人。至于阿连德的《幽灵之家》就更不用说了。

据说，加西亚·马尔克斯童年的宅院也是着了魔的。加西亚·马尔克斯后来回忆说："这座宅院每一个角落都死过人，都有难以忘怀的往事。每天下午 6 点钟后，人就不能在宅院里随意走动了。那真是一个恐怖而又神奇的世界。常常可以听到莫名其妙的喃喃私语。"也许只有迷信能够对童年的加西亚·马尔克斯以象征性的保护：阴魂走开以前就应该让小孩睡觉；孩子们躺着的时候如果门前有出殡的行列经过，应该叫他们坐起来，以免跟着门口的死人一块儿死；应该注意别让黑蝴蝶飞入家中，因为飞进来就意味着家里要死人；若是飞来了金龟子，家里就要来客人；保证不撒落盐就能躲避厄运；如果听见怪声就是巫婆进了家门；如果嗅到硫黄味就是附近有妖怪。（引自达索·萨尔迪瓦尔《马尔克斯传》第三章）

很少有一个地区的作家像拉美那样，在短时间内如此集中地展现同一个主题，或者说作家与作家、作品与作品之间的题材、风格和创作方法上显示出如此多的经验的类通性。阿莱霍·卡彭铁尔似乎不太喜欢"文学爆炸"这个概念，他认为把当代拉丁美洲文学说成是 boom（繁荣、爆炸）是对它的诅咒。不过拉美文学在 20 世纪 50 年代以后的迅速崛起，并在世界范围内产生了巨大的影响毕竟是一个事实。在对这样一个令人惊异的事实进行解释的过程中，"魔幻"一词往往就成了论述的中心，但它在很多场合被作为一种创作方法或风格的代名词加以使用，魔幻现实主义在 80 年代被大量介绍到中国之后，一些作者将文本本身的神奇魅力归因于作家卓越的想像力。想像力固然没错，问题是，任何想像都离不开个人经验的支持。想像力的奇特，通常是以经验的与众不同为基础的。那么拉美作家带有普遍性的个人经验、他们眼中的现实究竟是怎样的，它与"虚构现实"的关系如何？这似乎就是达索·萨尔迪瓦尔在《马尔克斯传》一书中着重阐述的首要问题。

巴尔加斯·略萨在他的《马尔克斯：一个弑神者的故事》一书中，将加西亚·马尔克斯个人经历的资料与他的大部分作品作了细致的对比分析。这本由"实际的现实"与"虚构的现实"两个部分组成的评传给我们勾勒出了加西亚·马尔克斯文学资源宝藏的大致轮廓，这一"对照表"式的写法似乎有点机械、笨拙，得出的结论也简单得惊人：所谓"魔幻"从表面上看也许神奇、虚幻，实际上它却是哥伦比亚乃至整个拉丁美洲的基本现实。

《马尔克斯传》在这方面走得更远。它的结构与巴尔加斯·略萨的那本评传不太一样，基本上是按照时间的顺序描述了加西亚·马尔克斯文学活动的经纬，它保留了巴尔加斯·略萨让"实际的现实"与"虚幻的现实"彼此参证的写作方式，但这两个方面的对比不像巴尔加斯·略萨那样泾渭分明，它们是紧紧缠绕在一起的。作者似乎从加西亚·马尔克斯《百年孤独》的笔法中汲取了有益的技巧，在叙事时间上自由驰骋，围绕着加西亚·马尔克斯个人经历的主要脉络，既有对往事的追溯，亦有对"后事"的提前预告。这就使这本资料丰富、内容翔实、长达40万字的巨著枝蔓复杂而不纷乱，线索繁密而不失清晰，颇能洞幽烛微，引人入胜。

在揭示作家的作品与现实、个人经历、文化传统的联系方面，达索·萨尔迪瓦尔的考据癖较巴尔加斯·略萨有过之而无不及。如果说巴尔加斯·略萨的那张"对照表"还稍显笼统和简约，那么《马尔克斯传》则几乎是精确到了具体的细节：比如，作者的外祖父在巴兰卡斯经营的首饰铺与《百年孤独》中制作小金鱼的炼金术的关系；比如，实际生活中的拉斐尔·乌里维·乌里维将军与奥雷良诺·布恩迪亚上校形象上的渊源；外祖父尼古拉斯杀死梅达多时所说的"我杀死了梅达多·罗梅罗。如果他复活，我还杀。"这句话稍加改动后出现于何塞·阿卡迪奥·布恩迪亚的口中；比如，埃斯佩霍在阿拉卡塔卡所表演的身体腾空而起的悬浮绝技，在《百年孤独》里的尼卡诺尔·雷依纳神甫身上重演，只不过后者的手上多了一只巧克力杯而已；《百年孤独》中那个令人难忘的吃土的女孩吕蓓卡，其原型正是作者的妹妹马戈特，她在 8 岁前一直有着偷吃烂泥的习惯；外祖父拉着他的手去香蕉公司特派员办事处观看冰块的细节几乎原封不动地写进了《百年孤独》的开头，而当时是否发出"这是我们时代最伟大的发明"这样令人捧腹的感慨则不得而知；甚至 1928 年因罢工而导致的大屠杀的细节，科尔特斯·巴尔加斯将军本人及其随后的"四号通令"都原原本本地出现在《百年孤独》之中。

这里所列举的仅仅是《百年孤独》写作的部分情况。至于说直接取材于社会生活、历史事件以及现实人物的作品，如《一件事先张扬的凶杀案》、《格兰德大妈的葬礼》甚至《没有人给他写信的上校》，萨尔迪瓦尔所开列的对照表则要复杂得多。就连加西亚·马尔克斯本人也曾坦率地承认："没有本人的亲身经历作为基础，我可能连一个故事也写不出来。"

这本传记的原书名《回到种子》看来是颇有深意的。因为至少在达索·萨尔迪瓦尔看来，加西亚·马尔克斯对于围绕着他的既琐碎又激动人心、既令人恐惧又充满诗意的现实生活的奥秘，并不是一开始就心知肚明；或者说要彻底看清令人眼花缭乱的现实，了解它对于自己写作和生存的意义，他必须获得一个全新的视角。正如他去了波哥大有助于看清他的故乡阿拉卡塔卡，去了墨西哥有助于了解他的祖国哥伦比亚一样，欧洲的游历终于使他有机会重新审视整个拉丁美洲。在达索·萨尔迪瓦尔看来，假如我们把加西亚·马尔克斯念念不忘的阿拉卡塔卡视为一个隐秘的中心，每一次离开或远游实际上可以看成是不断的"回归"。外祖父那座幽灵出没的宅院，姑姥姥、外祖母所讲述的鬼怪故事成了加西亚·马尔克斯一生中挥之不去的记忆之核。年轻的加西亚·马尔克斯早已觉察到它对于自己的写作乃至整个生命的意义（实际情形也是如此，这份记忆不仅给他的绝大部分小说提供了取之不竭的素材，同时也培育了他的想像力），他似乎只知道自己的口袋里沉甸甸的，却并不知道其中装的就是黄金。

哲学家牟宗三有一种说法，个人的禀赋虽有厚薄高下的不同，每个人潜在的才能却是独特的、不可取代的，所谓"天生我材必有用"，关键在于能否找到最大限度发挥个人潜能的门径和入口。每个人都在寻找、碰撞，很多人终其一生，仍然恍恍惚惚，纵有不世之才亦只能寂然泯灭。一旦撞对门路，便能登堂入室，擦出火花，其生命必能发出熠熠光华。鲁迅如此，维特根斯坦如此，从某种意义上说，加西亚·马尔克斯亦是如此。有时，正确的道路就在眼前，而行人往往会以一念之差而倏忽错过。其中的奥秘本来就属于生存的一部分。

1965年的某一天，当加西亚·马尔克斯开着他那辆奥佩牌小轿车，行驶在从墨西哥城到阿卡普尔科的路上，"那遥远的、漫长的、从青年时代就开始撰写的长篇小说突然一下便全部展现在他面前"。奇迹终于降临到他的身上，他简直可以逐字逐句地把第一章背出来。实际上，加西亚·马尔克斯一生的经历仿佛都是在为《百年孤独》作准备，其中既有资料的收集，又有个人经验的积累，当然还包括他在此之前一次次成功和失败的写作训练。我认为，从叙事技巧这方面来看，《没有人给他写信的上校》在多年前就已达到炉火纯青之境（我一直认为这是他写得最好的作品），而早期的《枯枝败叶》无论从题材、主题，还是叙事风格上都可以看成是《百年孤独》的雏形。但他注定了要通过《百年孤独》对自己的创作进行一次总结，或者说他长年积压的恐惧、激情、梦想和野心都必须在这次写作中得到清算。在神话、鬼魂、孤独以及对往事眷恋之中苟且偷安的阿拉卡塔卡，犹如一头野兽蛰伏在他的心中，它迟早会醒过来，迟早会要求作者赋予它灵性，给予它生命。

文学创作与现实的关系问题是一个陈旧的让人厌烦的问题。正因为是老生常谈，人们很容易对它麻木不仁。20世纪的现代主义文学运动仿佛使"现实"这一概念急剧贬值，无论如何，这仍然是一个令人炫目的假象。作家的禀赋和想像力、形式的转换固然可以弥补个人经验的贫乏，但对于写作来说，经验或经历毫无疑问依然是最为重要的资源，这可以解释为什么个人生活一旦与真实的现实生活相脱离，其才思便会立刻枯竭。加西亚·马尔克斯一直对"魔幻"一词耿耿于怀，他多次重申了同一个意思：他的写作并非魔幻，它就是现实，不过话又说回来，就拉丁美洲的历史而言，现实生活的急剧动荡、历史文化传统的丰富内涵无疑滋养了一代又一代的作家。但所谓的"文学爆炸"为什么会在一个特定的时间段中发生？它的历史机缘与内在动机又是什么？

二

拉丁美洲的小说在20世纪中叶前后的崛起，使同时代的西方文学黯然失色。然而，说起拉丁美洲与西方文学的关系，即便在拉美的文学界，亦有不少的争议。这种争议有些类似于中国一度喧嚷不休、至今余波未定的民族性与世界性关系之诘辩。不过在豪尔赫·路易斯·博尔赫斯看来，争论本身并没有多少价值。他在《阿根廷作家与传统》一文中指出，那种担心向西方学习从而丢掉本民族的地方"特色"的忧虑，其实是荒谬的，因为真正土生土长的东西是不需要任何地方色彩的。他举例说，英国莎士比亚的《哈姆雷特》写的是斯堪的纳维亚题材，而法国的拉辛则往往从希腊罗马的史诗中汲取灵感。民族主义者貌似尊重民族或地方特色，而结果却只能使创造力陷入自我封闭、窒息以至衰竭。在另一个场合，他不无调侃地检讨自己的"错误"："我一度努力使自己成为一个阿根廷人，却忘了自己本来就是。"作为一个"宇宙主义"者，博尔赫斯的这一观点也许不难理解，他本人的创作与欧洲大陆的文学传统（尤其是英国、法国）有着千丝万缕的联系，而题材则涉及阿拉伯、印度和中国。

阿莱霍·卡彭铁尔在谈到拉美文学的辉煌成就时，曾不无自豪地宣称，当代所有的拉美作家都具有世界眼光。他本人的创作即是从超现实主义开始的，而阿斯图里亚斯、巴尔加斯·略萨、胡安·鲁尔弗、富恩特斯、科塔萨尔等作家都不约而同地采用了现代主义的叙事方式。这固然与西方现代主义小说的影响不无关系，但更为重要的是，叙事方式的变革、形式的创新，也是真实表现拉丁美洲现实的内在要求。也就是说并非作家人为地制造荒诞与神奇，拉丁美洲的现实本身就是荒诞与神奇的。这块有着不同种族、血统、信仰的新大陆所构建的光怪陆离、荒诞不经的现实，也呼唤着别具一格的新的表现形式。在《百年孤独》中，当加西亚·马尔克斯将火车描述成一个"行进中的村庄"，电影演员主演不同的电影被描述成"死人复活"，用"凉得烫手"来形容机器制造的冰块时，他只不过是说出了一种拉丁美洲人司空见惯的真实而已。因为西方现代文明的介入不是渐进的，而是像刀子一样直接切入的，欧洲发达的现代科技文明与印第安部落的古老的认知能力陈杂一处，所谓的荒诞，或者加西亚·马尔克斯所说的那种"拉丁美洲的孤独"就自然产生了。加西亚·马尔克斯曾说："现实是最伟大的作家。我们的任务，也许可以说是如何努力以谦卑的态度和尽可能完美的方法去贴近现实。"客观地说，拉美作家在借鉴西方的现实主义叙事系统的同时，也极大地丰富甚至是改造了这一系统。无论是魔幻现实主义，还是结构现实主义，实际上与欧洲19世纪末20世纪初的现实主义小说叙事相比，已经有了极大的不同。

加西亚·马尔克斯曾说，拉美的现实向文学提出的最严肃的课题就是语言的贫乏。加西亚·马尔克斯对语言问题的关注，在拉丁美洲作家中并非个别现象。实际上，一代又一代的拉美作家一直在致力于寻找并创造一种有效的叙事语言，用来描述拉美的独特现实。大部分拉美作家都用西班牙语（也有人使用法语）写作，但拉美的西班牙语是融合了印第安语、黑人土语并在历史的延续中发生着重要变异的泛美语言。一个墨西哥人能够理解古巴方言，而一个古巴人对于委内瑞拉人的俚语也可耳熟能详。正是西班牙语自身的灵性可以使不同国家不同地区的作家随时对它加以改造：拆解并重组它的结构，改变词性和修辞方法，甚至重新创造出新的词汇，而这种"语言的游戏"不会妨碍交流与理解，这的确是一个饶有趣味的现象。拉美作家似乎很少去关注语言的纯正性和规范化，他们迷恋的是语言在表达上的力量、无拘无束的有效性，不管怎么说，拉美的西班牙语与早期的卡斯蒂利亚语、当代的西班牙语已经有了惊人的差异。我一直认为，叙事语言的成熟是拉美"文学爆炸"得以产生的前提之一。

　　加西亚·马尔克斯所关注的语言问题，除了文字本身以外，更为重要的也许是"形式"，也就是语言与现实之间的复杂关系。他觉得有必要创造一套全新的叙事话语来适应拉美的现实。这一说法与詹姆斯·乔伊斯在倡导形式革命时的宣言如出一辙。不过，加西亚·马尔克斯所师承的欧美现代主义叙事大师，既不是詹姆斯·乔伊斯，也不是马塞尔·普鲁斯特，而是弗兰茨·卡夫卡、弗吉尼亚·伍尔夫、威廉·福克纳、海明威、胡安·鲁尔弗。卡夫卡教会了他如何通过寓言的方式把握现代生活的精髓，并帮助他重新理解了《一千零一夜》的神话模式，打开了一直禁锢他想像力和写作自由的所罗门瓶子。威廉·福克纳则给他提供了写长篇小说的大部分技巧，福克纳的那些描写美国南方生活的小说所充满阴郁、神秘的哥特式情调，坚定了加西亚·马尔克斯重返根源的信心，而福克纳那庞大的"约克纳帕塔法世系"也在刺激着他的野心。在很长一段时间内，他都在追随福克纳，甚至还按照他的教导，尝试在妓院中写作。直到他有一天读了海明威的《老人与海》之后，福克纳的影响才有所抵消。加西亚·马尔克斯在阅读这部作品时所受到的震撼是显而易见的，他忘记了摄氏40度的炎热天气,"犹如拉响了一根爆破筒",海明威用简单、清晰的结构和语言把握复杂深邃的现实生活的天才使他获益匪浅。《没有人给他写信的上校》从叙事上可以看出海明威风格的直接影响。弗吉尼亚·伍尔夫同样对加西亚·马尔克斯意义重大,后者在回忆自己阅读《达洛维太太》的经验时承认,这部作品开头对于马孔多镇的缔造具有决定性的意义:

> 但是(轿车)里面确实坐着一位大人物;大人物正从这里路过,她隐身遮面,与平民之隔伸手可及,这些老百姓或许是第一次也许是最后一次与英王陛下,即国家永不磨灭的象征近在咫尺;这个国家将来会被辛勤的考古工作者在时间废墟的挖掘中发现,当伦敦变成一条长满野草的小径的时候,当所有那些在这个星期三的上午匆匆行进于人行道上的人都变成白骨,白骨里剩下的几枚结婚戒指埋没于自身尸体化做的泥土和无数个镶过牙齿的金质外壳之中的时候,轿车里的那张脸将大白于天下。(转引自《马尔克斯传》第九章)

这段文字彻底改变了加西亚·马尔克斯的时间感,使他"在一瞬间预见到马孔多镇崩溃的整个过程及其最终结局"。更为主要的是,加西亚·马尔克斯理清了历史、传说、家族生活三重时间的关系,并对《百年孤独》和《家长的没落》的写作产生了深远的影响。

《马尔克斯传》所记述的加西亚·马尔克斯与其说是一名作者或游历者,还不如说是一个贪婪的读者。无论他走到哪里,阅读从未停止。从《一千零一夜》、《安提戈涅》到《白鲸》、《变形记》,一切文学经典都成了他学习、借鉴甚至模仿的对象。如果说,游历使他获得一个重新审视拉丁美洲地理的视角,那么与异域文化(尤其是西方文化)的相遇则帮助他进一步确定自身的特性。殖民地文化也好，欧洲强势语言也罢，加西亚·马尔克斯的准则，首先是了解和学习，然后才谈得上击败、摧毁和重建。在文学上，他有着数不清的先驱者和导师，却没有顶礼膜拜的偶像，巴尔加斯·略萨把他称为"拉丁美洲的弑神者"，所指的不仅仅是他介入现实的政治热情，也许还有蔑视一切权威与定规的勇气。

T. S. 艾略特曾说，我们所有的探寻的终结，将是来到我们的出发之地。卡彭铁尔在临终前亦留下了"回到种子"的神秘遗言，加西亚·马尔克斯的文学经历似乎也向我们勾勒出了"向外探寻"和"向种子回归"的过程。然而，僵死的、一成不变的、纯粹的传统只是一个神话，因为现实本身就是传统的变异和延伸，我们既不能复制一个传统，实际上也不可能回到他的母腹。回到种子，首先意味着创造，只有在不断的创造中，传统的精髓才能够在发展中得以存留，并被重新赋予生命。这也许就是《马尔克斯传》给我们的最大启示。

格非：原名刘勇，江苏丹徒人。现为中国作家协会会员、清华大学中文系教授。著有《敌人》、《欲望的旗帜》、《塞壬的歌声》、《小说叙事面面观》、《江南三部曲》等。

马尔克斯同志的乌托邦

朱大可

中国作家的仿写运动

尽管马尔克斯汉译本面临浓重的版权阴影，但经历了二十多年的自由译介之后，马尔克斯事实上已经完成了对中国读者的影响，高中语文课和部分大学中文系，均已将《百年孤独》列为教材。三联书城最近发布的"20年来对中国影响最大的100本书"名单中，《百年孤独》赫然在列。此外，《博览群书》杂志选编的《读书的艺术》，向读者推荐"近20年来对中国社会有重要影响的20本书"，也列入了《百年孤独》。这些迹象都向我们验证了马尔克斯在中国公众心目中的意义。

但仅有这些表面的热烈场面是远远不够的。马尔克斯的灵魂，已经渗透到中国作家的语法里，并与卡夫卡、博尔赫斯和米兰·昆德拉一起，对当代文学产生深远影响。在某种意义上，中国作家是读着盗版的马尔克斯长大的。我们可以列出一个长长的作家清单，他们包括莫言、贾平凹、马原、余华、苏童、格非、阿来等等，几乎囊括了所有创作活跃的一线作家。

《百年孤独》成为中国文学从伤痕叙事转型的教科书。一种"马尔克斯语法"在作家之间流行，犹如一场疯狂的西班牙型感冒。

"许多年以后，面对行刑队，奥雷良诺上校仍会想起他的祖父带他去见冰块的那个遥远的下午。"

这个《百年孤独》的开卷句式，出现在许多作家的笔下，从马原的《虚构》、莫言的《红高粱》、韩少功的《雷祸》、洪峰的《和平年代》、刘恒的《虚证》、叶兆言的《枣树的故事》，到苏童的《1934年的逃亡》、余华的《难逃劫数》和格非的《褐色鸟群》，等等。

这是时空的双重移置，即从当下作家的书写场景移置到奥雷良诺上校的场景（空间），以及从行刑场景移置到"遥远的下午"（时间），由此造成了一种鲜明的他者化效应。他者为主语的书写，制造了作者和叙事对象的疏隔，由此跟此前的以"我"为主语的伤痕文学和朦胧诗划清界限。这是中国文学整体性转型的时刻。马尔克斯的"他者叙事"，帮助中国人跟幼稚抒情的状态决裂，蹒跚学步地走向后现代的前沿。与此同时，他的"拉丁美洲魔幻"，他的传说、神话、童话、巫术、魔法、谜语、幻觉和梦魇的拼贴，都令那些被"现实主义"禁锢的中国作家感到战栗。

浙江文艺版的《百年孤独》

然而，中国的一线小说家始终面临"抄袭"的指责。早在八十年代，就已出现过大量批评声音，称先锋小说对马尔克斯和博尔赫斯有过度模仿之嫌。而在2007年初，网友黄守愚与老英子，又在天涯等论坛联合发布题为《余华〈兄弟〉涉嫌剽窃》的帖子，将矛头直指余华的新版小说《兄弟》，认为他的《难逃劫数》与《许三观卖血记》，就是模仿和剽窃了马尔克斯的《一桩事先张扬的凶杀案子》和《百年孤独》。甚至《兄弟》的开头，也仍然笼罩着"马尔克斯语法"的浓重阴影——

我们刘镇的超级巨富……李光头坐在他远近闻名的镀金马桶上,闭上眼睛开始想象自己在太空轨道上的漂泊生涯,四周的冷清深不可测,李光头俯瞰壮丽的地球如何徐徐地展开,不由心酸落泪,这时候他才意识到自己在地球上已经是举目无亲了。

我不想在此谈论中国作家模仿运动的得失。但"马尔克斯语法"对中国文学的渗透,却是一个无可否认的事实。长期以来,马尔克斯扮演了中国作家的话语导师,他对中国当代文学的影响,超过了包括博尔赫斯在内的所有外国作家。其中莫言的"高密魔幻小说",强烈彰显着马尔克斯的风格印记。尽管这些作家今天大多走出了老马的"阴影",但在当年,只有少数人才愿意承认"马尔克斯语法"与自身书写的亲密关系。对于许多中国作家而言,马尔克斯不仅是无法逾越的障碍,而且曾是不可告人的秘密。

老人的乌托邦

马尔克斯与秘鲁作家马里奥·巴尔加斯·略萨长期以来都将对方视为仇敌。1976年的某天,在墨西哥的一家破旧影院里,两个南美汉子曾大打出手。但这坚冰似乎有望消融。70岁的略萨已经同意为纪念版的《百年孤独》提供序言,而即将80岁的马尔克斯也欣然接受了这一戏剧性安排。

但这种表面的和解,不能遮蔽两人间的政治分歧。巴尔加斯·略萨是著名的右派,曾经作为右翼派别候选人参选过秘鲁总统,而加西亚·马尔克斯则是坚定的左派分子,并且是古巴卡斯特罗的支持者和密友。这种长期的政治友谊,对一个自称"百年孤独"的作家构成了尖锐的讽刺。显然,这只是一种有限的孤独,它在古巴境内得到了超越。

只要探查一下马尔克斯的简历我们就会发现,他担任过古巴拉丁通讯社的记者。又在去苏联旅行后写下不少激情洋溢的游记;他还公开发表过大量政治宣言,声援卡斯特罗的"雪茄社会主义"运动。

《百年孤独》出版后,立即被誉为本世纪最伟大的小说之一,赢得多种国际性文学大奖,成为几十种语言的畅销书。瑞典文学院也破天荒地放弃右翼立场,盛赞马尔克斯在政治上坚定地站在穷人和弱者一边,反抗压迫与经济剥削。在诺贝尔受奖词里,马尔克斯坚信,一个类似共产主义的乌托邦就要实现。他宣称,那是"一个新的、真正的理想王国,在那里没有人能决定他人的生活或死亡的方式,爱情将变为现实,幸福将成为可能;在那里,那些注定要忍受百年孤独的民族,将最终也是永远得到再次在世界上生存的机会"。

马尔克斯同志和卡斯特罗同志关系很亲密

但当时就有人断言,这个奖项无异于给本已声名过高的马尔克斯的创作生命下达了"死亡判决书"。1985 年,马尔克斯发表了他获奖后的第一部长篇小说《霍乱时期的爱情》,此后的 10 年间又出版了《迷宫中的将军》、《爱情和其他魔鬼》和《绑架轶事》等,但都反响平淡。在身患淋巴癌之后,他便基本丧失了书写的能力。直至 2004 年,马尔克斯才推出一部只有 114 页的小说《回忆我忧伤的妓女》,描述一位九旬老人的心灵愿望,暗示老年人的衰老其实就是心灵的衰老。这似乎就是他最后的自白。在精神大幅度衰退之后,他在试图寻找跟世人道别的方式。

在一个被左翼势力环抱的空间,作者的书写生命,似乎受到了强烈的诅咒。马尔克斯的有限创造力,跟中国作家有着惊人的相似之处。他无疑是杰出的作家,但他的文学生命力却只有10多年之久。这是马尔克斯的"阿喀琉斯脚踵"。他呼吸在脆弱的乌托邦里,最后就连自己都无法维系这种梦想。《回忆我忧伤的妓女》向我们揭示一个重大秘密,那就是他的心灵迅速衰老,正是缘于内在信念的瓦解。马尔克斯一直在向世界说谎。他的灵魂背叛了他的言辞,而他则靠可恶的美国"资产阶级"医学,维系着日益衰竭的肉身。但早在1990年代,这位空心的老人就已悄然"死"去。

朱大可:1957年生于中国上海,祖籍福建武平。同济大学文化批评研究所教授。朱大可在中国文化界享有盛名,被认为是中国最优秀的批评家之一。

它来到我们中间寻找旗手

李 洱

　　1985 年的暑假,我带着一本《百年孤独》从上海返回中原老家。它奇异的叙述方式一方面引起我强烈的兴趣,另一方面又使我昏昏欲睡。在返乡的硬座车厢里,我再一次将它打开,再一次从开头读起。马贡多村边的那条清澈的河流,河心的那些有如史前动物留下的巨蛋似的卵石,给人一种天地初开的清新之感。用埃利蒂斯的话来说,仿佛有一只鸟,站在时间的零点,用它的红喙散发着它的香甜。

　　但马尔克斯的叙述的速度是如此之快,有如飓风将尘土吹成天上的云团:他很快就把吉卜赛人带进了村子,各种现代化设施迅疾布满了大街小巷,民族国家的神话与后殖民理论转眼间就展开了一场拉锯战。《裸者与死者》的作者梅勒曾经感叹,他费了几十页的笔墨才让尼罗河拐了一个弯,而马尔克斯只用一段文字就可以写出一个家族的兴衰,并且让它的子嗣长上了尾巴。这样一种写法,与《金瓶梅》、《红楼梦》所构筑的中国式的家族小说显然迥然不同。在中国小说中,我们要经过多少回廊才能抵达潘金莲的卧室,要有多少儿女情长的铺垫才能看见林黛玉葬花的一幕。当时我并不知道,一场文学上的"寻根革命"因为这本书的启发正在酝酿,并在当年稍晚一些时候蔚成大观。

　　捧读着《百年孤独》,窗外是细雨霏霏的南方水乡,我再次感到了昏昏欲睡。我被马尔克斯的速度拖垮了，被那些需要换上第二口气才能读完的长句子累倒了。多天以后，当我读到韩少功的《爸爸爸》的时候，我甚至觉得它比《百年孤独》还要好看，那是因为韩少功的句子很短，速度很慢，掺杂了东方的智慧。可能正是由于这个原因，当时有些最激进的批评家甚至认为，《爸爸爸》可以与《百年孤独》比肩，如果稍矮了一头，那也只是因为《爸爸爸》是个中篇小说。我还记得，芝加哥大学的李欧梵先生来华东师大演讲的时候，有些批评家就是这么提问的。李欧梵先生的回答非常干脆，他说，不，它们还不能相提并论。如果《百年孤独》是受《爸爸爸》的影响写出来的，那就可以说《爸爸爸》足以和《百年孤独》比肩。这个回答非常吊诡，我记得台下一片叹息。

我的老家济源，常使我想起《百年孤独》开头时提到的场景。在我家祖居的村边有一条名叫沁水的河流，"沁园春"这个词牌名就来自于这条河流，河心的那些巨石当然也如同史前动物的蛋；每年夏天涨水的时候，河面上就会有成群的牲畜和人的尸体。那些牲畜被排空的浊浪抛起，仿佛又恢复了它的灵性，奔腾于波峰浪谷。而那些死人也常常突然站起，仿佛正在水田里劳作。这与"沁园春"这个词牌所包含的意境自然南辕北辙。我在中国的小说中并没有看到过关于此类情景的描述，也就是说，我从《百年孤独》中找到了类似的经验。我还必须提到"济源"这个地名。济水，曾经是与黄河、长江、淮河并列的四条大河之一，史称"四渎"，即从发源到入海，激荡万里，自成一体。济源就是济水的发源地，但它现在已经干涸，在它的源头只剩下一条窄窄的臭水沟，一丛蒲公英就可以从河的这一岸蔓延到另一岸。站在一条已经消失了的河流的源头，当年百舸争流、渔歌唱晚的景象真是比梦幻还要虚幻，一个初学写作者紧蹙的眉头仿佛在表示他有话要说。事实上，在漫长的假期里，我真的雄心勃勃地以《百年孤独》为摹本,写下了几万字的小说。我虚构了一支船队顺河漂流,它穿越时空,从宋朝一直来到八十年代,有如我后来在卡尔维诺的一篇小说《恐龙》看到的,一只恐龙穿越时空,穿越那么多的平原和山谷,径直来到20世纪的一个小火车站。但这样一篇小说,却因为我祖父的话而有始无终了。

假期的一个午后,我的祖父来找我谈心,他手中拿着一本书。他把那本书轻轻地放到床头,然后问我这本书是从哪里搞到的。就是那本《百年孤独》。我说是从图书馆借来的。我还告诉他,我正要模仿它写一部小说。我的祖父立即大惊失色。这位延安时期的马列学员,到了老年仍然记得很多英文和俄文单词的老人,此刻脸涨得通红,在房间里不停地踱着步子。他告诉我,他已经看完了这本书,而且看了两遍。我问他写得好不好。他说,写得太好了,这个人好像来过中国,这本书简直就是为中国人写的。但是随后他又告诉我,这个作家幸好是个外国人,他若是生为中国人,旨定是个大右派,因为他天生长有反骨,站在组织的对立面;如果他生活在延安,他就要比托派还要托派。"延安"、"托派"、"马尔克斯"、"诺贝尔文学奖"、"反骨"、"组织",当你把这些词串到一起的时候,一种魔幻现实主义的味道就像芥末一样直呛鼻子了。"把你爸爸叫来。"他对我说。我的父亲来到的时候,我的祖父把他刚才说过的话重新讲了一遍。我父亲将信将疑地拿起那本书翻了起来,但他拿起来就没有放下,很快就津津有味地看了进去。我父亲与知青作家同龄,早年也写过几篇小说,丰富的生活一定使他从中看到了更多的经验,也就是说,在他读那本书的时候,他是身心俱往的,并且像祖父一样目夺神移。不像我,因为经验的欠缺,注意的只是文学技巧和叙述方式。我的祖父对我父亲的不置一词显然非常恼火。祖父几乎吼了起来,他对我父亲说:"他竟然还要模仿人家写小说,太吓人了。他要敢写这样一部小说,咱们全家都不得安宁,都要跟着他倒大霉了。"

祖父将那本书没收了，并顺手带走了我刚写下的几页小说：第二天，祖父对我说："你写的小说我看了，跟人家没法比。不过，这也好，它不会惹是生非。"我的爷爷呀，你可知道，这是我迄今为止听到的对我的小说最为恶劣的评价？祖父又说："尽管这样，你还是换个东西写吧。比如，你可以写写发大水的时候，人们是怎样顶着太阳维修河堤的。"我当然不可能写那样的小说，因为就我所知，在洪水漫过堤坝的那一刻，人们纷纷抱头鼠窜。当然，有些事情我倒是很想写一写的，那就是洪水过去之后，天上乱云飞渡，地上烂泥腥臭，河滩上的尸体在烈日下会发出沉闷的爆炸声，不是"轰"的一声响，而是带着很长的尾音，"噗——"。奥登在一首诗里说，这是世界毁灭的真实方式：它不是"砰"的一声，而是"噗——"。两年以后，我的祖父去世了。我记得合上棺盖之前，我父亲把一个黄河牌收音机放在了祖父的耳边。从家里到山间墓地，收音机里一直在播放党的十三大即将召开的消息，农民们挥汗如雨要用秋天的果实向十三大献礼，工人们夜以继日战斗在井架旁边为祖国建设提供新鲜血液。广播员激昂的声音伴随着乐曲越过棺材在崎岖的山路上播散，与林中乌鸦呱呱乱叫的声音相起伏——这一切，多么像小说里的情景，它甚至使我可耻地忘记了哭泣。但是二十年过去了，关于这些场景，我至今没写过一个字。当各种真实的变革在谎言的掩饰下悄悄进行的时候，我的注意力慢慢集中到另外的方面。但我想，或许有那么一天，我会写下这一切，将它献给沉睡中的祖父。而墓穴中的祖父，会像马尔克斯曾经描述过的那样，头发和指甲还在生长吗？

据说马尔克斯不管走到哪里都要带上博尔赫斯的小说。马尔克斯是用文学介入现实的代表，而博尔赫斯是用文学逃避现实的象征。但无论是介入还是逃避，他们和现实的紧张关系都是昭然若揭的。在这一点上，中国读书界或许存在着普遍的误读。马尔克斯和博尔赫斯，对二十世纪八十年代中期以后的中国文学，产生了巨大的影响。对知青文学和稍后的先锋文学来说，它们是两尊现代和后现代之神。但这种影响主要是叙述技巧上的。就像用麦芽糖吹糖人似的，对他们的模仿使"八五新潮"以后的中国小说迅速成形，为后来的小说提供了较为稳固的"物质基础"。但令人遗憾的是，马尔克斯和博尔赫斯与现实的紧张关系，即他们作品中的那种反抗性，并没有在模仿者的作品中得到充分的表现。

当博尔赫斯说，玫瑰就存在于玫瑰的字母之内，而尼罗河就在这个词语里滚滚流淌的时候，"玫瑰"就在舟楫上开放，沉舟侧畔病树枯死。而说博尔赫斯的小说具有反抗性，这似乎让人难以理解，但是，那一尘不染的文字未尝不是出于对现实的拒绝和反抗，那精心构筑的迷宫未尝不是出于对现实的绝望。它是否定的启示，是从迷宫的窗户中伸向黑夜的一只手，是薄暮中从一炷香的顶端袅袅升起的烟雾。也就是说，在博尔赫斯笔下，"玫瑰"这个词语如同里尔克的墓志铭里所提到的那样，是"纯粹的矛盾"，是用介入的形式逃避，用逃避的形式介入；这也就可以理解，博尔赫斯为什么向往边界生活？经常在博尔赫斯的玫瑰街角出现的，为什么会是捉对厮杀的硬汉？硬汉手中舞动的为什么会是带着血槽的匕首。我非常喜欢的诗人帕斯也曾说过，"博尔赫斯以炉火纯青的技巧，清晰明白的结构对拉丁美洲的分散、暴力和动乱提出了强烈的谴责"。如果博尔赫斯的小说是当代文学史上的第一只陶罐，那么它本来也是用来装粮食的，但后来者往往把这只陶罐当成了纯粹的手工艺品。还是帕斯说得最好，他说一个伟大的诗人必须让我们记住，我们是弓手，是箭，同时也是靶子，而博尔赫斯就是这样一个伟大的诗人。我曾经是博尔赫斯的忠实信徒，并模仿博尔赫斯写过一些小说。除了一篇小说，别的都没能发表出来，它们大概早已被编辑们扔进了废纸篓。虽然后来的写作与博尔赫斯几乎没有更多的关系，但我还是乐于承认自己从博尔赫斯的小说里学到了一些基本的小说技巧。对初学写作者来说，博尔赫斯有可能为你铺就一条光明大道，他朴实而奇崛的写作风格，他那极强的逻辑思维能力，都可以增加你对小说的认识，并使你的语言尽可能的简洁有力，故事尽可能的有条不紊。但是，对于没有博尔赫斯那样的智力的人来说，他的成功也可能为你设下一个万劫不复的陷阱，使你在误读他的同时放弃跟当代复杂的精神生活的联系、在行动和玄想之间不由自主地选择不着边际的玄想，从而使你成为一个不伦不类的人。我有时候想，博尔赫斯其实是不可模仿的，博尔赫斯只有一个。你读了他的书，然后离开，只是偶尔回头再看他一眼，就是对他最大的尊重。

当代小说，与其说是在讲述故事的发生过程，不如说是在探索故事的消失过程。传统小说对人性的善与恶的表现，在当代小说中被置换成对人性的脆弱和无能的展示，而在这个过程中，叙述人与他试图描述的经验之间，往往构成一种复杂的内省式的批判关系。无论是昆德拉还是哈韦尔，无论是索尔·贝娄还是库切，几乎概莫能外。

当然，这并不是说马尔克斯式的讲述传奇式故事的小说已经失效，拉什迪的横空出世其实已经证明，这种讲述故事的方式在当代社会中仍然有它的价值。但只要稍加辨别，就可以发现马尔克斯和拉什迪这些滔滔不绝的讲述故事的大师，笔下的故事也发生了悄悄的转换。在他们的故事当中，有着更多的更复杂的文化元素。以拉什迪为例，在其精妙绝伦的短篇小说《金口玉言》中，虽然故事讲述的方式似乎并无太多新意，但故事讲述的却是多元文化相交融的那一刻带给主人公的复杂感受。在马尔克斯的小中，美国种植园主与吉卜赛人以及西班牙的后裔之间也有着复杂的关联，急剧的社会动乱、多元文化之间的巨大落差、在全球化时代的宗教纠纷，使他们笔下的主人公天然地具备了某种行动的能力，个人的主体性并没有完全塌陷。他们所处的文化现实既是历时性的，又是共时性的，既是民族国家的神话崩溃的那一刻，又是受钟摆的牵引试图重建民族国家神话的那一刻。而这几乎本能地构成了马尔克斯和拉什迪传奇式的日常经验。

我个人倾向于认为，可能存在着两种基本的文学潮流，一种是马尔克斯、拉什迪式的对日常经验进行传奇式表达的文学，一种是哈韦尔、索尔·贝娄式的对日常经验进行分析式表达的文学。近几年，我的阅读兴趣主要集中在后一类作家身上。我所喜欢的俄国作家马卡宁显然也属于此类作家——奇怪的是，这位作家并没有在中国获得应有的回应。在这些作家身上，人类的一切经验都将再次得到评判，甚至连公认的自明的真理也将面临着重新的审视。他们虽然写的是没有故事的生活，但没有故事何尝不是另一种故事？或许，在马尔克斯看来，这种没有故事的生活正是一种传奇性的生活。谁知道呢？我最关心的问题是，是否存着一种两种文学潮流相交汇的写作，即一种综合性的写作？我或许已经在索尔·贝娄和库切的小说中看到了这样一种写作趋向。而对中国的写作者来说，由于历史的活力尚未消失殆尽，各种层出不穷的新鲜的经验也正在寻求着一种有力的表达，如布罗茨基所说，"它来到我们中间寻找骑手"，我们是否可以说有一种新的写作很可能正在酝酿之中？关于这个话题，我可能会有更多的话想说，因为它在相当长一段时间内成了我思维交织的中心，最近对库切小说的阅读也加深了我的这种感受。但这已经是另外一个话题了，是另一篇文章的开头。我只是在想，这样一种写作无疑是非常艰苦的，对写作者一定提出了更高的要求。面对着这样一种艰苦的写作，从世界文学那里所获得的诸多启示，或许会给我们带来必要的勇气和智慧。我再一次想起了从祖父的棺材里传出来的声音，听到了山林中的鸟叫。我仿佛也再次站到了一条河流的源头，那河流行将消失，但它的波涛却已在另外的山谷回响，它是一种讲述，也是一种探究；是在时间的缝隙中回忆，也是在空间的一隅流连。

李洱：生于河南济源。长篇小说《花腔》被认为是2001－2002年度最优秀的长篇小说之一，入围第6届茅盾文学奖。首届"21世纪鼎钧双年文学奖"，李洱以长篇小说《花腔》与莫言（《檀香刑》）分享此项殊荣。

阅读马大师

苗 炜

1

我们几个文学青年把加西亚·马尔克斯称为"马大师",他担得起"大师"这个称号。1981年7月,马尔克斯在《纽约时报书评》上发表了一篇很短的文章,讲述了1957年春天,他在巴黎遇见海明威的场景,当时,海明威正走向卢森堡公园,在圣米歇勒大街的另一侧,年轻的马尔克斯不知道该不该上前打招呼,他冲着海明威的方向大喊——大师。海明威知道有人在叫他,在一众行人中只有他担得起"大师"这个称呼,他转身挥手:"再见,朋友。"

马大师在这篇文章里以一种诗意来概括海大师的文学成就——他所描写的一切,他曾拥有的每一刻都永远属于他。斗牛士、拳击手、艺术家和枪手,一出现就纳入他的麾下。意大利、西班牙、古巴,大半个地球的地方,只要提过,就给他侵占了。但凡曾被他拥有的,就让他赋予了灵魂,在他死后,带着这种灵魂,单独活在世上。

马大师说他很认真地阅读海明威和福克纳的小说,揣摩他们是怎么写的,恨不得将一本书拆开,看一看书页的夹缝中还隐藏着什么秘密。他对海大师的短篇小说颇为赞许，却认为其长篇小说像写过了头儿的短篇，丧失了控制力，内在的张力也不够。他说他最喜欢海大师的《过河入林》，这是一本受到很多批评的长篇，以至于海明威要写文章为自己辩护。马大师却认为《过河入林》是他的最佳之作，也最富个人感情——他在某一个秋天的黎明写下此书，对过往那些一去不回的岁月带着强烈的怀念，也强烈地预感到自己没几年好活了。他过去的作品尽管美丽而温柔，却没有注入多少个人色彩，或清晰传达他最根本的情怀：胜利之徒劳无用。书中主角的死亡平静而自然，却孕育着海明威后来自杀的不祥之兆。

马大师说过，归根结底，文学不是在大学里掌握的，而是在对其他作家的阅读、再阅读中掌握的。马大师从海大师那里读到的东西，有别于一个评论家读到的。总有些密码藏在书本的缝隙中，由一个作家发送给另一个作家。当一个作家死去的时候，我们怀念的是他那些已经写出来的作品，而不是凭空想象他未写出的作品，未形成的思想。他的灵魂附着于书本上，等着我们再次阅读。

几位文青朋友曾经复印《电影导演历险记》一书传阅，想看看马大师这部新闻作品中包含着怎样的非虚构写作密码。这本书记述电影导演利廷秘密返回智利的故事，利廷本来被智利军政府驱逐出境，化妆潜回祖国，是要拍摄一部纪录片。马大师以口述实录的方式写完了这本书，第一人称叙述的"我"是导演利廷，而不是记者马尔克斯，书中偶尔会出现一两段马大师特色的描写，比如写到黑岛的聂鲁达故居——每隔10分钟，地下的震动震撼大地，写满字的木板如同获得了生命，栅栏好像要跳出地面，木板结合处咯吱作响，杯子和金属叮叮撞击，好比在船上一样。仿佛整个世界由于这座花园播种了太多的爱而震颤不已。马大师轻松地在现实与魔幻之间跳跃，这样的跳跃让他具有魔力，就像海明威拥有非洲的青山和西班牙的斗牛一样，马大师拥有拉丁美洲。

在马大师的自述中，他承认，看到卡夫卡的《变形记》让他意识到小说可以那样写，充满勇气地让一个人变成一条虫子。他还说，伍尔芙《达洛卫夫人》中的一段话完全改变了他的时间感。我们来看看伍尔芙是怎么写的——

> 有一位大人物正悄悄经过邦德街，与普通人仅仅相隔一箭之遥，此时他们国家永恒的象征——英国君主可能近在咫尺，几乎能通话呢。多少年后，伦敦将变成野草蔓生的荒野，在星期三清晨匆匆经过此地的人们也将是一堆白骨，惟有几只结婚戒指混杂在尘土之中，此外便是无数腐败了的牙齿上的金粉填料。到那时，好奇的考古学家将追溯昔日的遗迹，会考证出汽车里那个人物到底是谁。

马尔克斯在《番石榴飘香》中说他年轻时在哥伦比亚的瓜席拉卖百科全书，在便宜的旅馆里看到了伍尔芙的这段描述，"在那一瞬间我看到了马孔多整个瓦解的过程以及它的最终命运。"我们也期待在阅读中获得这样的"神启"一般的时刻，所以，我的那几位文青朋友打算翻译马尔克斯自传。在自传的开篇部分，我们的确发现了《百年孤独》的现实来源，但作家不加节制的回忆让我们迷失在细节当中，他的外祖父曾经是个上校，他要像外祖母那样不动声色地讲故事，召唤来鬼魂与神灵。然而，他的七大姑八大姨，他的兄弟姐妹，并不会帮助我们更好地理解他的作品。他在自传中记述了这样一件事，他的妈妈弹钢琴，他的父亲拉小提琴与之合奏，这本是琴瑟和谐的一幕，但一曲终了，妈妈看见父亲的眼睛中有泪花闪烁，她勃然大怒，双手重重地擂在琴键上，她质问丈夫："你想起了谁？"谁也不知道这位丈夫和妻子合奏时想到了什么，什么东西让他流泪。我们在阅读《百年孤独》时一遍遍赞叹其魅力，却又忍不住探究这魅力从何而来。事实上，任何一个作家的传记都是对其作品的巨大破坏，他的经历如何，他的哪些遭遇变成了后来的一段情节，他遇到的哪个人物最终被写到了书里，这样的解读贬抑了想象力的作用，好像作家的头脑只会简单地映射现实。文学作品让那些僵化的、意识形态化的历史写作变得滑稽，于是传记写作又向作家报复。

2

《百年孤独》那个著名的开头已经被引述过太多次，以至于人们相信，一个了不起的长篇小说一定要有一个了不起的开头。没错，但一个了不起的长篇小说还要有一个了不起的第一章。小说的第一句话解决了时间维度的问题，紧接着，作者说，这块天地是新开辟的，许多东西叫不出名字，不得不用手指点。这类似于《创世纪》的环境中很快就有了外来者，吉普赛人梅尔加德斯带着磁铁到来，带着望远镜和冰块再来，带着死而复生的神奇再来，马孔多小镇上的布恩蒂亚由此认识到，万物都有灵魂，地球是圆的，一个外部世界开始向他展现。

意大利诗人列奥帕尔迪有一段话，他说，我们的时代太腐化，人们看了太多坏作品，都担心自己也写成那样，结果更加畏缩，往好里写也好不到哪里去了。而伟大的作品，能表现出一种高度的无视，仿佛那些东西根本就不存在一样，不要说差诗，连一般的好诗都一起无视了。我相信，《百年孤独》雄心万丈的第一章就表现出了这种决绝的气概，现实主义的文学理论总教导我们要刻画人物，塑造的人物要具有复杂性，可是，你要是不做笔记，很难区分奥里亚诺到底是哪一个奥里亚诺，人名在一代一代地重复。这本小说中出现的 104 种动物也带着南美洲特有的象征意义，与众多人物一起构成了神话般的叙述，蝎子象征着性爱，兔子象征着色情、困扰和迫害，动物也承担着叙事功能，与人物形成互喻体系。北京大学的吴晓东教授在他的课堂上对《百年孤独》做出了非常细致的解读，这段讲义收在《从卡夫卡到昆德拉》一书中，第八讲的题目就是——魔幻与现实：《百年孤独》与马尔克斯。他讲到了时间的循环，时间在小说中是无形的，却是小说潜在的重要形式；他讲到了想象的逻辑，魔幻的现实化，《百年孤独》的叙述者不同于传统的全知全能的叙事者，他只有在叙述神奇或魔幻的寓言时才有声有色；他讲到了热带的神秘，神话与原始思维——天堂、原罪与堕落、出埃及记、田园牧歌、启示录这几种神话原型都可以在《百年孤独》中找到。

只有伟大的作品才当得起这样宏大的解读。但是，一部伟大作品一旦问世，它如何而来就变得神秘，在写作过程中，有些不可知的东西混杂进来，你了解其素材，了解其构思，也无法在自己的想象中还原。有一些平庸的文学教授，搜罗小说的现实素材，告诉学生，《百年孤独》中的香蕉园是哪里来的，马孔多小镇又是从哪里来的，鬼魂开口说话出自哪一个南美作家笔下，科塔萨尔又怎样影响了马尔克斯。马尔克斯自传的第一章就做出了类似的工作，那时，23岁的文青马尔克斯只有两件衬衫，两条裤子，身上穿着一套，家里晾晒着一套，穿凉鞋，没袜子，大胡子，每天抽六十支香烟，从大学里退学，给一家报纸写稿子挣钱，发表了几个小说，想着办一本文学杂志，在酒馆里碰见一个美丽的姑娘就能度过一个美好的夜晚。他的妈妈从家乡来，赫然站到文学青年马尔克斯面前，她知道自己的儿子可能认不出她，"我是你妈妈"，她说。妈妈要带他回家，一起卖掉祖辈留下的房子。回乡之旅中，《百年孤独》中描述的场景依稀浮现，香蕉种植园、鹅卵石河滩、小镇、火车站，目力所及之处并无人类生活的痕迹，却处处可见微微闪烁的炽热的灰尘。这一段旅行是作家的决定性时刻，他要写的一切早就铺陈在那里，这种启发的丰富性，"以致我日后再长寿、再孜孜不倦也无法完整地描摹它。"

可是，知道了这些素材的来源又怎样？马尔克斯说，"我发现小说的现实不是生活中的现实，而是一种不同的现实。支配小说的规律是另外一些东西，就像梦幻一样。"也许带着神秘主义色彩，也许有不可知的意味，我相信"那些梦幻一样的东西"才是决定性的，那些无法复述还原的东西决定了一部作品是平庸还是伟大，是神作还是泛泛之谈。评论家可以讲君特格拉斯的《铁皮鼓》具有某种砖石堆砌的建筑感，有彼此呼应、起落的复调音乐，写作者会感叹格拉斯学过美术和音乐，然而，君特格拉斯所得到的神启不会降临到你头上。伟大作品给我们最明显的启示就是他把写作提到了一个新的高度，这种高度看起来如平步青云。别相信药物，虽然我们读《百年孤独》的时候会 high 起来，《巴黎评论》的记者问过马尔克斯，是否尝过致幻剂，马尔克斯回答，致幻剂那些东西不管用，写长篇小说得时刻处于清醒状态，时刻控制着。

1960 年诺贝尔文学奖得主诗人圣琼佩斯曾经说，科学家也会让直觉来辅助理性，想象力也是科学的温床，他这样说——"真的，大脑的每一个创造首先都是诗意的，因为感受力和智力存在着一种等价，诗人和科学家在最开始创造时使用的都是同一个功能。"如果顶尖的科学家有一种常人难以理解的创造力，顶尖的文学家也能展现出一种普通写作者难以按图索骥的创造力，不管我们称这种东西叫想象力、创造力还是诗意，我们只能试着理解和感受，这不是将创造过程神秘化，这是对一个了不起的大脑的尊敬。

美国一位写作教授说，世上 95% 的文学作品是平庸的，不错但是平庸，5% 的作品是优秀的。大多数写作者经过训练和努力，都能写出平庸的作品来。要我说，给我们一个样本，我们照着描摹，就更容易写出一部不错但又平庸的作品出来，《百年孤独》在中国的模仿者印证了这个过程，他们照着来，写出了自己的"经典作品"，这先天注定了他们的摹本为啥还不够伟大，按照列奥帕尔迪的说法，他们没有努力去无视这部伟大的著作。要无视这部伟大作品当然非常困难，但马尔克斯给出了另一个秘诀——我绝对相信，我将要写出我一生中最伟大的书，但我不知道会是哪一本，是什么时候。当我这样感觉的时候，我就非常安静地等待着，这样一旦它从身旁经过，我便能捕捉它。

也许，对许多写作者来说，我们也有类似的感觉，或者说是类似的错觉，终其一生屁也没等来，或者在盲目的等待中，捉到了一个屁，煞有介事地写下来。

3

我们文学青年的心中，总有个大师的荣耀时刻激荡着。当年的青年工人卡佛，在报纸上看到海明威回国的消息，忽发奇想要去西班牙写作。好像西班牙的阳光有魔力，照耀那么一下，就能从笔端流淌出玄妙的文章。这想法当然没实现，他还得日复一日的工作，在逼仄的环境下慢慢写，写得痛苦异常，也非常庄重。荣耀时刻总给人鼓舞，比如在德国的某个地下室里举办的文学沙龙上，35岁的君特·格拉斯走了进来，朗读了小说《铁皮鼓》的第一章，举座皆惊，他们目睹了一部杰作的诞生。这个场面因为有观众存在而显得更具戏剧性。相比之下，马尔克斯将《百年孤独》的手稿寄出去的时候，竟然没有观众，而他自己也不太确定，那东西到底会有多牛逼。文学大师的荣耀时刻激发起我们的虚荣心，但我们得把那玩意儿小心翼翼地藏起来。我们一遍遍阅读大师的作品，揣摩其技巧。就像年轻的马尔克斯，在轮船上、在火车上，拿着一本《八月之光》，心里怕也是反复惊叹福克纳的笔力。在《霍乱时期的爱情》中，弗洛伦蒂诺免费为别人写情书，在无数他人的恋情中让自己的思恋淹没或泛滥，他有时会为自己的情书再写一封回信，在一个拱门长廊之中，很多个识文断字的代笔人为他人书写诉状、贺词、情书，尝试传递每个人的冤屈、幸福与苦涩，传递人之为人是何种滋味，这也许就是写作的境况。

这种古老的行当有其传承，一个作家传递给另一个作家，一个故事也传递给另一个故事。据说，波将金患有抑郁症，病发时，任何人都不得走近他，其房间也严禁进入。宫廷里也忌讳人们谈论这个病，谁都知道，这会引起卡特琳娜皇后的不悦。波将金是俄罗斯的军事统帅，是卡特琳娜皇后的宠臣。有一次，这位大臣的抑郁症发作的时间特别长，办公室里堆满了文件等着他签发，皇后又在催促办理。高官们无技可施。一个无足轻重的小职员叫舒瓦尔金，他对那些官员们说，不如你们把文件交给我。这位小职员将文件夹在胳肢窝下，穿过走廊，进入波将金的卧室。半明半暗的卧室里，波将金穿着旧睡衣，正在床上咬指甲。舒瓦尔金走向书桌，钢笔吸满了墨水，将笔放到波将金手里，同时将一份文件放到他的膝盖上。波将金目无表情地看了闯入者一眼，仿佛在梦游一样开始签字，一份，两份，直至全部签完。舒瓦尔金将文件夹在腋下，离开了房间。门口等待的幕僚冲过来，将文件夺走，屏住呼吸查看，没有人开口说话，他们呆住了，舒瓦尔金不知这些幕僚为什么沮丧，他看到了那些签名，每一份文件上都签着舒瓦尔金、舒瓦尔金、舒瓦尔金……

这个故事是本雅明讲的，他在纪念卡夫卡逝世十周年的文章中说，这则故事好像是早于卡夫卡作品两百年的先兆，这个由办公室和登记处的房间组成的世界，便是卡夫卡的世界。那个殷勤备至又漫不经心的舒瓦尔金就是卡夫卡的K。至于那个空洞麻木、昏昏欲睡、住在幽深之处的波将金，就是卡夫卡作品中那些当权者——住在阁楼上的法官或者城堡里的书记官——的先祖。本雅明对卡夫卡的小说进行了分析——这些暴力存在于我们的世界。有谁能说得出这些暴力是以什么样的明目出现在卡夫卡的面前？他不认识这些暴力，并且在其中迷失了方向。

很多年后，南美某个国家的暴乱者看见，一头母牛从总统府的阳台上凝视落日的余晖，一头母牛上了国家的阳台，是多么不成体统的事，又是一个多么令人作呕的国家。这是马尔克斯长篇小说《族长的没落》的开头部分，一群暴徒闯进了总统府。故事的讲述者就是暴徒之一。在个人的阅读体验中，我把这个小说当作波将金轶闻和卡夫卡小说的延续，那一位幽居在宫殿中的统治者好像已经统治了几百年，他好像死去过，或者说他的替身曾经死去，或者，那些统治者面容相似，脸上都是同样僵化的表情，穿着差不多的制服，肚子突起的程度略有不同，裤子提的高度略有不同，但我们可以将之视为同一个人。他和军队司令官一起关了门在办公室里解决国家的命运，用大拇指的指印签署各种法令和规章，处于权力巅峰的人像一个攀登绝壁的运动员一样具有审慎的态度，他被一大群麻风病患者、瞎子和瘫痪病人围着，也被无耻的政客、坏蛋和马屁精包围。一个简单的意象可以先在波将金的轶闻中出现，而后在卡夫卡小说中出现，又变形在马尔克斯笔下，简单来说，小说不过是一套套的修辞手法，但每一次叙述都更加丰富。

马尔克斯这部小说有六个部分，但并没有分章节，许多段落有几千字长。阅读时总能想起西班牙语的足球解说员在看到进球之后爆发出的那一声长达一分钟的吼叫，小说的速度感让你体会长句子的欢畅，其密度又要你不得不放慢一点儿，才不至忽略其细节。以色列作家奥兹洞察这种悖论——这里是一篇书面文本，它在竭力克服其本质，它不再是一排文字，一个接着一个，被写下或者读出；它克服了时间那固有的线性的本质，要求读者不动而动，就像那群暴徒在那个僵死的总统府中的活动一样。奥兹在《故事开始了》一书阐明，开头就是结尾，发现尸体这件事融汇了未来和过去，这个暴君时而活着，时而死去，每一刻既是活着的，也是死去的，他既是他本人，也不是他本人。因为每一刻都是永恒的，在这凝固的永恒内部，只有一个东西在不断进行：那就是持续不断的腐烂过程。它像卡夫卡式的寓言，同时又像是狂欢节，这部滑稽戏似的小说试图带给我们周而复始的精神混乱的噩梦。

我得承认，《族长的没落》非常不好读，这种"不好读"来自于阅读眩晕。好在有奥兹这样的作家替我们做出了解读。读者可以放弃任何一本"不好读"的小说，但一本不好懂的小说，也如一段难以索解的音乐，一张太神秘的绘画，或者一个玄妙的物理理论，是我们智力生活中的一个空白点。留下一些空白点没什么，可一个写作者不能因为"阅读眩晕"而放弃一本好作品，他得明白另一个写作者要干什么。

英国批评家迈克尔伍德在《沉默之子》中试图讲述这种的阅读眩晕从何而来，他说，《霍乱时期的爱情》表面上是一个爱情故事，却又有一道道叙事陷阱。漫不经心的读者也会注意到马尔克斯喜欢用数字，胃口大的食客能吃掉三十个鸡蛋四十个橘子榨出来的果汁，这些数字造成了一种传说的氛围，也表示耐心，与时间缓慢流逝的亲近。在《霍乱时期的爱情》中，有一个答案已经被思索了五十三年七个月又十一个日夜，有一种思念已经持续了五十一年九个月零四天。

在过去的一百年里，小说的定义一再被突破，伟大的小说家重新为小说立法，严肃的读者也需要极大的耐心才能厘清那种所谓的严肃写作究竟达到了什么样的高度，"将军先生，你自己只是透过火车的落满尘埃的窥视孔中看到的、模糊不清的一双可怜的眼睛"，"注定只能知道生活的另一面，注定要解读接缝，要抚平现实之幻象挂毯的经线和纬线"。在南美，曾经有一位独裁者命令杀掉城市中的每一条黑狗，因为他相信，有一个逃亡者伪装成了黑狗，这样的荒唐正是马尔克斯所强调的——他的魔幻都来自于现实。然而，伟大的小说又脱离于现实而单独存在，我们会说，某一段生活境遇真像是置身于卡夫卡小说之中，而不是卡夫卡小说描述了某一段生活，同样，这个世界的某一部分已经被马尔克斯施以魔法，他所描写的一切，他曾拥有的每一刻都永远属于他。

苗炜：北京人。已出版随笔集《让我去那花花世界》，短篇小说集《除非灵魂拍手作歌》、《黑夜飞行》。2012年出版长篇小说《寡人有疾》。现为《三联生活周刊》副主编、《新知》杂志主编。

加西亚·马尔克斯：
一个大陆的孤独和奋斗

邱华栋

"拉丁美洲文学爆炸"中最有代表性的文学主将，公认的有四位，他们全面崛起于 20 世纪 60 年代，他们是卡洛斯·富恩特斯、马里奥·巴尔加斯·略萨、胡里奥·科塔萨尔和加夫列尔·加西亚·马尔克斯，分别在那短短的十年里写出了他们的代表作。其中，卡洛斯·富恩特斯 1962 年出版了长篇小说《阿尔特米奥·克鲁斯之死》，马里奥·巴尔加斯·略萨 1963 年出版了小说《城市与狗》，1969 年又出版了长篇小说代表作《酒吧长谈》；胡里奥·科塔萨尔 1963 出版了小说《跳房子》，而加夫列尔·加西亚·马尔克斯在 1967 年出版了《百年孤独》，将这个"拉丁美洲文学爆炸"的潮流推向了顶峰。在所有形容他的话里面，胡里奥·巴尔加斯·略萨的命名最为贴切："拉丁美洲的弑神者"。这个称谓一般是给君王和大祭司的，但是，巴尔加斯·略萨曾经毫不犹豫地把它戴到了加西亚·马尔克斯的头上。

1927 年，加夫列尔·加西亚·马尔克斯出生于哥伦比亚马格达莱纳省的一个小镇上。他的父亲曾经在大学的医学系学习过，没有正式毕业，后来做了报务员。他和加西亚·马尔克斯的母亲的爱情经历了很多曲折。后来，加西亚·马尔克斯以父母亲的爱情经历为素材，写出了长篇小说《霍乱时期的爱情》。而影响加西亚·马尔克斯最终走上文学道路的，主要是他的外祖母，这是一个相信万物有灵和鬼怪世界的女人，善于讲故事，加西亚·马尔克斯的童年都是在外祖父母家度过的，因此，从小他就在外祖母的膝盖旁听她讲故事，这给他的想象力增添了最早的动力。他也很早就开始了自己的阅读生涯，据说，七岁的时候，他就读过《一千零一夜》了。上中学的时候，他曾经给喜欢的女同学写过十四行诗。我在这里抄录一首《致一位女生的十四行晨诗》：

她向我致意后随风而去／声音里呼出清晨的哈气／一扇窗户的亮光走进屋里／失去光的不是玻璃而是气息／这早起的姑娘与时钟相似／又像个故事难以置信地消失／当她将这一时刻的线剪断／清晨溢出她那白色的血液／她若身着蓝衣上学去／分不清她是在走还是在飞／似一股微风般轻轻飘拂／在这蓝色清晨里难以知悉／过去的种种事物，哪个是微风／哪个是姑娘，哪个是晨曦。

这样的诗篇，实在是温婉动人。

加西亚·马尔克斯的外祖父曾经是一名自由党军队的上校，多年之后，加西亚·马尔克斯根据自己外祖父的形象和遭遇，写了一部很有名的中篇小说《没有人给他写信的上校》。而他最著名的长篇小说《百年孤独》中也有以两位老人为原型的小说形象。1947年，20岁的加西亚·马尔克斯进入首都波哥大大学法学系读书，但没过多久，1948年保守党和自由党展开的全国内战导致的政局动荡，使加西亚·马尔克斯辍学了，他开始在波哥大的新闻界工作，很快，作为《观察家报》派驻欧洲的记者，他又来到了欧洲，在巴黎、巴塞罗那、罗马、纽约、哈瓦那四处漂泊，一方面作为记者观察、记录、报道和了解世界，另外一个方面，孜孜不倦地开始了自己的文学写作。

早在1948年，加夫列尔·加西亚·马尔克斯就想写一部家族史小说《家》，这是后来《百年孤独》的雏形，但是下笔之后他就感到有些困难：把握一个大家族的命运，在他当时还有些力所不逮。于是，他就写了一部中篇小说《枯枝败叶》，五易其稿之后，于1955年正式出版。同一年中，他还出版了短篇小说集《蓝宝石般的眼睛》，但是这两部书都没有获得读者和评论家的注意。在欧洲担任驻外记者期间，他开始写作中篇小说《没有人给他写信的上校》，1957年在9次修改之后最终完成，后来于1961年出版。此时，他身在欧洲，《观察家报》被哥伦比亚当局查封，他没有任何经济来源了，穷困潦倒，朝不保夕。这是他一生中最困难的时候。1959年，他开始为古巴的一家通讯社工作，发表了报告文学《铁幕内的90天》，1961年在墨西哥定居下来。在这一年，他的一部篇幅不大的长篇小说《恶时辰》获得了美国埃索石油公司设立的小说奖，这给了他很大的鼓励，他又鼓起了写作的信心，次年，他出版了短篇小说集《格兰特大妈的葬礼》。

这一个时期，应该算是加西亚·马尔克斯创作的早期阶段。这个阶段的成果我盘点了一下，包括了一部12万字的小长篇《恶时辰》、两部中篇小说《枯枝败叶》和《没有人给他写信的上校》，两部短篇小说集《蓝宝石般的眼睛》和《格兰特大妈的葬礼》，还有一部1955年在报纸上连载的长篇报告文学《水兵贝拉斯科历险记》，以及报告文学《铁幕中的90天》等。但是，这些作品都没有给加西亚·马尔克斯带来他想要的文学名声，也没有给他带来金钱回报。不过，我觉得，恰恰是这些作品，给他未来的写作打下了一个坚实的基础，使他找到了自己的方向，写出了《百年孤独》等几部伟大的作品。

《枯枝败叶》很像是《百年孤独》的一个草稿，小说采取了多个人物内心独白的方式，描绘了一个叫马孔多的小镇上的生活。村民们被美国的跨国资本企业所控制，人们生活陷入了精神和物质的双重困境。小说的形式实验为他后来写《百年孤独》积累了有益的经验。中篇小说《没有人给他写信的上校》以加西亚·马尔克斯的祖父为原型，描绘了一个退役的上校，一直在等待养老金的到来，但却不断地落空、不得不去斗鸡，但斗鸡最终也失败了的故事。75岁的上校以"吃屎！"来回答同样为吃饭发愁的妻子的提问，描绘了一个为国家建功立业的老军人晚年贫困潦倒、无人关心救助的悲剧形象。

长篇小说《恶时辰》是他早期作品中篇幅最长的，没有章节，一共分30多个片段，描绘了一座小城市令人窒息的生活。这些没有希望的人制造了一连串揭露别人隐私的匿名帖事件，小说塑造了神甫、镇长等多个后来可以在《百年孤独》等作品中找到蛛丝马迹的人物形象。

他在这个时期出版的两个短篇小说集《蓝宝石般的眼睛》和《格兰特大妈的葬礼》中所收录的小说，还没有形成他个人鲜明的风格，故事带有变形、夸张和魔幻的色彩，可以看出卡夫卡、福克纳与海明威等作家的影响。这些篇章从小说的题目上就可以看出师承：《死亡三叹》、《死亡联想曲》、《在猫身上转世的爱娃》、《三个梦游症患者的痛苦》、《与镜子的对话》、《有人弄乱了玫瑰花》、《超越爱情的永恒之死》、《伊莎贝拉在马孔多观雨时的独白》等等，死亡、镜子、转世、梦游、爱情等充斥其间，可见他最开始写作的时候就受到了现代主义小说的影响。这其中，《格兰特大妈的葬礼》最有代表性。写于1962年的这篇小说实际上是一篇象征小说，小说中的格兰特大妈，是拉丁美洲的化身。加西亚·马尔克斯以细致的笔法描绘了这么一个"大妈"的葬礼，间接地表达了他对拉丁美洲的社会现实和经济、政治、文化在美国影响下的担忧。

在墨西哥城居住和工作期间，加西亚·马尔克斯读到了胡安·鲁尔福的小说《佩德罗·巴拉莫》，这对他的触动和影响特别大,他仿佛被开了天眼,立即看到了自己写作的一种可能性。胡安·鲁尔福的《佩德罗·巴拉莫》中对时间的掌握、叙述方式的新颖是前无古人的,小说中人鬼不分,没有界限,这给马尔克斯带来了巨大的启发。1963 年,他和卡洛斯·富恩特斯合作,一起将《佩德罗·巴拉莫》改编成了电影剧本,还为一家电影公司撰写其他题材的剧本。这个时候,他发现,"电影的艺术容量远远不如小说",于是,从 1965 年开始,他茅塞顿开地找到了一种独特的叙述方式,找到了小说《百年孤独》开头的第一句话。14 个月之后,他完成了这部小说,1967 年 5 月,《百年孤独》第一次出版,很快就引起了轰动,到处都是市场售罄告急的消息,于是,《百年孤独》就不断地被加印。40 年来,这本小说的发行量有数千万册,光是 2007 年的"40 周年纪念版"就发行了 100 万册。

关于《百年孤独》的写作和出版,加西亚·马尔克斯经历了一个异常艰难的阶段,他自己对此有着深情的描绘:

> 从弱冠之年到 38 岁,我已经出版了 4 部作品,于是,我坐在打字机前,开始写道:"多年以后,奥雷良诺·布恩蒂亚上校面对行刑队,准会想起父亲带他去参观冰块的那个遥远的下午……"当时,我一文不名,真不知道我妻子梅塞德斯是怎么让我们活下来的。她一天也没有让我们的肚子挨饿。我们坚持不贷高利贷,只是硬着头皮跑了几趟慈善机构。起初当然是变卖所有以应特急,但那些东西并不值钱;然后是首饰,那可是她多年来所得的全部馈赠。当铺老板用外科医生般神奇的目光逐件检查了那些钻石耳环、绿宝石项链、红宝石戒指,最后,牛仔赶车似的回过头来说:"全都是些玻璃玩意儿。"
>
> 1966 年 8 月初的一天,梅塞德斯和我终于可以到墨西哥

城的邮局寄书稿了。《百年孤独》用正常打印纸誊清,共590页,好大一包,而收件人是布宜诺斯艾利斯南美出版社文学部主任弗朗西斯科·波鲁阿。邮局的工作人员给包裹过秤后说:"82比索"。梅塞德斯数了数钱包里的钞票并拨弄完手中的硬币,回到现实中:"我们只有53比索"。

于是,我们只好打开包裹,将稿子一分为二,并把其中一部分寄往布宜诺斯艾利斯。我们甚至不知道余下的部分该如何发落。我们很快发现,寄出的并非是小说的上半部而是结尾。没等我们想出法子,南美出版社的那个波鲁阿因为急于看到全书而预付了稿酬,因此也为我们解决了邮资问题。就这样,我们总算获得了新生,并到今天。(见加西亚·马尔克斯在2007年《百年孤独》出版40周年100万册纪念版发行仪式上的发言。)

很久以来,伴随电影的诞生、电视的普及和电脑网络的发展,一些人以为,在20世纪这个多媒介发达的时代,很难再看到那种动人心魄的、描绘历史场面广阔、结构宏大的用文字叙事的作品了。但是,1967年《百年孤独》的问世,改变了这些人的看法。《百年孤独》是20世纪最重要的长篇小说之一,它的出现,使"拉丁美洲文学爆炸"潮流成为了世界瞩目的事件,反过来影响了欧洲和美国的一些作家,也极大地影响了最近30年的中国当代小说的发展。同时,凭借这部作品,加夫列尔·加西亚·马尔克斯将一个神奇、美丽、动荡不安和光怪陆离的拉丁美洲的形象带给了全世界,也将小说创新的潮流推波助澜地引领到拉丁美洲大陆上,成为我所描述的20世纪"小说的大陆漂移"的最重要的一个环节。

《百年孤独》这部小说的篇幅不算很长,翻译成中文才30万字,但是它的容量却很巨大。《百年孤独》一共分为20章,它的开头十分著名:"多年以后,奥雷良诺·布恩蒂亚上校面对行刑队,准会想起父亲带他去看冰块的那个遥远的下午。"(见《百年孤独》第1页,黄锦炎等译,上海译文出版社1989年11月版)

在这句话中,过去、现在和未来,三种时间全都包括在里面了,因此,《百年孤独》中对时间的运用和处理是它的核心技巧。小说描绘了拉丁美洲100年的历史,以布恩蒂亚家族六代人的经历和一代代人的独特命运作为叙述的主线,气魄宏大,人物众多,那些不断重复和互相很接近的名字使读者很难分辨清楚。这个家族的最后一代人是个怪胎,被蚂蚁吃掉了。同时,小说还描绘了象征整个拉丁美洲的马孔多小镇的兴衰史。马孔多,原来是一片无人的沼泽地,在迁居而来的人们的辛勤劳作下,这里渐渐变成了繁华的市镇,最后,它又在跨国资本的侵袭下遭到毁灭,飓风席卷了它,它在大地上消失了。在小说的最后,一场持续了四年十一个月零两天的暴风雨将马孔多重新化为了洪荒和虚无,暗示人类将在不断的循环和轮回中永劫往返。因此,这部小说带有创世神话和寓言的性质,在形式上形成了完美的封闭式内部结构。

《百年孤独》还写出了拉丁美洲的山川、河流、动物、植物、人的命运和面孔,光是涉及到的动物就有四百多种。加西亚·马尔克斯虚构了一个家族的命运,来代表拉丁美洲整个大陆的命运。小说中描绘了大量神奇和带有魔幻色彩的细节和故事情节:一个被杀的人的血会流好几公里;一个姑娘会坐毯子飞上天空;有人死后能够复活,有的人死了却阴魂不散地继续纠缠着活人。小说中,死亡和生命、时间和历史成了混沌一片。由此,一种被评论家称为"魔幻现实主义"的文学风格也诞生了。查阅《中国大百科全书·外国文学卷》中,对"魔幻现实主义"是这么解释的:"20世纪60年代拉丁美洲小说创作中出现的一个流派。其特点是在反映现实的叙事和描写中,使用或者插入神奇而怪诞的人物和情节,以及各种超自然的现象。"这个名词最早出现在20世纪30年代的德国,当时,一个德国艺术评论家用来评论后期表现主义绘画的时候,用了这个词汇。而早在1943年,古巴作家卡彭铁尔也提出了"神奇的现实"的文学观点,和"魔幻现实主义"有着异曲同工之妙。

但是,在加西亚·马尔克斯看来,也许根本就没有什么"魔幻现实主义",他仅仅是把外祖母给他讲的故事和哥伦比亚的日常生活、民间故事和历史事件综合在一起,一股脑地写了出来,于是,就有了这么一个"魔幻现实主义"。所以,他从来都认为他写的是真正的现实主义小说,因为,拉丁美洲到处都是这样的神奇和充满了魔幻色彩的现实:"在拉丁美洲的河流上,可以看到像人一样吃奶的海牛,雨有时候一下就是一个月,在热带雨林中,几天之后,草木就将所有大地上的痕迹覆盖成原始洪荒的状态……"

可以说,《百年孤独》这样一部关于拉丁美洲大陆命运的大书的出现,改变了世界文学的版图,把世界文学创新的增长点转移到了拉丁美洲这个经济并不发达、但是历史文化丰富和社会问题复杂的地区,加西亚·马尔克斯完成了一个巨大的历史使命,功不可没。这部小说也成为了20世纪影响最大的小说之一,对中国当代小说的影响也很巨大。

1972年,加西亚·马尔克斯出版了短篇小说集《难以置信的悲惨故事——纯真的埃伦蒂拉和残忍的祖母》,收录了一些情节魔幻和夸张的、主题美丑兼备的小说。这些小说都是他的早期作品,修改了多年才结集出版的。其中,《纯真的埃伦蒂拉和残忍的祖母》讲述了一个悲惨的故事:14岁的小孙女埃伦蒂拉竟然被她的祖母卖到了妓院。而《巨翅老人》、《世界上最漂亮的溺水者》则是两则带有童话色彩的幻想故事,营造出一个完美的想象世界。但是其中不少小说,都有一种青涩之感,可以看到加西亚·马尔克斯早年学步阶段的影子。

在《百年孤独》之后，长篇小说《族长的没落》是加西亚·马尔克斯最重要的作品之一，于 1975 年问世。这是一部反对拉丁美洲的独特产品——独裁者的小说。和《百年孤独》一样，《族长的没落》也是一部奇书，全书不分章节，仅仅分为 6 个没有标题的大段落。在这部小说中，加西亚·马尔克斯也没有使用写实的手法，而是研究了拉美历史上出现的很多独裁者的生平，把他们综合成一个带有象征意味的复杂形象。小说一开始，情节就十分离奇——大独裁者孤独地和成群的奶牛以及老鹰生活在自己的深宫大院里，因为，他对一切人都不信任，他深深地生活在一种孤独之中：

> 到周末时，一些兀鹰会抓破了金属窗栅，从窗户和阳台飞进了总统府，拍击着翅膀，使总统府的内室里"停滞时期"的窒闷空气震荡起来了……（见《族长的没落》第 1 页，山东文艺出版社 1985 年 7 月版）

这个独裁总统的形象，带有鲜明的滑稽和黑色漫画的色彩。总统非常害怕被暗杀，因此，很多年来，他都在不断地消灭自己的政敌，以及政敌的朋友，他采取了一系列残酷的手段清除政敌。他前后砍掉了 918 个下属官员的脑袋，为的是清除所有反对他的可能性；他连全国黑色的狗都不放过，因为，他曾经做梦梦见黑色的狗是他的政敌变的；他有 5000 多个儿子，还有数不清的情妇，他仅仅是为了占有她们而从来都没有获得过爱情；他永远都一个人睡觉，甚至不断地变换睡觉的地点和时间；他母亲去世了，却要全国举哀 100 天；他的儿子刚刚出生，就被封为少将军衔；最终，他死了，尸体被兀鹫所啄食，他的儿子也被猎狗吃掉了，人们终于迎来了独裁者倒台的那一天。

在这部小说中，独裁者的孤独是加西亚·马尔克斯刻画的重点，独裁者的孤独带有浓厚的象征意味，就像是拉丁美洲本身的孤独一样。这样的深刻立意，已经超越了这本书所能达到的边界。小说的语言风格狂放不羁、气势如虹、波涛汹涌、泥沙俱下，在一种荒诞、离奇、魔幻和匪夷所思的想象的氛围里，给我们塑造了一个难忘的独裁者形象。加西亚·马尔克斯一直很关心拉丁美洲的独立和民族解放事业。1979年，他出版了报告文学《尼加拉瓜之战》，描述了他在尼加拉瓜的见闻。非虚构报告文学一直是加西亚·马尔克斯创作中的重要品种，这是因为，他有时候觉得非虚构作品在对现实问题的发言方面要更加有力。1986年，他出版了反应智利独裁者皮诺切特政权迫害持不同政见知识分子的报告文学《米格尔·利丁历险记》，成为他这类作品的代表作。

加西亚·马尔克斯的中篇小说《一件事先张扬的凶杀案》发表于1981年，讲述了一桩由拉丁美洲的陈规陋习和愚昧闭塞所导致的悲剧：圣地亚哥·纳赛尔被事先到处张扬要杀他的兄弟俩给无辜地杀害了，而他们杀害他仅仅是因为没有人来阻挡他们的行为。小说的叙述节奏紧凑，在1990年还被中国导演女李少红移花接木地改编成了电影《血色清晨》。

1982年，加西亚·马尔克斯以"他的代表作《百年孤独》把我们带进了一个奇异的世界，将不可思议的神话和最纯粹的现实生活融于一体，反映了拉美大陆的生活和冲突"（见《诺贝尔文学奖全集》第972页，宋兆霖主编，漓江出版社2012年11月版）而获得了诺贝尔文学奖，成为万众瞩目的事情。而且，他的获奖似乎是众望所归的事，这么多年来，从来没有遭到质疑。诺贝尔文学奖被称为是"死人之吻"，一般的作家在获得了这个奖之后，往往再也写不出好作品了。但是，加西亚·马尔克斯是一个例外，1985年，他出版了长篇小说《霍乱时期的爱情》，再度使我们看到了一个杰出作家的叙事才能。

在《霍乱时期的爱情》出版之前的几年里，加西亚·马尔克斯参与了电影《预兆》、《蒙铁尔的寡妇》、《我亲爱的玛丽亚》等的编剧工作，电影《预兆》还获得了西班牙圣塞巴斯蒂安电影节的大奖。但是，长篇小说《霍乱时期的爱情》的出版，再次带给人们以巨大的惊喜，首版就印了120万册，成为一大畅销书。我非常喜欢这部小说，因为，《霍乱时期的爱情》包罗万象地描绘了人间各种各样的爱情：忠贞不移的、举棋不定和首鼠两端的、同性的、转瞬即逝的和生死相依的，人类的各种爱情模式和花样，几乎都被这部小说一网打尽了，它对人类情欲的展示和对无望爱情的守候的描述，无有出其右者。据说，小说的素材是取材于加西亚·马尔克斯父母亲的真实爱情经历，不过，在小说中，他做了最大程度的想象和美化，进行了夸张和抒情性的描写，使父母亲的爱情生活生成为一部传奇。小说的主角有三个，他们互相之间的关系持续了一生。加西亚·马尔克斯把一个情欲故事描绘成了波澜壮阔的爱情史诗。在小说的最后，男主人公阿里萨终于和他爱了几十年的女人费尔米娜在一条大船上相聚了，后来，这艘挂着标志船上有霍乱的黄旗的船，回避开所有的骚扰，在有着人类般乳房的海牛的宽阔河流上，永无休止地来回航行，并不靠岸，只是为了守候主人公最后得到的爱情，这样的结尾令人荡气回肠，又潜然泪下。

《霍乱时期的爱情》是一部小说杰作，但加西亚·马尔克斯也有少许败笔，比如，我觉得，他出版于1989年的长篇小说《迷宫中的将军》就不算很成功。这是一部以"拉丁美洲的解放者"玻利瓦尔为主人公的历史小说，小说将叙述的时间起点定格在1830年5月8日这一天，当时，他泡在浴缸里一动不动，侍卫误认为他已经死了，但是，这是玻利瓦尔陷入思考的方式之一。小说叙述了玻利瓦尔从这一天开始，一直到12月10日为止的长达半年多的活动,描绘了玻利瓦尔梦想在南美洲建立一个"大哥伦比亚"共和国的计划的失败,以及他失去权力之后的孤独和被病痛逐渐吞噬的绝望感。按说这是一个大题材,本该写得很好,但可能是因为他删得太多——定稿只有原稿的一半,或者,是他内心对拉丁美洲的解放者玻利瓦尔心存太多的敬畏,没有放开来,使小说显得比较单薄和空疏,容量较小,总体上不算成功,艺术成就和获得的影响远不如《百年孤独》和《霍乱时期的爱情》。

不过,加西亚·马尔克斯是一个在写作上精益求精的人,他喜欢反复修改自己的作品,觉得不到应该拿出来的时候,坚决不拿出来。1992年,加西亚·马尔克斯出版了短篇小说集《十二篇异国旅行的故事》,就是他从1975到1992年间写的很多旧作中挑选出来,经过了不断的修改之后才出版的。这本书讲述了12个异国他乡的人的故事,是他在世界各国旅行中得到的灵感,12个故事大都有些离奇和匪夷所思,依旧带有魔幻的特点。

1994年,他还出版了一部篇幅不大的小长篇《爱情和其他魔鬼》,翻译成中文在10万字左右,叙述了一个带有传奇和魔幻色彩的爱情故事。《爱情和其他魔鬼》把时间背景放到了17世纪的哥伦比亚,讲述一个侯爵的女儿在12岁的时候被疯狗咬伤,被各种治疗方法弄得奄奄一息,又被送到了修道院里,在驱魔术的折磨下死亡。多年之后,考古人员发现,这个小姑娘的骸骨依然完好,而且头发长到了22.11米长。

加西亚·马尔克斯总是一方面对历史充满了想象的热情,一方面又对眼前的社会现实充满了批判的精神。他对拉丁美洲存在的政治、经济、文化的弊病深恶痛绝,并直接以笔书写之。长篇小说《绑架新闻》就是这样的作品,它出版于1996年,是一部专门描绘哥伦比亚贩毒集团绑架记者的纪实小说。我们知道,哥伦比亚毒品贩卖集团是世界上最强的毒品犯罪集团,是哥伦比亚、甚至是美洲社会的毒瘤，连美国政府也很头痛。因此，怀有忧患意识的加西亚·马尔克斯不可能不对此有所观察。《绑架新闻》的写法比较传统，是加西亚·马尔克斯的非虚构文本系列里比较靠小说的一本书。它讲述了好几个记者接连被贩毒集团绑架的的故事，对贩毒集团的所作所为进行了正面抨击。不过，我觉得这部小说因为有着太高的新闻性和纪实性，多少降低了小说的想象力和审美特质，有着巨大的现实意义的同时降低了文学性。尽管如此，《绑架新闻》在加西亚·马尔克斯的作品序列里也不能忽视。

此外，加西亚·马尔克斯还出版了他和巴尔加斯·略萨的对话《拉丁美洲小说两人谈》（1966）、和作家门多萨的对话集《番石榴飘香》（1982）、随笔集《纪事与报道》（1976）、《海边文集》（1981）、《在朋友们中间》（1982）等等。1995年，在阿根廷的布宜诺斯艾里斯，上演了他写的惟一一部戏剧《爱情诅咒一个老成持重的男人》。2002年，他还出版了自传的第一卷《活着为了讲故事》，这部自传精彩纷呈，洋洋洒洒，讲述了他的童年、家世，一直到1967年他出版《百年孤独》之前的那段艰难的人生岁月。这部自传他打算写三卷，但是，在1999年他被查出来患了淋巴癌之后，三卷本自传的写作进程就慢了下来。

进入新千年之后，加西亚·马尔克斯仍旧是老当益壮，但创作量开始下降，创作精力有所衰减，但是，他依旧存有老骥伏枥、志在千里之心，仍旧想向自己的写作极限进行挑战。2004年，76岁的加西亚·马尔克斯出版了一部小长篇《我那悲哀的妓女》，小说篇幅不大，只有109页。这是一部向日本作家川端康成致敬的作品。因为，多年之前，他阅读川端康成的小说《睡美人》，觉得那是他读到的最动人的情爱小说。《睡美人》描述了一个老人喜欢和被药所迷的少女进行一种性爱，表现了老年人那种依旧对青春和生命的依恋。加西亚·马尔克斯的这部小说也涉及到老年人的性心理和性状态，但是，有他独特的创造和升华。小说描述了一个即将进入 90 岁门槛的老男人，在面对一个 14 岁雏妓沉睡的身体的时候所迸发出的激情、怜悯、悔恨和幸福交织的复杂感情。最终，享用少女贞操的性爱没有成功，但是，老人的内心迸发了对少女的爱情。这可以看成是加西亚·马尔克斯对生命的留恋和对性爱的欢愉的怀想，尤其是当他自己也老年已至的时刻。这部小说出版之后大受欢迎，大家都认为，加西亚·马尔克斯依旧活力非凡，宝刀未老。

在谈到这篇小说的缘起的时候，加西亚·马尔克斯说：

我重读的另外一本书是川端康成的《睡美人》，大约三年多来，这本书一直触动着我的心灵，它依然是一部美丽的作品，但是这一次我读了它却毫无作用，因为我要寻找的是关于老年人性行为的踪迹。但是我在书中找到的只是日本老人的性行为，那种性行为似乎和日本的一切东西一样古怪，当然和加勒比海地区老人的性行为毫不相干。当我把我的忧虑在饭桌上讲给家人听的时候，我的一个儿子说："你再等几年吧，那时你会根据自己的经验弄明白的。"（见《加西亚·马尔克斯散文精选》第 400 页，朱景冬译，人民日报出版社 1999 年 10 月版）。

我想，当加西亚·马尔克斯像他儿子所说的那样变得更老一点之后，他果然找到了老年人性行为的感觉了，于是，就写出了这本小长篇。该小说获得了 2006 年美国洛杉矶时报设立的美国图书奖。2008 年，又传出他将出版一部修改了多年的爱情小说的消息，书名叫《我们相会在八月》，此书已经预告多年，据说它讲述了一个 52 的女人在 23 年婚姻中的生活，但是，后来又因故推迟了该书的出版。2009 年，传说他在写作一部关于古巴革命作品，时间的跨度超过了50年，但直到2014年也未见出版。

自《百年孤独》之后，加西亚·马尔克斯的小说一直畅销全球，雅俗共赏、引人注目，大家总是热切地期待着他的新作问世。他从来不媚俗，他既有充沛的想象力和小说艺术创新的能力，又有直面社会现实和世界热点问题的批判能力，就像挥舞着两把菜刀的将军那样，他从不畏惧，所向披靡。他鲜明的批判性来自他多年的新闻记者实践，他的独立知识分子的批判精神也是拉丁美洲作家中最有战斗力的。他不断地批判不义和不公的社会，对拉丁美洲、对他的祖国哥伦比亚的历史和现实，都做了毫不留情的批判，他还善于描绘像爱情这样的人类美好的基本情感，鞭挞政治独裁者，最终，他被塑造成"拉丁美洲魔幻现实主义小说"的大师。其实，在加西亚·马尔克斯看来，从来就没有什么"魔幻现实主义"，有的只是拉丁美洲独特的社会现实本身，那些魔幻的东西其实都是真实存在在拉丁美洲人的生活中的。

在"拉丁美洲文学爆炸"的整个大潮当中，阿斯图里亚斯、卡彭铁尔、胡安·鲁尔福、豪尔赫·博尔赫斯算是第一代开拓者和奠基者，在他们的作品的感召和影响下，更多的作家成为了新一波文学的弄潮儿，从而形成了在1960年代彻底爆发的"拉丁美洲文学爆炸"，改变了世界文学的版图，把世界文学创新的中心和焦点从北美洲带到了拉丁美洲。卡洛斯·富恩特斯、加西亚·马尔克斯、胡里奥·科塔萨尔和巴尔加斯·略萨就是"拉丁美洲文学爆炸"的小说新主将，而围绕在他们周围的，尚还有数十位具有极大创新精神的作家，一起开创了一个文学的新大陆。加西亚·马尔克斯因为描绘了一个大陆的孤独和奋斗，他的影响和贡献在整个20世纪后半叶至今都是非常巨大的。多年之后，瑞士的《周报》评选的"在世最伟大作家"中，加西亚·马尔克斯名列第一。

邱华栋：当代实力派作家。1969年生于新疆昌吉市，祖籍河南西峡县。曾为《青年文学》杂志主编，现为《人民文学》杂志副主编。代表作有：《夜晚的诺言》、《白昼的消息》、《正午的供词》、《教授》、《三国屏风》四部曲等。

两百年的孤独：呼喊与回声

——马尔克斯与海明威的一面之缘

宁 肯

一次沉默的旅行，很像一场无声的梦游，只有视觉和场景的移动，语言消失了。列车在约讷河秋天的田野和小块的森林中穿行，可能已过了枫丹白露，可能还没有，我不知道。在陌生语言的土地上，我的语言成为神话，许多天，我的沉默像一棵树的沉默，我穿越了比利牛斯高地，整个行程未曾出一声，也未曾与一条河相遇。也许不远处有众多的河流与我同行，而我一无所知？直到近海我才见到一条像样的河流。我不知它的流向，它好像突然出现在我的前方，但也可能始终在我的背后。没有语言一切都不能确定，就算我手握地图，我的旅行仍带有梦幻的性质，甚至像一场虚构的旅行。

丧失了母语，我和巴黎成了盲者，互不认识，白天一整天沉默的奔波之后，是夜晚的沉默。巴黎灯红酒绿，满目浮华，光怪陆离，但我却常常不知自己身在何处。我不知道哪是先贤祠、凯旋门、香榭丽舍大道？哪是圣心教堂、马德莱娜教堂？我究竟是在蒙马特高地，还是在圣米歇尔大街？这些当然是书上的巴黎，我在书中熟悉它们，但置身现场我却茫然无知。我很想到圣米歇尔大街碰碰运气，听说那里有许多旧书摊，早年的海明威曾经常去那里淘书，甚至晚年在开枪打死自己之前还到了圣米歇尔大街旧书摊闲逛。那年海明威隐没在旧书摊和巴黎青年大学生的人流里，被当时默默无闻的年轻记者马尔克斯发现。马尔克斯后来在书中回忆说自己又激动而又矛盾，不知道是该上前请求谒见，还是穿过林荫大道向老人表达仰慕之情？

马尔克斯觉得两者都极为不便，情急之下他把两手握成杯状放在嘴边如同丛林里的壮汉站在人行道上朝对面喊道："'艺——术——大——师！'欧内斯特·海明威明白，在这一大群学生中不可能会有另一位大师的——海明威转过身来，举起手，亮着孩子般的嗓音，用卡斯蒂亚语高声喊道：'再见了，朋友！'这就是我见到海明威的唯一时刻，那时我游荡在巴黎街头，毫无目的和方向。"马尔克斯写道。

另一则故事，我是在《读者文摘》上看到的：一对美国情侣来到巴黎，在一家咖啡馆，看到了正打电话的作家海明威。年轻人决定请海明威过来喝一杯，典型的美国人的性格。结果海明威真的被两个年轻人请了过来，海明威称赞了女士的美貌，呷了几口啤酒，说还有事，与年轻人告辞。两个年轻人非常激动，但令他们更为激动的是，结账时发现海明威已把他们的账付了。

两个故事说明了什么？显然后者比前者更真实，更符合海明威的特点，但意义不同。马尔克斯是小说家——不是说我不相信小说家——但我认为马尔克斯显然虚构了一些东西。这当是马尔克斯的特权，他有权虚构任何事物，包括自传、回忆录、与某人的会面。某种意义，在巴特看来写作已不存在真实与虚构的区别，一切皆为文本。不过在文本中指出哪些可能是虚构部分，我认为仍有意义。比如说马尔克斯见到海明威也许是真的，喊"艺术大师"是可能的，但海明威的回答呢？回答是一回事，需要回答是另一回事。如果马尔克斯需要回答，那么海明威就必须在马尔克斯的文章中回答，这就是文本。

但我认为不用说回答，就连马尔克斯的大声呼喊的回声可能也不会有。但十年后马尔克斯写出了《百年孤独》，海明威的回答就成为一种必然，因为它等于告诉人们孤独与回答存在于每个人的内心与幻觉之中。可以想象当年还处于茫然中的马尔克斯在巴黎街头是怎样的孤独，他的国家在遥远的拉丁美洲，那里正饱尝着马孔多小镇梦魇般无人问津的战争、噩梦、残酷和军人统治。因为偏于一隅和文化的隔膜，他孤独的呼喊从没人听到，甚至根本没人有耐心倾听。那么当年的马尔克斯来到巴黎是要倾听西方，同时还是寻求西方的倾听吗？他太需要海明威的回答了，哪怕"魔幻"地回答一声。

我在巴黎没见到海明威一类的人，有时，我觉得咖啡馆里坐着萨特或加谬，但很快我发觉这世界只有我一个人。我找到了一个书摊儿，就在塞纳河边上，但书上的字我一个也不认识。我看到巴黎青年大学生了吗？没有，在我看来所有人都是游客，但是回到书里，一切又都熟悉起来。

宁肯：年生于北京，北京作协签约作家，第二届老舍文学奖长篇小说奖获得者。出版有《沉默之门》《三个三重奏》等五部长篇小说。代表作长篇小说《蒙面之城》2000年获"全球中文网络最佳小说奖"，2001年获"《当代》文学接力赛"总冠军，现为《十月》杂志副主编。

我的"圣经"

范 稳

我相信大多数喜欢读书的朋友都会有一本或几本需要反复阅读的书，即所谓枕边书。这种经典图书不是以看几遍来证明它的重要，而是它就像你身边的一个老朋友，不管你需要不需要，他总是在你的身边。你失落时他陪伴你，你幸福时愿意与他一起分享。真心的朋友不是嘴上哥们姐们叫得亲热的那类人，而是无论何种情况下都默默地站在你身后给你以支撑的人。人生中遇到的一本好书，也是如此。

我的枕边书是《百年孤独》，尽管这部经典已经出版了近三十年了，尽管马尔克斯的魔幻现实主义在中国已经不是个热门话题了，但我还是固执地把《百年孤独》当《圣经》来读。手上没有什么紧要事情时，就随手翻翻，可能是从头看起，也可能是随便翻到某一个章节，人物、情节、结构从不会搞乱，就像不定期地去拜会一个老朋友，你总不会连他生活中的某些习惯和个性都忘了。而到一些关键时刻，比如当我要动笔写一部书时，我会在做完所有的案头工作后，先抽几天时间把《百年孤独》完整地读一遍。

至今我仍然记得在上大三时第一次买到《百年孤独》时的情景，那时我们已经知道马尔克斯是诺贝尔文学奖的"新科状元，"可是读完全篇依然看得云遮雾障。至于雷梅苔丝为什么会被一张神奇的飞毯接走，布恩迪亚老人为什么在院子里的栗树下老是不死，乌苏拉为什么可以和亡灵对话，走遍世界的吉普赛人墨尔基阿德斯为什么能死而复活，奥雷良诺上校为什么永远走不出自己的孤独，一概看不懂。只有一点隐隐约约的悲哀和巨大的震撼：看人家竟然能如此写小说！而那时，我们正在大学校园里接受革命现实主义作品的教育。

多年以后我到了社会，才慢慢明白现实主义不仅有革命的、浪漫的，还有荒诞的、魔幻的；也不仅资本主义社会才会有荒诞和魔幻，社会主义体制才有革命和浪漫。真正的文学不分体制，真正的经典超越了主义。一部好书的终极价值应该是涵盖人类文明的某一个方面，要么是社会形态，要么是历史风云，甚或是一个人卑微却高尚的心灵。

我是在西藏的一所教堂里彻底读懂《百年孤独》的。那是2000年的夏天，我一个人跑到这座隐藏在澜沧江峡谷深处的教堂里，不是去寻找一种孤独，而是想去学习一种文化。在全民信仰藏传佛教的西藏，只有这个村庄的人们信仰天主教，他们是十九世纪末期外国传教士到此传教留下来的信仰遗产。这是一群坚守自己的信仰并彼此分享孤独的人群，他们为了这异邦的信仰曾经付出了沉重的代价，饱尝了孤独的滋味，但是他们默默地忍受，并且内心充实而幸福，这让我这个那时还没有信仰的人深感震撼。在西藏这片生长神灵的土地上，神话就是现实，至少是被诗意了的现实，每一个传说都充满魔幻空灵的色彩，都和这片土地隐秘的历史有关，和人们的心灵世界有关。马尔克斯笔下的那些魔幻因素，在这里都幻化为神灵世界的真实历史，拉美本地土著类似于人类童真年代的丰富想象力，在西藏则是不同信仰的根源。雪山是神山，湖泊是圣湖，神山既护佑着苍生，又有自己的七情六欲；圣湖隐藏着动人的传说，又是人们顶礼膜拜的对象。人们对自然的态度，很大程度上就是对神的态度，人们对神的祭祀膜拜，又绝对表现在对自然的谦卑和尊崇。万物有灵，万物庇佑众生。在人与自然、人与神祇之间，其实并没有一条泾渭分明的界线。如果神就在人们的灵魂深处，信仰就成为一种必然；如果信仰成为生活的一部分，人就自然具备神性了。因此，在有信仰的人群里，一切神奇皆有可能。即便没有信仰的人不相信，但至少在文学作品中，它是有存在的理由的。人们为什么从不质疑孙悟空一个筋斗可以翻出去十万八千里？为什么会对哈里·波特骑着扫帚飞行津津乐道？

这就是我在西藏重读《百年孤独》的启示，我方明白马尔克斯的良苦用心以及超凡脱俗的大智慧。他的创作源泉来自于拉美那片神奇土地上的神秘文化，他的灵感来自于民俗、传统的滋养，他的成功之处更在于：用一种现代的眼光，去重新审视本民族的传统文化，并在尊重传统的基础上，指出打破传统屏障的道路——一个民族不能永远孤独封闭下去。

有些经典绝对可以指明人生的方向，就像一束来自天堂的光芒，照射进你的心灵。如果说人类的愚昧需要被文明之光照亮，人们精神世界里的种种疑惑，也需要被一部经典照亮。我相信很多人在读书中找到了乐趣或安慰，但我推崇那种找到了人生方向的阅读。人一生中会读很多的书，遇到一部可以伴随终身的好书的人，是幸运的。一个喜好读书的朋友说："人生其实只有两大遗憾，一是不能长生不老，二是不能读完所有的书。"信然。

我上大学时，中国的改革开放刚刚开始起步，那时还是一个白衬衣蓝裤子军用黄书包的纯真年代。我们像一些青涩朴实的果子，幸运地搭上共和国人才加工的流水生产线，在"光荣属于八十年代的新一辈"的豪迈歌声中，懵懵懂懂地跨进了大学的殿堂。

印象深刻的是第一次进大学图书馆，刚刚在教室里被先生吓了一大跳，古今中外的名著，开了一系列的书单，哪些是你们看过的，哪些是没有看过的。如果没看过的超过了一半，你们就要想想自己是否入错行了。先生在讲台上如数家珍，就像在展示自己所拥有的财宝，我在下面汗颜，四大名著只看了部《水浒》，还是"批宋江"时才有机会看，《三国演义》和《西游记》都只是残缺不全地看了些小人书，连《红楼梦》都没有读过。那些外国名著许多更是闻所未闻。我一头撞进图书馆，就像走进一个迷宫，单是办一个借书证，学会怎么索引查找想要的图书，就用了整整一天的时间。

那是一个读书的年代。一个长期封闭的社会刚刚开放，正如一颗封闭的心灵猛然被激活，求知欲和创造激情空前活跃、超凡坚韧。

作为多年后以读书、创作为自己终身职业的一个写作者，我至今感谢那个开放之初的时代，现在虽然更开放，但阅读是泛滥的，不须珍惜的；而彼时，阅读是珍贵的，是纯真的。我们既读雨果、巴尔扎克、托尔斯泰、海明威，也读加缪、福克纳、卡夫卡、马尔克斯，既读拜伦、普希金，也读波德莱尔、T·S·艾略特。从浪漫主义到现实主义，再到各路现代派和魔幻现实主义。因此，当时很难说有哪一本书，影响了我今后的人生道路。这就像一个饿汉，猛然被带到一桌满汉全席面前，你让他说哪一道菜他最喜欢，他不是当场晕倒，就是说都喜欢，让俺先大吃一顿再说。

当然，总有一些书会像击中你的灵魂那样，把你饥渴的或高傲的心灵拿下。海明威曾经让我读得如痴如醉。大四时《百年孤独》在中国出版，我抢先购得，在班上风光了一阵子，因为我们已经知道，马尔克斯是新出炉的诺贝尔文学奖获得者。看完以后，只有一个感慨："马老师"究竟要告诉我们什么？不敢拿去哄女生了，因为自己也有很多东西没有看明白。真正开始读懂《百年孤独》是在"多年以后"，那时我分配到了云南，在地质队跟着一些地质队员爬大山,当那个年代的"暴走族"。晚上辛劳了一天的地质队员们打牌喝酒,我就啃《百年孤独》,一边读一边品味自己的"小孤独",以及白天走过的村寨的"大孤独",这样就读出一些味道来了,算是进入一部经典的"初级阶段"吧。

有人说马尔克斯一句"多年以后",就灭了整整一代作家,让所有想模仿他风格的人绝望。就叙述学意义上来说,的确如此。但我认为,找准魔幻现实主义的魂,才能开启我们的心智和视野。拉丁美洲的现实与历史,传说与文化,在当今中国的发达地区,也许很难找到对应的参照体系。可是在广袤的乡村,在现代文明相对落后的民族地区,我们不难欣喜地发现,在传说与现实之间,在民间文化与现代小说写作之间,那个写《百年孤独》的"马老师",在他的魔幻叙述中,正在告诉我们突围之路。

2001年夏天我打算去西藏的一座教堂去呆上一段时间,这是一次深谋远虑的行动。想想看,我去的是西藏的教堂而不是寺庙,这就够魔幻的了吧。因此,我再次带上了《百年孤独》。白天我和村庄里信奉天主教的藏族人喝酒、聊天,听一个藏族基督徒讲神灵的故事,村庄的传奇,参加他们的弥撒,晚上我看《百年孤独》,那时我自己也不知道是第几遍读这部书了,但是这一次读得最感动、最深刻。以至于,我觉得自己借助"马老师"的眼睛,站在这个文坛巨人的肩膀上,终于逐渐看明白了西藏的雪山与峡谷,神奇与魔幻,历史与传说,信仰与文明。一个村庄和一群人,可能看上去是孤独封闭的,但它的文化却是开放的,在古老的积淀中闪现着人类文明和智慧的火花。它会被学习,被传承,被"多年以后"才认识到它的珍贵之处的人们感叹。马尔克斯说过:"现实是比我们更好的作家,我们的天职,也许是我们的光荣,在于设法谦卑地模仿它,尽我们的可能地模仿好。"作为一个汉族写作者,纵然文化背景与表现对象迥异,但我可以学习、借鉴和模仿。在西藏这片生长着神灵的土地上,神奇的传说俯首即拾，它们和现代文明交融碰撞，它的现实不是魔幻的，而是某种神灵之光浸淫的现实。这种独特神奇的现实你可以信，也可以不信，但在文学创作中，便给你的想象插上了翱翔的翅膀，它的存在是绝对符合任何文学创作规律的。

一个大师级的作家伟大之处有很多，而我认为像马尔克斯这样的作家，他不仅让你绝望，还拯救了你的绝望。

范稳：现居云南昆明，20世纪80年代中期开始文学创作，以小说创作为主，先后发表中长篇小说及文化散文四百多万字。近年来主要在藏区大地游历，执迷于雪山峡谷和广袤无垠的高原牧场，对藏民族文化与宗教情有独钟，有多部反映藏民族现实生活及历史文化的书籍问世。代表作有：《水乳大地》、《悲悯大地》、《大地雅歌》、《碧色寨》。

真理是如此直白可见

艾　伟

我曾经写过一篇谈马尔克斯的文章，叫《1986 年的植物小说》，记述了我最初读马尔克斯的震撼。那是我第一次读所谓的"现代派"小说。在那篇文章里，我把马尔克斯的写作称之为植物写作：

《百年孤独》充满着热带植物般的生气和喧闹，它呈现在你眼前的景观，无论是人群的还是自然的，无不壮丽而妖娆。这个植物一样的世界具有一股神奇的魔力，它拥有巨大的繁殖能力和惊人的激情。我的感觉是这个世界在激剧地膨胀，即使作者停止了叙述，这个世界依然在书本里扩展，像不断膨胀的宇宙。

现在我回想当年的情形，我想，如果没有那次阅读，我可能会一直在文学之外——我本学建筑，这辈子成为一名严谨的工程师是顺理成章的。但我在年轻时遇见了马尔克斯，他让我知道小说原来可以写得如此自由，可以不顾现实逻辑而飞翔其上，可以天马行空地凭自己的想像重新构筑一个新世界。

这本书点燃了我对文学的热情，我开始阅读期刊，关注 80 年代我国的文学思潮，我惊异地发现，这本书对中国作家的影响如此之大，可以说 80 年代的寻根文学很大程度上是在对《百年孤独》致敬。

后来我也开始了写作。我得承认，我 1999 年完成的第一部长篇《越野赛跑》受到过《百年孤独》的影响，我也同样创造了一个充满了变形和幻象的世界。我写到一个叫"天柱"的地方，那是个灵魂自由栖息之所，那里众生平等，那里植物蓬勃，人和虫子可以相互转换，那里水往高处流，可以见到未来世界的投影，仿若一个海市蜃楼。

除了《百处孤独》，后来我没读过马尔克斯的书。我觉得已完全了解马尔克斯的思考方法，不需要再读他的别的作品了。我买了他得诺贝尔文学奖后出版的《霍乱时期的爱情》，但并没有阅读它。

2013 年夏天以来，我迷恋上了水墨，在玩墨之余，我突然对马尔克斯重新产生好奇心。我想看看他早期的作品是什么样子，想看看他的来处。于是我读了《枯枝败叶》，接着又读了他的《没有人给他写信的上校》。

读完《枯枝败叶》，我对一个朋友说，任何大师都是有来处的，我从《枯枝败叶》里看到了福克纳对马尔克斯深远的影响。与《我弥留之际》一样，《枯枝败叶》里人物视角不断转换，甚至连故事也有点类似，共同写了一个关于葬礼及其回忆的故事。小说的叙事也是福克纳式的迟滞和缓慢，连比喻都有福克纳的影子。马尔克斯在其中写到光线：

> 阳光一下子冲进来，如同一只猛兽破窗而入，一声不响地东跑西窜，淌着口水，到处嗅嗅，狂暴地撕裂着墙壁，最后在陷阱里找个荫凉的角落，悄悄地卧了下去。

在福克纳的小说里遍布关于光线的绝妙比喻。"阳光很冷，也很耀眼。"在《八月之光》里，福克纳这样写道：

> 房舍蹲伏在月光里，黑魆魆的神秘莫测，暗藏危险，房舍仿佛在月光下获得了个性，充满了威胁，是个陷阱。

然而马尔克斯毕竟是一个伟大的小说家，即使他在最初的写作中，依旧展露出了他超凡的想像，在《枯枝败叶》中已能看出一点点未来马孔多的影子，尽管在这部小说里，马尔克斯暂时还很拘谨，步履笨拙而缓慢，但同后来的成熟比，我更喜欢这个毛茸茸的马尔克斯。《枯枝败叶》有着世界初创时的质感和重量，坚实、木讷却又蓬勃雄辩。在《枯枝败叶》和《没有人写信给他的上校》里，马尔克斯的世界是凝重的，静止的，他的叙述就像一个木桩一样坚固地插入到大地的深处。与后来《百年孤独》时期技巧的飘逸和纯粹比，此时的马尔克斯更为真诚，他小心地把他对世界的发现展现给你，仿佛在对你说，相信我吧，这是真的。后来，他成熟了后，他心里想的是，你爱信不信，世界就是这样的。

好吧，我先把马尔克斯放一下，谈谈福克纳。在我文学的学徒时期，我承认从福克纳那儿学到的东西最多。在中国作家中究竟有多少人受过福克纳的影响？你可以去看看他们所写的傻瓜和他们的视角的转换手法就可以作出判断。可是没有一个人写傻瓜写得和福克纳一样好，一样令人信服。阅读福克纳的过程就是阅读一个个活着的灵魂的过程，就好像他已进入了每个人的内心，人物的一举一动，一个念想，完全就是那么回事。他的傻瓜就是傻瓜，完全是那种思维迟钝的状态，经受得住现实的严格检测，仿佛傻瓜的感觉及片断的念头本该如此，未加任何创造性的发挥。可是，你去看看我们作品里的"傻瓜"，他们几乎是作家观念的产物，只不过是一个符号，作家想让他们干什么他们就可以干什么。他们几乎在小说里像一个"全能冠军",无所不能。关于叙事转换的口吻,在福克纳那里,每个人完全不同,我们甚至可以看到人物的表情,但在中国的小说中,我们看到的只是作家的表情,只看到作家一个人在那儿耍活宝。

我至今认为在所谓的"现代主义"小说里,福克纳挖掘人物深度的能力至今无人能及。然而福克纳显然不是一个大众作家,他注定不会有很多的读者,即便他头上有诺贝尔奖光环。不过我相信他将会滋养一代一代的作家。

如果这世上让我选两个作家,一个是福克纳,另一位我会选托尔斯泰。托尔斯泰创造的世界真是包罗万象,他太巨大了,简直像一位创世者。他不会放过小说里出现的任何事物,并赋予独特的印记。

在《复活》里,涅赫溜道夫去未婚妻家,公爵夫人年老色衰,她喜欢在自己昏暗的屋子里接待"自己的朋友",以掩盖容颜的不堪。这时候,傍晚的阳光从窗口射入,她马上让仆人把窗帘拉起来。但是仆人太慌张了,窗帘总也合不拢,自然受到公爵夫人的尖刻的嘲讽,这时托尔斯泰写到了那个沉默而紧张的仆人的目光,"菲利浦的眼睛里有个火星亮了一亮"。就是这个细节让人知道即使卑微如仆人,也有其尊严。这个细节让读者永远地记住了这个在这本书里完全可以忽略不计的小人物。

托尔斯泰甚至不放过小说中的一匹马。读过《安娜·卡列妮娜》的人一定不会忘记渥林斯基的那匹纯种赛马,那是一匹中等身材的马,"骨骼细小,胸骨突出,胸脯狭窄……瘦削的脑袋上张着一双突出的闪闪发亮的快乐眼睛,鼻子部分特别长,张开的鼻孔里露出充血的薄膜。它的全身特别是头部具有一种既刚毅又温柔的神态。它所以不会说话,仿佛只因为嘴的构造不允许它说话罢了。"

当托尔斯泰描述这匹叫弗鲁-弗鲁的马时,也赋予它以灵性，就好像它是人类中的一员。

马尔克斯完全不一样，即使如他早期的《枯枝败叶》这样的小说，我们依旧不能感觉到人物的温度。马尔克斯几乎一开始就在追求奇观，他的写作在某种程度上是观念的产物，也因此他的人物都像某种动物，有着蛇一样的冰凉感。马尔克斯确实也是这么做的，他用动物的方式描述人，用人的方式描述那些植物。在《枯枝败叶》里，那个多年前来到上校家的有一双色迷迷双眼的不速之客，就像一匹马一样靠吃青草生活，而那个收留了他的上校，那个最后冒全镇之大不韪替"不速之客"送葬的上校，似乎也看不出有多少正常的人类情感，他所做的一切就是为了一个多年前的对食草者的"承诺"——完成他的葬礼。我猜想，承诺也许是这部小说里最根本的叙述力量。

关于承诺，我想起了另一本小说《谁带回了杜伦迪娜》。作者是阿尔巴尼亚人伊斯梅尔·卡达莱，写于阿尔巴尼亚社会主义时期的1976年。阅读这本书，我还是相当吃惊的，倒不是说这本小说有多么经典，而是这本小说表现出来的高超的现代小说叙事技巧。1976年我国的作家都在写什么啊！他们要么失语，要么在按"高大全"的路子写完全缺乏信服力的农民小说。

《谁带回了杜伦迪娜》来源于一个关于鬼魂的民间传说：康斯坦丁为了遵守诺言从坟墓里出来横跨整个欧洲把妹妹接回了家。作者由此开始，在一个类似侦探小说的包装下，讨论起关于"承诺"的问题。小说令人印象最深的是作家绝处逢生的能力，当一个结论出现，你以为到达终点，却迅速地被作家所推翻，所否定，开始一个新的起点。最终，作家让一个抵制幽灵的故事变成了幽灵的捍卫者的故事，从而抵达这样一个主题：一个超越真实和虚幻的永恒的阿尔巴尼亚。

据说伊斯梅尔·卡达莱是诺贝尔文学奖的热门人选，不过我觉得他没好到得奖的程度。

以我有限的阅读，我觉得在西方这种简洁的文本几乎是创作的主流。篇幅不长，却有着漫长的时间跨度，每一个片段和细节都极其讲究，极其准确，小说写得像精美的艺术品一样经得起任何推敲。

当然，也存在像拉什迪这样极度繁复的作家。

拉什迪显然在马尔克斯那种超现实的所谓"魔幻现实主义"的谱系上。在这个谱系上，我认为他是当今世界第一人。

我多么喜欢《午夜的孩子》，阅读这本书时我仿佛重新找回了1986年阅读《百年孤独》时的兴奋和激情。我完全被拉什迪天真的蓬勃的甚至带着某种邪恶的恶作剧气质吸引住了。印度大地是如此古老，古老到一切都像是世前的神话，我有一种仿佛是读着一个关于古老中国的故事的幻觉。是不是所有古老的大地都会发生相似的传说呢？

《午夜的孩子》在国内还没有出版，我看的是多年前作家薛荣送我的打印本，由刘凯芳先生翻译。当然，拉什迪和马尔克斯不同，拉什迪的世界更具逻辑性。或者说，拉什迪的想像更具逻辑性。

小说中关于"割裂"的动机反复出现。小说写到母亲在地下室爱上了一个诗人，诗人逃走了，母亲又嫁给了一个商人，可心里装着还是那个诗人。作为穆斯林的母亲觉得应该全心全意爱上丈夫，于是决定一个器官一个器官地爱丈夫，她先爱上了他的手，再爱上鼻子，再爱上耳朵……有一天，她发现丈夫竟然长得像那个诗人了。最后，她爱上了丈夫所有的器官，唯一没有爱上的就是他的生殖器，原因是她和诗人不曾发生过性关系。这一"割裂"的动机，在小说最初，外公和外婆的恋爱过程已经出现，医生外公是通过白布单中间的一个洞为外婆治病，从而先爱上外婆身体的各个部位，再爱上外婆的。

小说的时代背景正是印度被割裂的时代，巴基斯坦将从印度分裂出去。"割裂"正是这部小说的主题。

我一直认为，想像不是胡来的，想像自有其逻辑性。逻辑本来是束缚人的东西，可是在拉什迪那儿却无拘无束，拉什迪在不断的重复中变幻出无穷无尽的新元素和新花样，他像一个魔术师一样，不断地从他的魔盒子里取出新的故事，展现我们从未见识过的事物，而起点只是那个魔盒。阅读这本书，我经常感叹，小说写到这种程度才叫真正的自由。

现在已是2013年6月底，半年过去了。这个时代正在病态而疲惫地行进着。我每天在网上看到了各种各样的滑稽的惨烈的惊悚的事件，到处都是奇观，我们的现实甚至比马尔克斯笔下的马孔多以及魔幻的拉丁美洲更为神奇。我看到了这个国家令人担忧的不确定性。唯有从网上下来，开始阅读时我才会感到宁静。在阅读时我感到时间恒久的力量，感受到命运的深不可测，感受到眼前的一切和小说世界一样终究是梦幻泡影，如雾亦如电。

我唯一的希望是有一天真理像"天光"一样直白可见。

艾伟：一级作家。中国作家协会会员。代表作有：《乡村电影》、《盛夏》、《风和日丽》、《水上的声音》等。

时间会把缘分转来

张新颖

马尔克斯去世，不出意外，微博、微信，即时成为集中缅怀之地。我过去的一个学生，挖苦地发了一句："与马尔克斯装熟日开始。"部分倒也是；不过，有些人确实有真实的阅读记忆，不必装模作样给别人看。

读大学那会儿，20 个世纪 80 年代，《百年孤独》带来的那种爆炸式的启悟和持久的震惊，在文学青年那里真切得如同抑郁阴霾的日子猝然遭遇暴雨和暴雨之后的烈日。至于对当代小说的影响，很多年后有人——不止一两个人——以不屑的口气说，只不过是马尔克斯开头的句式，得到了不厌其烦的重复模仿。这当然是胡扯，不过你不能期望习惯胡扯的人看到更多的东西，无论是从马尔克斯的作品还是从中国当代文学里。

加西亚·马尔克斯纵放不羁的野性的才华，疯狂生长的叙述能量，不是征服了做着作家梦的我的几位同窗好友，而是解放和刺激了他们自己的才能，下笔如有神助，文字迎风唱歌。二十多年后的今天，我仍然遗憾他们在三百字绿线格稿纸上创造的既现实又神奇的世界没能出现在公开发行的文学杂志上，所以只能在私下里说，他们比当时最优秀、最活跃的几位小说家一点儿也不逊色。

《百年孤独》我读的是高长荣的译本，北京十月文艺出版社 1984 年版。因为这本书，又去找来先前出版的《加西亚·马尔克斯中短篇小说集》，上海译文出版社"外国文艺丛书"中的一种，赵德明、刘瑛译，1982 年出的，马尔克斯就是这一年获得了诺贝尔奖。后来我们读《番石榴飘香》，马尔克斯和门多萨的谈话录，林一安译，北京三联书店 1987 年版。这一年我们还盼来了《霍乱时期的爱情》，袁殿池、沈海滨译，黑龙江人民出版社版。

意想不到的是，《霍乱时期的爱情》我根本读不下去，连第一部分都没有读完。此后的许多年里，曾经好几次又打开这本书，却每一次都不得不遗憾地放回书架。它和《百年孤独》激起的阅读期待在大方向上都不同，更不要说细枝末节了。我想，我这个读者和这本书没有缘分。

前年，听朋友说要买《霍乱时期的爱情》新译本（杨玲译，南海出版公司，2012 年），忽然心动：过了这么漫长的时间，也许缘分会转来。真是奇妙，这次一读之下，不忍释卷。余华说《百年孤独》是天才之书，《霍乱时期的爱情》是生活之书，未尝没有道理。年轻时候企羡炫目的天才，哪里有耐心体会平实生活的滋味。《霍乱时期的爱情》是生活之书，也是传奇之书，但这传奇不用传奇的方法来写，而是以平实的生活来写，这就不是一般的作家能做到的了。特别是，人物之间几乎没有发生什么非常曲折的事情，有的只是等待，一天一天地等待了五十多年。是传奇，但绝不把传奇浪漫化，灾难中的国家、肮脏的港口、浑浊的河流、随处可见的尸体，他们置身于这样的环境中，仍然坚持着他们自己的生活，仍然信守着他们自己的内心世界。小说的结束，是阿里萨在五十三年七个月零十一天以来的日日夜夜一直都准备好了的答案，而我，当年甚至没有好奇心看看最后一页，现在终于读到了这个平实而震撼的答案。

所以，说到后来，还不只是阅读的记忆，还有时间的推进，阅读的成长和成熟。

张新颖：现任复旦大学中文系教授，中国现代文学研究会理事。主要从事中国现代文学研究和当代文学批评。代表作有：《栖居与游牧之地》、《张爱玲作品欣赏》、《歧路荒草》和《迷失者的行踪》等。

马尔克斯：20世纪文学的"教父"

张　柠

　　昨天晚上还在安排我指导的读书小组下周讨论的作品篇目，指定了马尔克斯的中篇小说《没有人给他写信的上校》。今天早晨起床就得到了马尔克斯去世的消息。在网上点开一个关于他87岁生日的短片，看到这位有着孩童般表情的老人在拍手唱歌的镜头，联想到死亡，一种虚无的恐惧掠过心头。马尔克斯离开衰老和病痛去了天国，按中国人的观念，他算是寿终正寝的有福之人了。

　　回到文学上来。我不喜欢"他的死是世界文学的重大损失"这样的陈词滥调。其实他的死对文学已经谈不上什么损失，因为他活着的时候，已经为世界文学贡献了那么多的重要作品：《百年孤独》《霍乱时期的爱情》《一桩事先张扬的谋杀案》《家长的没落》《迷宫里的将军》，等等，本身已经构成了一个辉煌的文学世界。更重要的是，他的作品不断地与世界其他文化交媾，生出了无数的"文学私生子"，在满世界乱窜。他四处撒播"马氏文学"的基因，成了20世纪下半叶以来许多文学作品的"父亲"。

　　有时候，"父亲"就是"英雄"的代名词。20世纪60年代，马尔克斯在文学界横空出世，像英雄一样，为行将败落的文学注入了活力。20世纪上半叶的世界文学（或者说西方文学），已经露出了气数将尽的面相，它们被迫离开"文学"，试图挤进哲学、心理学、精神分析学、政治学的领地；有的试图用"文学"去"研究"文学，有的试图将文学变成街垒战的燃烧弹，有的却堕入表现的"魔道"而变得不可理解。20世纪西方主流文学的最大困境在于：从对"历史时间或进化时间"的极度依赖，转向了对这种时间观念的极度不信任，从而导致了叙事的断裂和混乱。拉丁美洲文学的崛起，用边缘文化的生命活力，拯救了濒死的文学。他们用奇异的想象力，恢复了小说的叙事传统和神奇力量。特别是马尔克斯，他的语言、句式、叙事，就像一道"咒语"掠过20世纪世界文学的荒地，激活了那些欲说不能的嘴巴，唤醒了那些昏睡的文学精灵。

马尔克斯最有名的带"咒语"色彩的句子，是长篇小说《百年孤独》的开头一句："多年以后，面对行刑队，奥雷里亚诺·布恩迪亚上校将会回想起父亲带他去见识冰块的那个遥远的下午。"叙事者站在"现在"，想象却跳到了"未来"，再从"未来"的视角回想"过去"（"那个遥远的下午"其实就是"现在"），并且呈现出一个与父亲一起去见识冰块的"空间场景"。这样一个短短的句子，将"过去""现在""未来"三种时态并置在一起，将"时间"和"空间"凝聚在瞬间的点上，构成了一个"时—空"迷宫，其实带有东方思维的"全息"色彩。这种"全息性"的符号，用时间拯救空间，用空间安顿时间。"过去""现在""未来"，通过神奇的想象力，和睦相处在一起，从而破解了进化的历史时间的魔咒。这就是拉丁美洲文学的"时间哲学"对文学叙事的最大启示。我们记住了他们的名字：胡安·鲁尔夫、科塔萨尔、卡彭铁尔、博尔赫斯、米斯特拉尔、阿斯图里亚斯、聂鲁达、帕斯、略萨、马尔克斯等等（后面6位获诺贝尔文学奖）。

作为20世纪文学"教父"式的作家，马尔克斯成了许多作家模仿的对象。但我想说的是，《百年孤独》写一个民族的孤独，局部（比如叙事技术和细节）可以模仿；《一桩事先张扬的谋杀案》的主角是"恶"，其叙事技术值得且可以模仿；《没有人给他写信的上校》写个体的孤独，以及对这种孤独的悲悯，它难以模仿；《霍乱时期的爱情》这部作品，写持续终生的"爱"，这种"爱"成了叙事主角，就像"人"一样具有连续性，所以更难以模仿。因为灵魂是不可模仿的。

马尔克斯的作品翻译成简体中文，是20世纪80年代初的事情。最早的作品集是上海译文出版社1982年出版的《加西亚·马尔克斯中短篇小说集》，由拉丁美洲文学专家赵德明主持翻译，共收入了17个中短篇小说，作品时间跨度为1951年—1981年，包括了他除长篇小说外的最重要的作品，是一个非常好的选本，隆重推荐给大家。不一定非要读《百年孤独》，他的一些中短篇小说，包含了他全部的创作才华和文学秘密。

张柠：本名张宁，祖籍江西，北京师范大学教授、博士生导师。主要从事中国当代文学批评与大众文化研究。著有学术著作《叙事的智慧》、《诗比历史更永久》、《时尚鬣犬》、《飞翔的蝙蝠》、《文化的病症》、《土地的黄昏》、《没有乌托邦的言辞》等。

流淌在我们血液中的马尔克斯

叶 开

2014年4月18日早晨，一打开手机微信，就看到加西亚·马尔克斯去世的消息。这个消息在急剧传播，似乎全国人民一下子都变成了文学爱好者，人人被马尔克斯附体了。

加西亚·马尔克斯病重的消息传了好久，近九旬的高龄去世，也是自然的寿终。据说西班牙人有个习俗，他们为死去的亲人送葬时，都是快快乐乐的。我也希望快乐地送别马尔克斯，但这个消息，我终究放不下，心里一直怅然若失。不能说悲痛，但感到心里空空的。往窗外看，四月的爬山虎长得正好，院子中间银杏树绿得发亮，城市的天空有鸟队在飞行，一代文学大师悄然而去了天国。

马尔克斯这个名字，跟我的阅读经历与写作生涯密切相关。

我最近读马尔克斯是两年前的《我不是来演讲的》。在这本书里，我读到一位中学毕业生的幽默与才华，读到一位老记者对新闻与新闻界的认识，读到一名旅行者在欧洲差点出事故死掉，读到他再度回忆《百年孤独》的前世今生……

隔着横无际涯的太平洋，在内心如此迷惘的深远处，我想到很多很多的事物，如哥伦比亚首都波哥大的某个房子里，马孔多小镇和奥雷良诺上校，热带雨林和橡胶树……所有这些名字都随着马尔克斯的作品来到我的记忆中。马尔克斯的去世并没有给我带来悲痛，每个人都要死的，但他的名字在我的心头挥之不去。

第一次知道马尔克斯这个名字，是上大学之后在一堂伦理学课上听到的。

那时，我带着一具古板身，怀着一颗干涸心，脑子被"一分为二"、"阶级斗争"、"唯物主义"等锁闭着，乘着一列需四十八小时才抵达的漫长火车，出现在上海秋天的街头。那样一个18岁青年，第一次出门远行，身上穿着伪军装衣服、表情紧张而眼睛迷惘，想想都是多么可怜又多么无趣。

华东师范大学中文系那时据说正如日中天，老先生开朗明通，青年才俊志向远大才华横溢。恰逢此微妙世代考入大学，我那在中学期间干涸之心立刻骚动起来。

那时瘦高个子查建渝老师，他在课堂上不好好讲道德，却大谈特谈马尔克斯的《百年孤独》。他具体说什么我忘了，从此却记住这本书的名字。当晚我跑到图书馆去借书，很不幸，馆藏十几本马尔克斯被其他同学捷足先登了。我转而到二楼开架阅览室去碰运气。没想到在现代外国文学书架上看到了《百年孤独》，旁边有恰佩克的《鲵鱼之乱》，有富恩特斯的《最明净的地区》，有卡夫卡的《审判》……这是现代派文学书架，名字一个个陌生得如邻村的大爷，跟中学所知的莎士比亚、巴尔扎克、狄更斯、托尔斯泰等半毛钱关系都没有。

找个靠窗位置坐下，看一眼窗外烟柳，我立即碰见了《百年孤独》的开头：很多年以后，奥雷连诺上校站在行刑队面前，准会想起父亲带他去参观冰块的那个遥远的下午……这个开头，不仅碰伤了我，可能也碰伤了所有人。几乎所有读者第一次撞上这句话，都像被一盆热水兜头泼下，完全震惊了。

有人像被针扎了一样跳了起来，更多人像服食了兴奋剂浑身沸腾转身就去炮制本土版的"百年尴尬""百年风流"。

在那个文化和政治由极度封闭向国门敞开转变的微妙时刻，

马尔克斯犹如太平洋东岸刮过来的强大飓风，不仅能把像闭塞、沉闷、堕落的马孔多小镇刮跑，也强劲地撕开了笼罩在太平洋西岸的深重雾霾。马尔克斯给那个时代的我们提供了一个特别思考角度，给我们以犀利的目光，让我们拥有了切入时代深处的犀利语言。这些，都让当时的新一代作家和学者学会了重新定位自己所处的时代，拥有反思刚过去不久那个世界的思想力。那被邪恶封印关闭的世界，那些死寂时代的人与事，突然被一股强大的魔力激活了。一股巨大的深泉在这被恶灵诅咒过的土地深处喷涌而出。原来我们可以这么表达世界，我们可以这么思考时代，我们可以这么运用语言，我们可以这么说出自己的内心。仿佛《美女与野兽》里那座被黑魔法袭击的城堡，所有的事物都被一个充满爱意的吻激活了。猛兽变成了王子，蜡烛变成了侍女，绿色回到世界的边缘。

在那个时代，很难想到会有作家津津有味地写一个人即将被杀，而且通过各种不同的人的陈述，合成一个破碎的带着非现实气息的事件，如《一件事先张扬的谋杀案》。在这部小说结尾，一开始就被作者判处死刑的年轻小伙子，一直挣扎着活在他身边各色人等的叙述中，最后他来到了自己的生命尽头——"他们把我杀了，维内弗里达，"他说。

而在中篇小说《没有人给他写信的上校》里，我记住了好几句令我震惊的话，不妨找出来再与各位分享：

    1. 在等着咖啡煮开的时候，他感到肚子里好像长出了有毒的蘑菇和百合。（这个句法"不科学"）

    2. "我身上的骨头都发潮了，"他说。（这句话也"不科学"）

    3. 她喃喃地说道，"我们人还活着就在腐烂了。"（这句话太"不科学"了）

4．"这简直是面包生面包的奇迹，"在此后的一个星期中，每当夫妇俩坐下来就餐时，上校总是重复着这句话。（也"不科学"）

5．"是这样的，上校，"他说，"人类的忘恩负义是无止境的。"（这句话在马尔克斯的作品里几乎算是很符合科学观的了。但把"忘恩负义"跟"无止境"放在一起总觉得不对头）

这些"不科学"的句法，如果放在中学里该怎么教？我一点把握都没有。这些知识完全超出了我作为一个后中学生的理解能力。那些阅读时间里，马尔克斯的句子在我身体里长驱直入，如热带蚂蚁一样攻占了我身体里的每一座堡垒。那些"一分为二"的"唯物主义"，在这魔幻的现实和现实的魔幻中，变得摇摇欲坠。而貌似牢不可破的事实之遮羞布，也被马氏牛刀豁然解开，在他的魔法语言中，那些貌似凛然不容冒犯的权威全都化为纸灰。

我不知道这位没有人给他写信的上校是何方人士，觉得他就是我们邻村大爷，他参加过革命，得过抚恤金，但老夫妻过得非常拮据，甚至困窘到指望一只斗鸡能改变生活的困窘。但这热带雨林小镇里生活着的老人，对细节却一丝不苟，穿着和喝咖啡（那时我们只知道"乐口福"）都很讲究，保持着自己的尊严。

上校老头总是用幽默话语来解开缠绕在自己身上的绝望，他后来一定变成了《百年孤独》里每天做一条小金鱼的奥雷良诺上校了吧？我是真把他们搞混了。马尔克斯几乎每一部短篇小说身上都有《百年孤独》的细胞，或者它们自身就是《百年孤独》的一个个细胞。

在马尔克斯的小说里，有两样植物跟我的人生密不可分。

其中之一是番石榴树。

我老家坡脊小镇位于在中国大陆最南端的雷州半岛上，院子四周生长着五棵枝繁叶茂的番石榴树。我的少年时代记忆，全都被这些树上的世界填满了，还飘散着番石榴的香气。在树上的时代，我是一个没有人间规矩约束的猴孩。我住在树上，吃在树上，拉撒也在树上。通常，只有父亲劳作完毕，在夜色四合的傍晚，点起一把稻草秆燃起浓烟驱赶蚊虫，准备给我们这些猴孩们讲故事时，我才会从最高的树枝上，一路垂挂下来，倒吊着，像一只调皮的南瓜，正在寂寞无聊的少年时代中，隐秘地长大。

在《番石榴飘香》那部访谈里，马尔克斯讲到他有一位会讲故事的奶奶，我自己少年时代，则在父亲生花妙舌，故事横飞中，充满了各种暖色调。

之二是香蕉林。

马尔克斯的香蕉林就是我们家屋前屋后的香蕉林，马尔克斯对香蕉的描述，就是我对香蕉的感受。我和马尔克斯，常常走在同一条田垅上，他那张拉美的面孔，跟我只隔着一张薄薄的香蕉叶。我一转身，就看到了马尔克斯的眼睛。他和我一起在研究香蕉串上由大逐渐变小的神秘几何体。这种香蕉长在性子直率的香蕉树上，几乎就是一种宇宙奥秘的真实体现。谁能告诉我为何香蕉要长成这种样子么？为什么那些神秘的热带水果，会暗中模仿宇宙中最核心的基因螺旋结构？

马尔克斯有一篇不为人知的短篇小说《礼拜二午睡时刻》，写一对母女搭乘一列蒸汽机车拖拽的慢车，缓缓地爬行在香蕉林里。"她们俩是这节简陋的三等车厢里仅有的两名乘客"，车窗锈得都关不上了，火车头飘出来的煤灰，不断地落在她们的头发上、脸上。她们一定是非常贫穷的人家，而且"都穿着褴褛的丧服"，但母亲"一直是直挺挺地背靠着椅子……脸上露出那种安贫若素的人惯有的镇定安详的神情。"看到后文，读者会知道，原来这位母亲的儿子、小女孩的哥哥在上礼拜一凌晨三点钟因为打算撬门盗窃,被寡妇雷薇卡拿出一支从来没有用过的老式手枪隔着门一枪打死了。有这样一件悲惨的事情发生在这对孤儿寡母身上,可想而知是一件天都塌下来的大事。但在小说开头,我们却可以读到这样的场景,妈妈让小姑娘梳梳头,还说:"你要是还有什么事,现在赶快做好!……往后就是渴死了,你也别喝水。尤其不许哭。"

这段话,我翻开 1982 年版的《加西亚·马尔克斯中短篇小说集》重新读到,心里一阵的凛然。

小说里这样描述母女的困苦旅行,我觉得就是发生在我家乡雷州半岛的香蕉林中,刚巧 1958 年开通的黎湛铁路线,就把我们坡脊镇劈成了两小块,像搁置多日的旧面包一样,铁道北边是粮站、油库、卫生院等,铁道南边是许多泥墙瓦顶小屋粘连在一条黄泥路两旁的圩镇。每天有许多列火车驶过,但只有一列火车停下,偶尔有几个不知从哪里来,也不知去哪里的旅客,身影还没有从车门出现,一只前脚就迟疑地悬在碎石子铺就的月台上空。在那种单调苦闷得人都要发潮的小镇生活中,出现一个陌生人是令人兴奋的大事。

马尔克斯这样写母女俩的火车——"刚从震得发颤的橘红色岩石的隧道里开出来,就进入了一望无际、两边对称的橡胶林带。这里空气潮湿,海风消失得无影无踪。不时从车窗里吹进一股令人窒息的煤烟气。和铁路平行的狭窄小道上,有几辆牛车拉着一串串碧绿的香蕉。"

谁要说莫言的小说里没有这种令人苦涩的风景,那么他就没有读懂马尔克斯,也没有读懂莫言。在风景上,莫言与马尔克斯息息相通。

这不奇怪,在那个时代,每一个刚开始写作的青年,身体里都有一个马尔克斯。

无论是《红高粱》还是《活着》,血液里都流动着马尔克斯,那个两万公里外眯着眼睛的哥伦比亚人，在马孔多村里看到一个吉卜赛老头拖着神奇的魔法石走过，村子里所有的铁器都变成了有生命的事物，在吉卜赛人身后离家出走。与吉卜赛人一起流浪的，除了那些有了生命的金属，还有奥雷良诺·布恩迪亚上校的搞笑父亲。

我是一个更为迟钝的人，在我的阅读时代，整个世界一片灰暗，整个文学世界完全枯萎。在我精神极度缺乏营养的时期，突然读到马尔克斯的杰出作品，一下子就被电晕了。只有过了十几年之后，我以为自己逐渐摆脱他的神奇魔法了，2002年写了一部长篇小说《我的八叔传》，写了好多有意思的中国故事，也出现了我从小就熟悉的番石榴树，在树叶婆娑中，隐形的马尔克斯轻然微笑。

我并不为此而羞愧。马尔克斯是我们的语言巫师，所有公开承认或拼命抵赖的中国作家，或多或少都受到马尔克斯的滋润。马尔克斯是中国新时期文学的教父，2012年诺贝尔文学奖授予中国籍作家莫言时，那篇精短授奖词里，一开头就提到马尔克斯和他的魔幻文学世界。

说到魔幻，在所有马尔克斯的小说中，大概没有比童话般的《巨翅老人》更为魔幻了，据说这篇小说就是写给孩子们看的。但不要误会了，马尔克斯的魔幻是语言精准，细节经得起推敲的魔幻，不是堆叠好词好句的虚假文章。这部小说其实不是魔幻，而是现实。小说里唯一的魔幻就是一个天使被暴风雨刮伤，摔到了到处都是螃蟹的小镇上，被贝拉约夫妇关在了鸡笼里。这个可怜的天使、这位长着巨大翅膀的老人，就这样成为一个可笑的角色，贝拉约夫妇甚至想出了发财的方法，收门票参观老天使。这样，天使就变成了一个普通的动物，甚至连普通的公鸡母鸡都不如，因为他不会下蛋。我们不妨再分享一下这些一点都不魔幻的句子，这句子与百年孤独里那些看起来多少有些花哨的叙事完全不同：

  1. 他身上有一种难闻的气味，翅膀的背面满是寄生的藻类和被台风伤害的巨大羽毛，他那可悲的模样同天使的崇高的尊严毫无共同之处。

  2. 他唯一超人的美德好像是耐心。特别是在最初那段时间里，当母鸡在啄食繁殖在他翅膀上的小寄生虫时；当残废人拔下他的羽毛去触摸他的残废处时；当缺乏同情心的人向他投掷石头想让他站起来，以便看看他全身的时候，他都显得很有耐心。

  3. 当孩子开始上学时，这所房子早已变旧，那个鸡笼也被风雨的侵蚀毁坏了。不再受约束的天使像一只垂死的动物一样到处爬动。他毁坏了早已播了种的菜地。他们常常用扫把刚把他从一间房子里赶出来，可转眼间，又在厨房里遇到他。

  堕落人间的老天使就这样变成了一个可笑的角色，甚至带着一些苦涩和忧伤，而作为读者，我每读一次，内心都充满伤感。这是我读过的最特别的童话，因为她已经不太像一篇童话了，然而小说里一切都是童话的，只是这种童话发生的地方出现了问题：不是在王子和公主的城堡里，而是在一个闷热、潮湿、无聊的小镇上。

  马尔克斯正像每一位卓越的文学大师一样，拥有一副冷酷心肠，他完全可以杀人不眨眼地、甚至是带着病态的欣赏的心态，津津有味地描写那些恐怖的事件，例如，即便是在同样据说写给孩子的短篇小说《世界上最漂亮的溺水者》里，马尔克斯也出手就是小李飞刀："孩子们跟这个尸体玩了整整一下午，他们在沙滩上把他埋好，然后再挖出来，后来被大人看见了，便给村子里报了信。"

"跟这个尸体玩了整整一个下午"的孩子们，这个场景简直太犀利了！本来在人们习惯中认为是柔弱的、温顺的孩子，在一句话中，突然成了一种特殊的冷酷品种。

在中国大陆，心肠最冷酷的作家也同样获得了最大的声誉。莫言在那部声誉巨大的长篇小说《檀香刑》里，把酷刑写到让人恶心的地步，而且整体语调充满了沾沾自喜和自鸣得意。我个人很不喜欢这部长篇小说，但这部小说在那些苍蝇般嗜臭的文学评论家眼中，却是一部美妙的作品。在残酷与温情的拿捏上，《檀香刑》还欠火候，这点莫言在其后的长篇小说《生死疲劳》里作了很大的弥补。

可能没有任何其他一部现代小说能拥有《百年孤独》如此神圣的地位和广泛的影响，这部小说在文学史上进入了圣殿，也在普通读者家里成为日常生活摆件。在不到三十年时间里，《百年孤独》进入了欧洲文学中如《巨人传》、《堂吉诃德》、《罗密欧与朱丽叶》、《浮士德》、《包法利夫人》、《战争与和平》等文学经典作品的行列。她的影响无远弗届，马尔克斯的声音如同圣灵密语，浸润了所有被封闭的世界，让游荡在欧亚大陆的幽灵失去重量，撕开了铁幕的重重禁闭。

马尔克斯的好友富恩特斯在一篇文章《小说地理学》里，写下他和马尔克斯1968年去布拉格拜访昆德拉时发生的往事。那时苏俄军队刚刚占领布拉格，这座古老城市的角落里遍布暗探和告密者，没有一处是安全的。昆德拉请他们到伏尔塔瓦河畔一家土耳其浴室里去见面。昆德拉说，在布拉格，只有土耳其浴室才不被窃听。三位正当盛年的壮汉在土耳其浴室里蒸了半个小时之后，赤条条地跃入冰冷的伏尔塔瓦河中。就这样，在铁幕笼罩的东欧，在苏俄十万大军占领了这个国家、在T型坦克铁甲蹂躏布拉格的悲壮时刻，在即将结冰的伏尔塔瓦河中，两位来自万里之遥的拉美好汉差点就冻死了。这本身就是一个极荒诞、极幽默的事件。

昆德拉在《小说的艺术》里说过,幽默就是让那些貌似庄严的事物冰消瓦解。而极权者最害怕的就是幽默、有趣,因为所有的权力和威严都是建立在僵化、刻板和秩序之上的。

三位未来的文学大师那时大概四十岁左右,他们在蒸得发烫时一起跳进即将冰冻的伏尔塔瓦河中,这件事情之中包含着什么样深意呢?如果不是读了台湾《印刻 INK》杂志里的"富恩特斯专辑",我就根本不知道还有这样一件事情发生在布拉格,否则,对我来说,这件真实发生过的事情就不存在。我读到了,所以存在。不要分析下去了,三个光溜溜、赤条条的好汉跳进去了,如果他们没有爬出来,如果他们冻死了,现代世界文学史就得换一种写法。而苏俄的铁蹄,那时正在街道上响起。

在这个肤浅而蛮横的世界里,还能有什么深意?

现在,富恩特斯、马尔克斯、昆德拉都已成为一代文学大师,随着时间的流逝,富恩特斯、马尔克斯相继凋零,年纪比马尔克斯大的昆德拉亦已风烛残年。但他们的作品却成为一阵又一阵的春风,吹拂着我作为青年学生而行走过的丽娃河畔。在这些文学春风的吹拂下,一个个泥造的身体正在拥有灵魂。马尔克斯的语言,是远古时代女娲造人时吹出的那股生命气息。我僵硬地行走在大地上二十年,马尔克斯吹来那口文学圣灵之气,让我拥有了灵魂。

一名卓越的作家,大多有自嘲、反讽和幽默的精神,这种幽默,让那些貌似庄严的秩序,冰消瓦解,如严冻河面之沐春风。而拥有了《百年孤独》之后的世界,苏俄的铁蹄和东欧的铁幕,都成了一片破败的草纸随风而去。

在马尔克斯之后,我们拥有的自己的眼睛,我们看到了被严密地遮蔽在幕布之下的现实。

中国本土最卓越的作家，都在向马尔克斯致敬。余华在 1994 年以《活着》、2005 年以《兄弟》向马尔克斯致敬；莫言在 1986 年以《红高粱》、1994 年以《丰乳肥臀》、2006 年以《生死疲劳》向马尔克斯致敬。

马尔克斯几乎所有的汉译作品，各种版本的《百年孤独》——最早上海译文版、云南人民版、浙江文艺版等非授权版以及最新的新经典授权版本，都赫然在架，成为我生活中的一个部分。她们在那里，我通常并不想起她们。她们只是这个家里的有机组成部分，没有她们，我的生活会是另外一种方式。四年前我重读上海译文版的《百年孤独》，不知道怎么的已无二十年前反复阅读时的那种激动。也许，马尔克斯已经进入了我的血液中，成为我文学生命中最隐秘的因子。而如余华等很多作家都曾别出心裁地夸奖过的马尔克斯更为卓越的长篇小说《霍乱时期的爱情》，却一直被压在《百年孤独》的盛名之下。有人认为，可能是大陆汉译本"百年孤独"这个书名翻译得恰到好处，如果是台湾汉译本的"一百年的孤寂"，还有这么流行吗？也难讲。

每一部作品都有自己的命运。

因为《百年孤独》的巨大影响，马尔克斯其他优秀作品就这样被淹没了，但作为热心的读者，我也一直喜欢着《霍乱时期的爱情》、《没人给他写信的上校》、《迷宫中的将军》等作品。

我的血液中，流淌着马尔克斯。

叶开，小说家，《收获》杂志编辑部主任。他的两部长篇小说《口干舌燥》和《我的八叔传》，都引起了不小的反响。近来从事中小学语文教学研究。

编后记

邱华栋

2014年4月18日一早,在宁波出差的我刚醒来,一打开手机,就接到了在新闻媒体工作的朋友打来电话,说是加西亚·马尔克斯去世了,要采访我的感想。我一惊,虽然知道他后来得了癌症,又患有老年痴呆,但还是没有想到他这次住院之后去世得这么快。很快,看到微信上不断有关于加西亚·马尔克斯的各种各样的文章出现。接着,又有出版社的朋友打来电话,委托我编选这样一本中国作家谈论加西亚·马尔克斯的书。

我没有犹豫,就答应下来了。因为,就在4月16号,我刚刚完成了一部30万字的关于拉丁美洲文学和中国当代文学的关系的论著,在那本论著里,我详细探讨了继拉丁美洲"文学"爆炸之后,拉丁美洲的小说家们,包括加西亚·马尔克斯是如何影响了1980年代之后的中国当代作家的写作,而中国当代作家又是如何在外来的影响和撞击下,创造出一种全新的中国当代文学。对这个题目,我占有的资料很详实,因此,我立即联系一些能够联系上的作家和批评家,将他们文章的电子文本拿到手,又复印、编辑了部分作家、批评家过去写的文章、谈话、演讲的文字,几乎是废寝忘食地忙碌几天后,我终于编好了这本书。

加西亚·马尔克斯的确是对中国影响最大的作家之一。收录在这本小书里的二十多个作家、批评家的文章,以不同的角度,给我们呈现了他们和加西亚·马尔克斯之间发生联系的情况。尤其是在1980年代里,中国当时最优秀的一批作家受到了他的影响,并创造性地而不是匍匐在加西亚·马尔克斯的阴影下那样,写出了我们的故事,我们的传奇,我们的魔幻和神奇的现实,我们的史诗。这是至关重要的,因为说到底,文学是互相影响才形成了创新的链条。过分夸大或者贬低加西亚·马尔克斯的影响,都是不合适的。

重读这些文章,我感觉到了中国作家的勤奋、好学、坦诚和对加西亚·马尔克斯作品的深度理解。这绝不是一个简单的模仿和被模仿的关系,而是在一种激发下,迸发出中国文学原创活力的进程。

加西亚·马尔克斯已经去世了,我们仅以这本书表达对他的敬意。

行在半途的中国作家们任重道远,一定会创造出更大的惊喜,就像当年加西亚·马尔克斯反过来影响了欧美文学那样,中国当代文学的创造力,还在持续地喷发着,并在努力成为世界上独一无二的文学。

感谢收入这本书的文章的所有作者,你们的文章不仅记录了自己的心路历程,也是一个时代的见证——向加西亚·马尔克斯致敬,然后,创造出自己的文学世界。